魅丽文化 花火工作室

A Whale Touching The Light

逆光飞行的鲸

岑桑 作品

Cen Sang Works

江苏凤凰文艺出版社
JIANGSU PHOENIX LITERATURE AND ART PUBLISHING, LTD

图书在版编目（CIP）数据

逆光飞行的鲸 / 岑桑著 . -- 南京 : 江苏凤凰文艺出版社, 2017.5

ISBN 978-7-5594-0024-6

Ⅰ. ①逆… Ⅱ. ①岑… Ⅲ. ①长篇小说－中国－当代
Ⅳ. ① I247.5

中国版本图书馆 CIP 数据核字 (2017) 第 055892 号

书　　名	逆光飞行的鲸
作　　者	岑　桑
出版统筹	黄小初　邹立勋
选题策划	花火工作室
责任编辑	胡小河　姚　丽
文字编辑	黄　欢　黄　山
责任监制	刘　巍　江伟明
出版发行	江苏凤凰文艺出版社
出版社地址	南京市中央路165号，邮编：210009
出版社网址	http://www.jswenyi.com
经　　销	江苏省新华发行集团有限公司
印　　刷	湖南新华精品印务有限公司
开　　本	880 mm×1230 mm 1/32
字　　数	160千字
印　　张	9.5
版　　次	2017年5月第1版，2017年5月第1次印刷
标准书号	ISBN 978-7-5594-0024-6
定　　价	32.00元

（江苏凤凰文艺版图书凡印刷、装订错误可随时向承印厂调换）

序

这是我第二部以运动系男生为主角的长篇小说。下笔的时候，有过担心，怕他会变成另一个。但随着故事慢慢地发展，方至终究成了方至——至死方休的方，至死方休的至。

也许是自己多虑了，世界上没有两个人是相同的，只要有不同的历程，就会造就不同的性格。

这么讲，好像把他们当成真实存在的人来看了。

可是，对我来说，笔下的每个人物都是真实存活于世界里的。无论他们的遭遇如何曲折虚幻，但他们的感情与性情必须真实。这样他们才可以鲜活，有血有肉。

所以方至与蓝桉这两个少年，终是在故事中长成了两个不同的男人。

在连载结束的时候，我曾经写过："逆光"与"逆风"都是一种姿态，但却有着不同的含义。蓝桉是逆风，孤独、坚硬、不肯屈服的姿态。而方至是逆光，同样孤独，同样坚硬，却是寻找温度的姿态。方至的内心是渴望温暖的，但生活的严苛与恶意，让他不得不封闭自己。蓝桉在逆风中终是学会敞开了心扉。而方至却在逆光中学会了屏蔽温度。

他们像，却也不同。

有鉴于此，在"逆光"的某一处，我埋了小小的彩蛋，让蓝桉客串了一小段情节，让我深爱的、两个不同次元的男孩，在同一个时空里擦肩而过。

没办法，谁让我是作者呢。

祝找彩蛋快乐。

岑桑

目录 Contents

目录 Contents

目录 Contents

Episode One

分开的距离

Distance between Us

如果可以，请风不要停，
世界停滞在山巅的阳光里。
有初夏的蝉鸣，和一朵发亮的云。
我们说着所有与爱不相关的话题，
但好像一切的一切，都与爱脱不了关系。

Chapter 1：总有一个人知道你的黑历史

艾周实在走不动了，一个人坐在学校小广场的台阶上。远处的天空，堆着像大份爆冰一样的云，夕阳给它浇了层金灿灿的蜜汁，加上芒果、草莓、红豆、紫芋小圆子一定会很好吃。

这么难过又揪心的时刻还能想到吃，她也有点儿佩服自己了。可谁让她一整天都没吃饭呢。

艾周是出来找狗的，她的狗丢了。能想到的地方她都去找了，可是依然不见狗的影子。

那是一只白色的西高地，名叫“桃子”。是十二岁生日时，老爸送给她的礼物。虽然爸妈早就没了感情，但她与桃子却已情深似海。

“人啊，都不如宠物。”这是隔壁王奶奶的名言。

艾周深表同意。这么多年，家里无论是吵到血雨腥风，还是冷得冻如冰窖，都是桃子陪着她。毛茸茸、肉嘟嘟、热乎乎的身体抱在怀里，给了艾周无数贴心的慰藉。

已是十月，退去暑气的风吹过来，夹杂着一丝微弱的凉意。天空渐渐暗了，社团纳新的展台开始鸣金收兵。艾周坐在嘈杂的广场边缘，突然就冒出以后再也见不到桃子的念头来，于是隐隐作痛的饥饿感，顷刻变成巨大的悲伤，填塞在胃里和心里。

怎么办呢？

如果真的找不见陪伴自己六年的桃子，连再见都没有就要永别了吗？

“汪……汪。”

艾周觉得自己是不是有点儿幻听了，因为这是桃子独有的叫声。她修炼了这么多年的狗语，一听就知道。

可是桃子呢？

广场上，一辆黑架黄圈的死飞突然从熙熙攘攘的人群里蹿出来，引来一片咒骂。一个快递小哥，背着巨大的背包，后面露出一只狗头。

是桃子！

艾周疲软的身体一下来了精神。她跳起来，大喊："别走！还我狗！"

快递小哥回头看了她一眼，没有想象中的惊慌逃窜，反而转头冲过来，一个帅爆的长刹，直接停在艾周面前。

艾周吓了一跳，大叫："干吗！想杀人灭口啊！"

快递小哥回头看了眼背包里撒欢狂叫的狗，说："你的？"

艾周伸出手，说："难道是你的啊？还我！"

快递小哥把背包从肩上拿下来，拉开拉链，一股让人作呕的异味就从里面散发出来。桃子的四肢都被封箱带绑住了，只留了头在外面。

艾周心疼地说："你个变态！你怎么我家桃子了？"

快递小哥用一只手把桃子提出来，说："喜欢就要看好它，下次再掉到下水井里，不见得有这么好运气。"

艾周一怔，原来不是变态偷狗贼，而是救狗英雄呢。

一百八十度的人设大逆转，让她开始有闲心打量眼前的男孩。一个送快递的，竟然骑专业的死飞，又炫技，还颜值爆表。一双单眼皮美目电光流转，深深地藏着不被世人察觉的冷与伤。

好吧，后半段纯属艾周的臆想。桃子用它下水井味儿的舌头，"吧唧吧唧"地把艾周舔醒了。

她收起张牙舞爪的气势，娇羞一笑，小心地抱过臭烘烘的桃子，说："真的吗？那……对不起哦。要不，我请你吃饭吧？谢谢你的救命之恩。"

看，小帅当前，说话的调调也变了味儿。

但是快递小哥没接话，只是看着她，一双眼像扫描仪似的看着，仿佛检索着他要的东西。

他要什么呢？

艾周下意识地摸了摸脸，问："怎么了？"

快递小哥说："还是老样子啊，南千夏娜游六花一世。"

我！靠！

这么中二的黑历史，他竟然知道！

艾周脑子里瞬间闪过一张清淡寡瘦的脸。不可能吧？怎么可能是他！

她在一连串错愕中，说："你、你是方至？"

方至没理她，一蹬车子，便如闪电般没进人群。

Chapter 2：乘风四人组

艾周回宿舍之前，先把桃子带去宠物店洗了个澡。店主看见桃子的时候都惊了，非一百二十元不洗。艾周也只能咬牙答应。回到学校的时候，已经八点多了。她在楼下打电话把朱西西喊下来，给她打掩护。

宿管阿姨的眼睛可不是闹着玩的，自带 X 光效果，完全不给你反手之力。朱西西从楼上跑下来，堵在阿姨面前说："阿姨，有我快递吗？"

阿姨迷糊地说："你谁啊？"

"你不认识我啊？我是西西啊。"

"我还哈哈呢？你哪间寝室的啊？"

"我 302 的呀。哈哈，阿姨，我和你说……"

"你这小姑娘嘴怎么这么贫呢？"

"还不是因为阿姨亲切。"

……

朱西西就是传说中三句话和别人开启热聊模式的女生。她和艾周从初中就是同学了，高中考在一起，大学也死不分离。在这个世界上，总有一个人，注定就是你的死党。她是你唯一不怕撞衫的人，分享同一款洗面奶，用同一色号的唇蜜，就算不好看不适合不配搭，也必须一样一样的。

艾周趁朱西西和"哈哈阿姨"聊得正欢，背着桃子一溜烟跑回"乘风"。

"乘风"是她们的寝室。

说起来，复华大学名列211，听名字也知道是立志"光复中华"的历史名校。新校区在上海西郊的大学城，落成后，全部本科生都转移到了这里，只留下研究生和留学生在老校区。从此，本科生全体告别了时尚时尚最时尚的市中心，出校门直线步行三十分钟，就能看见绿油油的菜地和农家乐。

不过新校区也有新校区的好，至少宿舍够大，够干净，还有卫生间、阳台和空调。报到之前，艾周和朱西西想了一万种理由，求老师把她们分在一起。可是到了才知道，复大竟然有按兴趣自主申请寝室的优良传统，她们差点儿没乐死在宿管老师面前。

和她们同寝室的，还有两个同是英语系的女生，一个叫陈思敏，上海本地人。据说高考前生了场大病，成绩受到了很大的影响，要不然就不是来"复华"，而是去"孵蛋"了。

另一个室友名叫徐颖，来自江西，有男生一样短短的头发和帅酷的性格。艾周第一次在寝室见到她，还以为是男生。她说："呀，你是思敏的弟弟吧，这么帅，可以出道了呢。"

徐颖微微一笑，抓起艾周的手"啪"地按在胸前说："弟弟我最近内分泌失调，还能治吗？”

朱西西当场笑趴在床上。

搬进来的第二天，朱西西就号召大家开启改造工程。

朱西西是这样动员的，她说：“各位亲，你们设计，我出钱。”

看朱西西如此豪迈，大概也能知道她家里有多优渥。艾周私下里提醒她说：“喂，大家刚认识，你要不要这么暴发户？”

朱西西说：“拜托，本小主这么大方，可是为了桃子好不好。”

作为桃子的“干妈”，朱西西可是操碎了心。她说：“吃人家嘴软，拿人家手短，过几天咱们把桃子带过来，她们不喜欢也得喜欢。”

啧啧啧，不愧是生意人的女儿。艾周深深感叹：“还是你心眼儿多。”

朱西西朝她翻了一记白眼。

302 的改造，由陈思敏一手设计。真不愧是才女，清新的海洋主题简直成了全宿舍楼的样板房。她们铺了深蓝的泡沫地板，挂了淡蓝蚊帐，天顶喷出蓝天和大朵白色的云，有一串一串的小鱼挂件垂下来。每个床铺仿佛都是一艘游动在海洋中的船。朱西西每次躺在上面，都要喊：“不行了，不行了，本小主晕船了。”

陈思敏还把整扇门做画板，画出一片清晨微曦中的海。水天一线间，写了两个飘逸灵动的字——乘风。

艾周被这个主题感动到了。她说：“你知道吗？我家就住在海边。”

陈思敏微微笑了，说：“我也喜欢海边。”

装修完的那天，陈思敏拿出四百块钱给朱西西，刚好是装修费的四分之一。朱西西一愣说：“不用了，不是说好我出钱，你们出力的吗？”

陈思敏说：“那是你说的，不是我说的。你负责艾周和徐颖的好了。我不喜欢欠别人的。”

这件事，让艾周和朱西西很担心，感觉陈思敏是个不太好交往的人。那时候桃子一直寄养在宠物店，接过来的那天，两个人心里一路都在打鼓，生怕陈思敏会举报。

不过还好，陈思敏虽然不喜欢，但也没有反对。她远远地看着说：“还挺可爱的，打针了吗？”

“打了，打了，所有的证都办了。”艾周连忙说，“我先谢谢你们俩了，千万别和舍监阿姨说。桃子是陪着我长大的，我不能把它留在家里。我妈不会管它的。”

徐颖倒是爱得不得了。她摸着桃子说：“没事，咱们一起照顾它，不会让舍监阿姨发现的。”

然而，舍监阿姨还没来得及发现，桃子自己先跑丢了。

朱西西从楼下打掩护回来的时候，宿舍都快锁门了。她竟然和“哈哈阿姨”聊了一个多小时。艾周对她佩服得五体投地。

朱西西见到桃子，抱起来亲了又亲。她说：“你在哪儿找到的？我都跑到校外的饭店去了也没找到。”

艾周说：“你猜我今天遇见谁了？”

“谁啊？”

“方至。”

“不是吧？”朱西西有点儿吃惊，“你怎么遇到他了。这人有神经病的，离他远点儿。”

“桃子掉到下水道里，被他救了。”

朱西西撇了撇嘴，说：“我看没那么简单，说不定是他扔进去的。”

“不至于吧。”

“什么不至于啊，你又不是不认识他，从小就变态，有什么干不出来的？”

艾周抿了抿嘴唇，没说话。

再好的朋友，也会有秘密。艾周私藏的秘密，应该就是方至了吧。

Chapter 3：至死方休的方，至死方休的至

艾周生在北方一座不大不小的城市，从她卧室的窗子，可以看见一片深蓝色的海。

这扇窗常常出现在梦里。阳光总是午后的样子，金红色的，穿窗而过。背景里时不时地传出父母的争吵声。

“你能不能管管这个家，我在外面累死累活，回来连个饭也吃不上。周周的功课你也多少问问好不好？你不愿做我老婆，怎么也是女儿的妈妈吧。”

“别把自己说得跟圣母似的行不行？我当不当妈，和你当不当爸有什么关系？你管女儿了吗？”

“我上班那么忙，哪有时间！”

“那都是借口！”

记忆里，爸爸永远吵不过妈妈。那一年，艾周十一岁，还没遇到同一国的朱西西。每逢“世界大战”，她就把自己关在房间里，然后打开那扇窗。

无论冷还是热，她都要敞开窗户。

远处的海好像更近了一点儿，沙滩也更白了一点儿，风徐徐地吹进来，有种诡异的不真实感。她常常有个奇怪的念头，从这扇窗子跨出去，就会跌进二次元，一切都会在阳光中灿烂无比。

有一天，父母吵得正欢，艾周拉开房门，穿过乱糟糟的客厅，一个人出去了。

没有人过问，因为没有人发现。

她一个人去了那片窗子里可以看见的海滩。初夏，海浪发出平缓而沉闷的呼吸声。不是周末，海滩上没什么人。只有一个男孩正跪在一处岩石下挖着沙子。

男孩看起来很瘦，有一张清淡的脸，黑色的T恤，露出一截手臂，黏满了沙子，在阳光里隐隐闪着光芒。艾周好奇地站在一旁看着他。

男孩头也不抬地说："看什么看！"

"你在干什么？"

"挖坟墓。"

"啊？"艾周一怔，说，"埋谁啊？"

"我朋友。"

艾周有点儿怕了："朋友？什么朋友？"

男孩没理她，只是继续挖，直到他觉得足够深，足够大，他才从丢在一旁的书包里拿出一个黑色的塑料袋，里面硬邦邦的，不知道装的是什么。

艾周说："这就是你的朋友啊？"

男孩把塑料袋放进小小的"坟墓"里，点了点头，说："嗯，我的狗。"

艾周替他感到一点儿难过。她蹲下来，帮他把土推进坑里，很快就堆出个小小的沙丘。

艾周说："为什么要埋在这里啊，沙子很松的，很快就会不见了。"

男孩拍了拍手，仰面躺在沙滩上，通透的双眼远远地望着天空，有种说不出的悲伤。他说："以前我总带着它来这里玩。它特别喜欢在这里尿尿，留下自己的味道。"

"啊？不是吧。"艾周张开双手，好像闻到了某种味道。

男孩却微微笑了。

艾周横着眼问他："你骗我呢？"

男孩没说是，也不说不是。他只是问："你来这里干什么？"

艾周在他身边坐下来说："我爸妈在吵架。"

"正常，有不吵架的父母吗？"

"可今天是我的生日呢，他们都忘了。"

"那好像是有点儿过分了。"男孩翻身爬起来，拿过自己背包，在里面乱翻，"以前我在海滩上捡到两块宝贝，送你一个当礼物。"

"什么啊？"

男孩都快要把头伸进去了才找到。那是两块石头，灰白色，很轻，有淡淡的香气。他拿出一块放在艾周的手里，说："某人说，这叫龙涎香。"

"什么意思？"

"就是龙的吐沫。"

"啊？"

男孩看她一副被恶心到的样子，挑了挑眉毛说："傻瓜，世界上哪有龙啊。"

"哦。"艾周也觉得自己有点儿傻。

可男孩又说："其实吧，它是鲸鱼的粪便。"

"你逗我呢！"从狗尿，到龙吐沫，到鲸鱼粪便。眼前的男孩给艾周的生日惊喜真是太多了。

"真的啦，这种粪便在海里漂上几十年才能叫龙涎香，和黄金一样贵好不好。"

"那你还送给我？"

"反正也是捡的。"

男孩又平平地躺在沙滩上，瘦瘦的四肢，像某种懒散的肢节生物，在温暖的阳光下晒着。

艾周梦里的阳光，就是这种颜色吧，暗红弥金，轻巧如纱。海水层层拍打着海岸，发出空旷的声响。

她握着那块贵如黄金的鲸鱼粪便，说："我……叫艾周。艾草的艾，周游的周。"

男孩枕着双手，懒洋洋地说："我叫方至。至死方休的方，至死方休的至。"

Chapter 4：疯了才和疯子比赛

地球为什么是圆的？

艾周很小的时候，有人给过她一个特别的解释：它是要让分开的人有机会重新遇在一起。因为它是圆的，分开的距离越远，相聚的距离就会越近。

后来，艾周觉得这可能说的就是缘分。无论这个世界有多大，有缘分的人，兜兜转转，终会等到重遇的那一刻。

在大学里率先找到缘分的，就是朱西西。她以迅雷不及掩耳之势恋爱了。男朋友名叫江纪言，经管学院大二的学长。艾周帮她掐指算了一下，从认识到摊牌，只用了十二天。

艾周说："西西，你是不是有点儿太快了？"

"慢了我怕来不及啊，Wuli 欧巴很抢手的。"朱西西把手机里的照片找出来说，"你觉不觉得他长得像姜栋元？"

艾周连看都没看就说："像的。情人眼里出锅巴……不，欧巴。"

"欠扁啊你。"

其实，艾周是不太看好江纪言的。翻翻他的微博和朋友圈就知道，晒得最多的就是和女生的合影，有女的朋友，也有前女朋友。她们有一个首要的共性，就是漂亮。这表明三点：一，他这个人是有多虚荣。二，他这人是个花心渣。三，从侧面证明了朱西西的颜值水平。

艾周说：“我觉得，他这个人是不会真心对女生的，找女朋友都是为了装饰他自己。”

朱西西却满不在乎地说：“我和你讲，真心这种东西，不是别人给的，是自己争取的。人家给你机会靠近，你争取不来，又怪谁呢。”

这话听起来好像哪里不对，但想一遍又不知道哪里错了。艾周张了张嘴，不知道怎么说好。

朱西西突然像想起什么似的说：“对了，今天下午纪言他们社团活动，你陪我过去加油啊。”

江纪言是自行车社团“自由飞翔”的副社长。这个社团和篮球社、足球社、辩论社并称复华四大男神社团。

只是艾周一听这个社名，就有种想要扭两下的冲动。她说：“他们社全是凤凰传奇的铁粉吗？”

“噗——”朱西西当即笑喷，说，“人家这个社团很有历史的，取名的时候那首歌还没红呢好不好。”

离学校不远，有一处滑板公园。因为地处郊区，场地很大。有六个大小不同、形状各异的“碗池”，一个超大的U形槽，以及一片燃爆了的街区赛道。

通常到了傍晚，来的人就不多了，因为离市区太远。自行车社会定期来这里练习特技。朱西西今天穿了条泡泡短裙配黑色膝上袜，两条马尾垂在两边，少女力Max。

艾周看着她腿上那么一大截“绝对领域”，说：“西西，咱们是不是有点儿用力过猛啊。”

朱西西向上提了提裙子说：“人家找女朋友就是为了晒的，我当然要为他制造晒的理由啊。”

艾周真心佩服她的贴心，为男神想得可真周到。

她们跟着自行车社到达滑板公园的时候，已经是五点了，透明的空气里，混进傍晚微微的黄。不得不说，江纪言真是社团的主力颜神。GUB 头盔，Rusuoo 骑行服，有种专业认真的帅。朱西西站在他身边，就会不由自主地散发一抹高冷的气息。

这天街区赛道已有自行车在玩了，场边还有个瘦瘦的小男生，一边敲着矿泉水的空桶，一边说着口齿不清的 Rap。

江纪言骑着车过去，和一个看起来是领头儿的人说：“Hi，同学，换我们玩玩儿。”

通常自己来玩的人看到社团专业装备的气势，自动就让了。可这个男生看了眼江纪言的车子说：“公路车玩什么特技，一边刷街去。”

江纪言还是第一次遭拒，面子上有点儿挂不住。他看了看男生的死飞，说：“谁和你说公路不能玩特技的，比一下。”

男生对着场地拍了一下手，说：“Hey，有人来踢馆了。”

朱西西突然摇了摇艾周的胳膊说：“那是不是方至？”

艾周一瞬不瞬地看着方至，默默地点了点头。

其实，艾周远远看见那辆黑架黄圈的死飞，就猜到是方至了。她原本只是去做吃瓜群众的，没想到竟会遇到他。

场边那个练 Rap 的少年突然换了节奏，矿泉水桶发出密集律动的声响，像助威的战鼓。

江纪言骑着车子，首当其冲下了场。他先过了几个坡，然后做了几个海豚跳，接着来了一个抬头骑，在队友的欢呼声中，骑士般高傲地骑到方至的面前。

朱西西睁着星星眼，揪着艾周的胳膊说：“我老公真是帅死了！”

艾周龇牙咧嘴地说：“疼，疼疼疼。”

而方至一直冷眼看着，直到江纪言停下来，他才骑着车子冲下场。

他没做什么动作，只是不断地过坡加速，直到最后一个陡坡，他突然发力直冲上去，腾空而起，竟做了个后空翻。

落地的一刻，全场都炸开了锅，欢呼口哨此起彼伏。方至绕场一周，稳稳地停在江纪言的面前。

他一瞬不瞬地看着江纪言，两手抱胸，双脚踩在车蹬上，纹丝不动。

江纪言的气焰完全被压制住了。毕竟自行车后空翻不是谁都能做的。

朱西西走过来，挽过江纪言的胳膊说：“别理这个人，他是疯子。又不是疯了和疯子比赛。”

江纪言仿佛找到台阶下，他说：“你认识他？”

“初中就认识他，可变态了。”

朱西西边说边拉着江纪言往回走。背后响起一片嘘声，敲水桶的男孩又换了节奏，Rap 说起来——

“你以为你是谁，跑到这里来撒野。你爸爸妈妈没有教你什么叫礼貌。FO！带着你的公路赶过滚吧！ FO！听完我的 Diss 你就不要再回头。Befixed 是我们的名字。

虽然我们无名，但你也要记住。今天打败你们的就是我们 Befixed！”

朱西西转过头，轻轻拨了拨头发说：“这位小哥哥，你的山东快板说得不错啊。”

“自由飞翔”的社员终于得到个机会，哈哈大笑出来。

那一刻，江纪言觉得自己还好带了朱西西过来，至少在嘴上占了上风。

Chapter 5：分开的距离越远，相聚的距离就会越近

离滑板公园不远的街上，有一家叫 Befiexd 的快递公司。他们主要接单大学城里的“最后一公里”。因为大部分快递只把快件丢在大门口，Befixed 则负责把所有快件送进宿舍楼。

方至就住在 Befixed 后面的房间里，和他一起同住的，还有那个喜欢说 Rap 的男孩小爆。

小爆不高，看起来也就十五六岁的样子，说话自带 flow。

他们回到 Befixed 的时候，天已经黑了，门店早已关门。小爆搭着方至的肩说：“今天你真是太帅了，那群傻子全被你吓住了。”

方至好像毫不在意地说：“后空翻而已，也没什么好炫耀的吧。我也是一半一半的概率能做成，今天只是运气好。”

“拜托，不是没什么好炫，是炫炸了好不好！”

就在这时，前门传来一阵敲门声，方至回头喊了一声：“关门了，有事明天再来！”

可敲门声依然“砰砰砰”地响着。

方至不耐烦地站起来，走到门前说：“关门了，我们……”

他的声音一瞬间停住了。

门外站着艾周，隔着一层玻璃，蒙着淡淡的冰蓝色。她是悄悄跟着方至过来的。

方至打开门，却没有让艾周进来的意思。他问：“什么事？”

艾周说：“说一句话就跑，我有那么可怕吗？”

方至停了一下，说：“刚才怎么不来找我，还是怕别人知道吗？”

“我……”艾周一时语塞，不知道说什么好，她推了推门说，“让我进去。”

方至却摇摇头说：“别来这里，以后会见的。”

艾周抿了抿干燥的嘴唇说：“好吧，那我先回学校了。地球是圆的对吧？”

方至看着她，微微笑了。

艾周好喜欢看他的笑容，因为鲜有，所以才格外珍惜。

那天回到宿舍，朱西西一直在愤愤不平地吐槽方至。还是那么变态，不知死活，还好江纪言够理智，知进退，没和他拼到底，要不然后果不堪设想。

艾周抱着桃子，默默听着，不说话。她的脑子里全都是方至，不过是另一种版本的方至，一种她从不敢和别人提起的版本。

晚上，艾周做了一个梦。梦里，她还是十几岁的样子，站在山顶上，面前是一条陡峭弯曲的山路，一直延伸到远方的海。

方至扶着车，站在她的身旁。那时候，方至已经长高了，她需要仰着头去看他。

方至说：“你知道地球为什么是圆的吗？

艾周摇了摇头。

“它是要让分开的人，有机会重新遇在一起。因为它是圆的，分开的距离越远，相聚的距离就会越近。”

艾周说：“那就是缘分的意思吧？”

“差不多。”

“那你说，咱们还有没有缘分再见面？”

方至拍了拍车梁说：“上来，我们一路骑下去就知道了。”

艾周看着有点儿怕，她问：“我们会不会摔死？”

方至笑了，露出美好而明媚的笑容。

他说：“如果我们不死，就代表我们还会再见面。”

艾周总也梦不到后来发生了什么。

她只记得有大片的阳光飞掠而过。风奔跑着，吹动她的裙角和头发。

大海在远方闪耀着奇异的蓝色。

她缩在方至并不坚实的怀抱里，没有丝毫犹豫与害怕……

艾周醒来的时候，已经深夜两点了。

宿舍里极静，只有朱西西的床上传来轻微的啜泣声。

真是朋友做久了就会有心电感应，艾周悄声问："西西，怎么了？"

朱西西轻声答："没什么。"

艾周不放心，悄悄爬过去，挤上她的床，钻进她的被子说："明明听见你在哭，想家了？"

"刚出牢笼谁会想啊。"朱西西说，"是脸好疼。"

"不是吧？疼到哭是有多严重。我看看……"艾周摸出朱西西的手机，按亮屏幕，看到朱西西的左脸颊完全肿了起来。

她说："这正常吗？要不要去医院？"

朱西西叹了口气说："医生说是会有反复的，这是美的代价。"

高考后的第二周，朱西西就住进医院，对自己的脸动了刀，开眼角，去咬肌，把扁平的鼻子做得笔直又小巧。她脸肿成猪头的时候，都是艾周陪着她。

因为疼得厉害，她就问艾周："镜子，镜子，谁是天下最美丽的女人？"

艾周就会捏着鼻子说："亲爱的女王陛下，是你，是你，就是你啊。"

唉，女生啊，有谁能逃脱美颜的诱惑。只要能变得漂亮，一切的疼痛、折磨、焦虑等待，统统都值得了。

朱西西捂着脸颊，又问："镜子，镜子，谁是天下最美丽的女人？"

艾周催眠似的说："亲爱的女王陛下，当然是你了。"

朱西西缓缓吐了一口气，好像脸都没那么疼了。

艾周犹豫了一下，又说："西西，我觉得吧，你和最美丽还差了点儿。"

"哪儿？"

艾周咳了一下说："美女不是你这样对男生的。还要更冷一点儿，傲娇一点儿。要视男生皆为粪土。"

朱西西不顾疼痛，费力翻了个白眼说："我已经够高冷了好不好。"

虽然朱西西嘴上不肯承认，但心里还是觉得艾周说的有那么一点儿点儿道理。只是当了十几年的平凡女生，面对男神，总是习惯性地自动降级。这大概就是"天然"与"后天"的区别吧，不是做几天美女就可以修炼出来的。

突然，黑暗里传来轻微的敲床声，是陈思敏。她说："麻烦你们别说了好吗？明天上午还有课呢。"

艾周吐了吐了舌头，准备爬回床上。朱西西一把拉住她。

"干吗？"

"别走了，伺候本小主入寝。"

艾周往她身边幸福地拱了拱，说："嗻。"

Episode Two

最初的我们

Beginning of Us

喜欢你，把头发剪短了。
喜欢你，把头发又留长。
喜欢你，把裤子换成了短裙子，
喜欢你，把嘴唇涂成红色又擦掉。
为了喜欢你，我把自己变来变去。
可是你说——
有吗？你和我最初认识的你，一模一样，
从没改变过。

Chapter 1：零和博弈

参与博弈的两个人，在严格的竞争下，一方的收益必然意味着另一方的损失，两个人不存在合作的任何可能性，双方的收益和损失相加总和永远为“零”。

阶梯教室里的大课，著名经济学教授夏严生就在讲这个“零和博弈”。夏严生是学校里最年轻的正教授，今年刚刚三十二岁。不过看飞扬的眼角纹和抬头纹，再加十岁都不过分。

艾周坐在朱西西的身边，有点儿昏昏欲睡。她轻声说：“这不是废话嘛，不是你死就是我活这种事，还要讲这么多。”

朱西西坐姿端正地说：“嘘，不爱听少废话，刷你的朋友圈去。”

听口气也猜得到，朱西西的另一边一定坐着江纪言。这节原本不是她们的课，可朱西西偏要来陪男友，并且还要拉艾周来作陪。没办法，女生就是这么喜欢“在一起”。闺密的亲密值绝对体现在黏在一起的时间上，就算谈恋爱也不放过。

艾周无聊地拿出手机，可学生公共无线网络怎么也连不上。就在她要砸手机的时候，学校的保安队长突然带着两个人从门外走进来。他对夏严生点了下头，就站在门口用眼神扫描全场。于是他们成功吸引了所有人的目光。

夏严生停下来，问：“什么事？”

保安队长也不搭话，目光在最后一排停下来。他手叉着腰说：“哎！那小子，你不是送快递的吗？混进来干什么？想偷东西啊？”

艾周顺着他的目光望过去，全身脂肪为之一震。她竟然看见了方至，他一个人不声不响地坐在角落里。如果不是保安，几乎没有人注意到他。

方至合上笔记，说："混进来听听课不可以吗？"他神态坦然自若，好像混进来是件很正常的事。

保安队长厉声说："你以为大学你家开的啊！谁想听就来听还要高考干吗！混完日子又想上大学了？想得美！赶快给我出去！"

艾周看着他嚣张的样子，真心气愤，蹭个课怎么了？用得着这么侮辱人吗？可是这口气她也只能在心里憋着。公开替方至说话，她从小就没这个胆量。

就在这时，夏严生发话了。他说："让他听吧，知识不分贵贱，想学东西就是好的。"

保安队长一愣，正犹豫着要不要赶方至，坐在下面的江纪言说："夏教授，对您来说，学习不分贵贱，可对于我们来说还得讲究公平。我们为了听您今天这堂课，苦读十二年，还要交高昂的学费，他什么都没付出就和我们坐在一起，您真觉得合适吗？"

夏严生一时也无言以对。

艾周转回头看江纪言，却看到朱西西正拿着手机拍拍拍。她一下反应过来，这场戏一定是江纪言导演的了，要不然他和朱西西脸上不会都是一副闲闲看热闹的表情。那一刻，她有点儿替方至担心。

江纪言远远对保安队长使了个眼色，三个人就朝方至走过去。

其实方至已经收拾东西准备离开了，可江纪言的目的就是想看他当众出丑。方至刚从座位上站起来，保安队长就伸手抓住方至的胳膊说："这就想走啊，先把包打开我看看，有没有偷东西？"

方至停下来，微皱眉头，单薄的身体，却有种难言的威压。他说："喂，动嘴就好，不要动手。"

保安队长大概没想到方至强硬，他愣了下神，才凶巴巴地说："怎么个意思？威胁我啊？"

说着，他就去抢夺方至手里的书包。

方至终是怒了，他把书包往自己身后用力一带，另一只手肘抬起一挡，保安队长便“啊”地怪叫一声。

身高真是致命伤。人家随便平抬个手肘，保安队长就要以脸相迎。他捂着鼻子，一把酸泪狂喷而出。然后退到后面，大声招呼身边的两个保安说：“把他给我抓住！”

于是这堂课一下子生动起来，拳脚相加外加各种叫声，比如惊叫、惨号、怒吼……后来几个“自由飞翔”里的好事男生也冲上去了。毕竟这里不是滑板公园，是自己的主场。

方至寡不敌众，到底被按住了，两个保安揪着他的胳膊，把他的头抵在墙上。保安队长捡起掉在地上的书包，愤恨地说：“怎么不耍狠了？你这么激动干什么？我看就是偷了东西！”

说完，他一把扯开拉链，往地上一倒，一堆白色的、方形的物体从书包里掉出来，男生像见到鬼似的闪开了。

保安队长夸张地叫了一声说：“天哪，你竟然偷卫生巾！”

整个教室里“轰”的一下就炸开了锅。

朱西西好像早知道一样，拍了拍艾周说：“看，我说什么来，他就是个变态！”

艾周只能默默地看着方至，一言不发。

他的左脸颊有块暗青，头发零乱，却依然倔强。

他右边的袖子被扯开了，露出一截手臂，有深深的伤疤横在那里，若隐若现。

他被保安推推搡搡着向教室外走去，可是走到门口的时候，他却停下来，转过头，慢慢扫过教室。

全班鸦雀无声。

保安队长一瞪水汪汪的眼睛，说：“看什么呢！”

方至的嘴角却莫名扯出一丝微笑，转身走了。

Chapter 2：马丁的早晨

艾周曾经无比肯定，自己一定会重新遇到方至。但她从未想过，会以这种方式遇见他。

她以为，时间会改变世界，或是改变一个人。可是事实上，什么都没有变。

世界仍是残酷的世界，方至仍是冷漠的方至，而她仍是那个没有勇气的她。

她忍不住去怀想从前，记忆仿佛被切成了两半。

其实，在时间的单行线上，总是存在一些奇异的分割点，把一些人，一些事，保留在美好的时空里。

艾周的第一个分割点，就在上初中前的暑假。她拥有着一小片跳跃的金黄色，比如沙滩，比如阳光，比如躺在沙滩上，披着阳光的少年。

那时候，那片沙滩成了她躲避“世界大战”的乐园。她常常一大早就起来，带几个面包或三明治、可乐或橙汁，去埋狗的岩石那里等方至。

他们从未有过什么约定，但方至一定会来。有一次，方至问她：“为什么每次都带吃的？”

艾周说：“怕你不来啊。”

“你以为我是狗啊，用吃的训练习惯。”

方至呈“大”字形躺在沙滩上，刚吃完的三明治，在他的嘴角留下一抹沙拉酱。艾周说不出来为什么，特别喜欢看方至懒洋洋的样子，的确有一点儿像晒太阳的二哈。她说："干吗说得那么难听，我想你来不对吗？"

方至说："你是不是没有朋友啊？"

"我……"艾周不想承认，她在学校里还真没什么朋友。家里吵翻天的孩子，在学校里从来都是安静到透明。因为他们习惯了一套避难的生存法则，少说话，不惹事。饿了，自己搞定。困了，自己睡觉。他们要尽量隐形，以免惹祸上身。谁知道多哪一句嘴就会触动某个人的神经，招来一场怒骂。

有时候，艾周会问自己，父母为什么要把自己生下来？难道就是为了看他们吵，看他们打，看他们冷战，看他们伤害彼此？而事实上，他们最终伤害的，只有艾周。

说起来，艾周就是在那一年领悟了一个小小的道理。孤独的人为什么喜欢和陌生人交朋友。因为你和他没有任何关系，才会说给他一些心事和秘密。不是吗？你绝不会告诉同学昨天晚上，你爸把你妈的手机砸了，你妈打了你爸一巴掌。但在路边遇到一位请你吃瓜子的善良老大妈，你可能就会很自然地讲给她听。当然，善良的陌生男孩也是可以的。

艾周拖了长音，问方至："你每天都来，是不是家里也好烦啊？"

"不是好烦。"方至停了一下说，"是没有人。"

"你是孤儿啊？"

"不是，但也差不了多少。" 方至翻身爬起来说，"哎，你想不想知道你爸妈到底关不关心你？"

"想啊。怎么知道？"

"离家出走啊。"

"我往哪儿走啊，睡大马路？"

“我家呗，反正我家也没人。”

艾周想了想，说：“行。”

每次艾周回想起那一天，都觉得自己真傻，一言不合，就跟着个男生回家了。她的脑子里完全没有“危险”这个词。

方至的家，在离海岸不远的一片平房区，窄而曲折的巷子，让阳光都打了折扣。艾周第一次走进去，觉得像进了一座迷宫。方至带着她在巷子的深处停下来，打开一扇老旧的铁门，里面是一处四方小院，院子的角落里种着一棵老槐树，茂密的枝叶，遮出一片阴凉。

方至推开房门回头说：“进来吧，这就是我家。”

艾周迈进去，吓了一跳，桌子上，墙角边堆着一百年没打扫过的垃圾。空气仿佛发酵了一万年，浮动着令人惊艳的霉味。客厅里有一张沙发，上面躺着一条毛巾被。方至说：“这是我的床，我爸说他不在就可以睡他的床，可我还是习惯睡这里。”

接着他进了一间卧室，如果说有一张床就算是卧室的话。因为这里更像是一个工作间，地上堆着各种工具和自行车的零件。艾周在一堆杂物里看见一张旧照片，上面一个穿着运动装的男人，一只手扶着一辆“死飞”，一只手搂着一个年轻女孩。

看眉眼，就知道这个男人是谁了。艾周问：“这是你爸吧，好帅！”

“还行吧。他也就是会耍帅。”

艾周看了看地上的工具说：“他是自行车运动员？”

“错。他就爱玩死飞的小混混。”

艾周指着照片上的另一个人说：“这是你姐姐吧？和你也好像。”

“呵呵，那是我妈。”

“啊？”艾周有点儿震惊，“这么年轻？”

“我妈比我爸小多了，十七岁跟了我爸，十八岁生下我，二十岁就人间蒸发了。”

艾周有点儿想不明白，究竟这是个怎样的家庭，所有的一切都超出了她所能设想的范畴。

方至指着地上的一堆箱子，说：“那里面有方便面和火腿肠，饿了可以自己煮。”

艾周在床边坐下，说：“你每天都吃这个？”

“当然不是了，巷口的小饭店都是我家厨房好不好，再说了，还有你给我加餐啊。哈哈。”

艾周听着方至的笑声，莫名有一点儿心酸了。

那一天，艾周洗了两个碗，泡了“就是这个味儿”的方便面。方至在乱七八糟的柜子里翻出一套叫《马丁的早晨》的动画片。艾周没想到，他们两个竟然都爱看这部有点儿古怪的动画片。一放片头，就能跟着唱起来：“马丁马丁马丁，每天早晨你醒来，马丁马丁马丁，有个角色在等待……”

后来，天色渐渐暗了，两个疲惫的小孩坐在沙发上，头碰着头，睡着了。许多年后，这个场景总以一种怪异的第三视角回荡在艾周的记忆里。电视里时不时地冒出马丁的怪叫声，阳光弱弱地游荡在屋子里。方便面冷了，残汤里凝着小块小块红色的油。艾周相信这一定是自己脑补出的画面，但又无比真切，无比确定，一切都是静止的，只有微小的灰尘在缓缓飘游。

突然，巨大的撞门声打破了宁静。一个男人冲进来说：“小至，快来，你爸出事了！”

方至迷迷糊糊地睁开眼睛说：“叫什么啊，他天天出事。”

男人已经走到屋里，给了方至后脑勺一巴掌说：“少嘴贫，你爸在医院，赶快跟我走。”

方至全醒了，但看起来并不怎么紧张。他转头对着艾周说：“你等我一会儿啊，我去看看我爸又惹什么祸了，一会儿就回来。”

艾周错愕地点了点，觉得他的心真是大，爸爸进医院了好像也不在乎。

然而她没想到，这个“一会儿”，却是整整一夜。

Chapter 3：同一片梦境

艾周等到清晨才离开方至的家。天空刚刚破晓，几缕云横在天边，微微发亮。

那是艾周第一次熬夜。从前除夕守夜，她没有一次成功过。那时候，她觉得通宵不睡，是大人所特有的能力。没想到，就这样简单地获得了。

她回到家里，才发现家里已经乱成一锅粥。爸爸出去找她一夜还没回来，妈妈哭得双眼红肿。外婆也来了，一直在安慰妈妈。

艾周打开房门，从外面走进来的时候，她们一同扑过来。妈妈的嗓子都哑了。她说：“你昨天晚上去哪里了？怎么才回来？你知不知道妈妈都快急死啦！”

其实艾周在回家前一直在想要怎么说，可是那一刻，她却发现最好的答案就是什么也不说。

妈妈问她：“说话啊，你晚上到底干什么去了？”

外婆却把艾周抱进怀里，说：“问什么问啊，人回来就好，快给她爸打电话，让他别在外面瞎找了。”

其实，那一晚艾周能干什么呢？除了把方至乱七八糟的家打扫干净，就是坐在沙发上把《马丁的早晨》看了一遍又一遍。

有时候，简单地重复一件无聊的事，不是无聊有多快乐，而是在重温陪她一起无聊的那个人带给她的快乐。她坐在方至从小睡到大的沙发上，看他们最喜欢的动画片。即便是在陌生的房子里，也没有一丝害怕与寂寞。

艾周想着想着，就在外婆的怀里“哼”了起来。

“马丁马丁马丁，每天早晨你醒来，马丁马丁马丁，有个角色在等待……”

妈妈诧异地，说：“小艾，你……没事吧？你别吓妈妈啊。”

艾周摇了摇头，说：“妈妈，我没事。我……我就是迷路了。”

十一岁的艾周，能想到的最好的理由，大概就是动画片中各种迷路的小女孩吧。她很怕妈妈接着问，连忙说：“我都困死了，能先睡觉吗？”

妈妈把她搂在怀里，用力地抱了抱，说：“好啊，你先睡吧。”

艾周回了房间，没有洗漱，也没有换衣服，一个人安静地躺在床上。已经一夜没睡了，可是她一点儿都不困。脑子里闹哄哄的，回响着各种各样的声音。床头柜的台灯下放着一个透明的玻璃罐子，以前装的是满满的乳酪慕斯，现在装的是鲸鱼粪便。清晨的阳光从窗口照进来，给它镀上一层毛茸茸的光。

艾周看着它，默默地想，方至现在在干什么呢？一个晚上都没回来，是不是他爸爸真的伤得很厉害？不知道他回去看到家里变干净了会是什么反应？开心？还是生气动了他的东西？

艾周好想给方至打个电话，可是直到那一刻，她才发觉自己竟然没有任何联系方至的方式，电话、QQ，或是其他。

他们有的，只是两块小小的“鲸鱼粪便”，无论相隔多远，都散发着相同的、幽暗的香。

艾周喃喃地说：“Hi，你到底在干什么呢？”

此时此刻，方至在干什么呢？

他坐在医院的病房里，教育他爸爸。

方至的爸爸叫方烈。用方至的话来说，是全世界最任性的老爸。方烈从小就喜欢骑自行车，尽管他的童年还是“永久”“凤凰”的天下。他喜欢半夜三更把车骑上无人的高架桥，然后一路冲下去。风猛烈地吹在脸上，会有种起飞的错觉。

方烈十四岁的时候，就和朋友组建了一支特技自行车队，天天逃课去练车。方至常说：“我爷爷肯定是被你气死的。”

方烈反击：“说得你好像有多乖是的。”

方烈的母亲很早就去世了。父亲在他十八岁那年工作出了事故，也离开了。当时工厂给了不少的抚恤金，方烈没有攒起来，而是用这笔钱提升了自己的自行车装备。任性的少年，总是这么没心没肺，根本不想以后怎么活。

可以说，从十八岁到三十四岁，方烈生活的方式从来没变过。练车，等赞助，接商演，去冒险，花光了，饿着，练车，等赞助……周而复始，始而复周。可想而知，方至是怎么长大的。大部分时间扔在地上自己爬，赶上活动，就寄养在邻居家。如果赚到钱，方烈必定带着他大吃大喝一个星期，剩下的时间，接着饿肚子。所以方至很早就学了一件很重要的事，只要方烈一拿到钱，他就先买三箱方便面，十包火腿肠，囤在家里。

这一次，方烈的车队接了一个运动品牌的赞助，拍一部极限死飞的宣传短片。导演要他从山路上滑下去，做个经典的“跨刹”。

这个动作要求把一条腿跨在车把上，另一条腿蹬在车蹬上，重心前压。如果在平地上，车子会停住，但在山路上，车子会一路俯冲。帅是帅爆了，但危险也是危险爆了。

方烈在拍摄第二遍的时候，脚蹬突然滑落，整个人直飞了出去，撞伤了头。

方至在医院等了一夜，方烈才醒过来。清晨，他趁医生复检的时间，去医院食堂买了粥回来给方烈。

他说：“你要不要吃？”

方烈半躺在床上，摆了摆手说：“不吃，头晕。”

方至皱着眉说：“你说你，都这么大岁数了，还这么不省心。”

旁边病床的大妈“扑哧”一声笑出来，插话说：“你们俩谁是爸，谁是儿子啊？”

大小二“方”一起侧头，瞪了她一眼。大妈立即噤声。

不得不说，那时候真是方烈颜值的巅峰，高鼻深目，硬朗中带着一丝少年的率性。

方烈慢慢转回头，对方至说：“喂，你今天不用上学吗？”

“我拜托，现在放暑假你不知道啊？”方至怨气冲天地说，“你能不能别干这些危险的事了，你也是个有孩子的人，你儿子我马上就要读初中了呀，很忙很累的，我哪还有精力照顾你！”

旁边的大妈，努力了半天，实在憋不住，“扑哧”一声又笑出来。

二“方”又不约而同地转过头，只是方烈捂着头说：“哎呀，不行，头晕，你是不是昨天晚上就来了？你回去睡会儿吧，我要再睡一会儿。”

方至在床边坐着，没动，也没说话。

“干吗？”方烈问，“憋屎呢？”

“想问你件事。”

“讲。”

“你喜欢过我妈吗？”

“废话，不喜欢能有你吗？”

“那是什么感觉啊？”

“呀，不对劲儿啊小子。”

到底是大人，两句话就听出了内涵。方烈说：“你喜欢上谁了？”

方至的脸腾地就红了。他说：“谁喜欢了！你们这些大人的思想真奇怪！”

旁边的大妈这回根本就没忍，直接张嘴“哈哈哈”地笑出来。

方至恼羞成怒地站起来，说：“我走啦！你一会儿睡醒了把粥都喝了，你们这些大人可真烦！”

这一次，全病房的人都笑喷了。

方至顶着红烧猪头，怒气冲冲地摔门而去。

那天方至回到家，已是中午。他推门进屋的时候，吓了一跳。也太干净了吧！脚都不知道放哪儿好。他不由得倒退出去，把鞋子脱在门口，光着脚走进门。

在他的记忆里，家里从来就没有这样干净过！每一件东西都找到了自己的位置，并且闪闪发亮。

积攒了一百年的垃圾统统不见了，发酵了的空气也不见了。

他以独家懒人躺的姿势，“扑通”躺在沙发上。可只躺了一秒又弹起来。他伸手把叠得整整齐齐的毛巾被铺平，好像怕弄乱了再也回不了原样似的。

他端端正正地坐好，环顾了一遍房间，嘻嘻地笑了。他喃喃地说：“原来家里有女生是这样的啊，还真不错。”

突然，他看见门口的垃圾桶里有一个揉成一团的纸团。

这也太奇怪了吧？所有垃圾都倒光了，怎么会只剩下这么一团。

他一蹦三跳地走过去，捡起来，小心地摊平，里面露出三个幼稚却清秀的字——方至，我。

这一定是艾周写的。方至拿着看了半天，自言自语地说：“她是想说我什么呀？”

是啊，艾周到底想说“我”什么呢？

其实，艾周自己也想不好。要不然，她也不会只写了三个字就揉成团扔进垃圾桶。

这一天，阳光暖暖的，两个小屁孩忙了一个晚上，终是感到累了。

他们一个躺在床上，一个躺在沙发上，沉沉地睡着了。

海风从遥远的天际线吹过来，送来同一片梦境。

梦里，他们坐在黑色的岩石上，一言不发，宁静中只能听见潮汐的起伏和心跳的“扑通扑通”声。

Chapter 4：心痛的甜

时间拨回到大学时期，夏严生的课还没上完，朱西西就把保安抓方至的视频传上了朋友圈。晚上，这段视频已经传疯了。经管院抓到个偷姨妈巾的变态成了大热门。

“乘飞四人组”都凑在朱西西的书桌前看这段原版视频。陈思敏说：“学校怎么会进这种人，细思极恐啊。”

徐颖满不在乎地说：“我和你讲，遇到这种人渣，你不要怕。他们就是看女生害怕才更有兴趣，你要比他横才可以。”

陈思敏又说：“西西，你录的可真全。”

“人家早有准备好不好！”朱西西小有得意地说，“上一次，我老公不是被方至给打脸了嘛。”

徐颖抖落一身鸡皮疙瘩：“拜托拜托，别老公老公的，太肉麻，听着刺耳朵。”

朱西西翻她一记白眼，说："关你屁事，别打断本小主。他们社团里有个人说在大课上见过那小子，所以我……家纪言和保安队长提前定好了，发现方至就发短信让他来抓人。"

朱西西还是决定换个称呼。

徐颖又问："那保安队长这么听他的啊？"

"不是吧？你不知道江纪言是什么人啊？"

"什么人啊？"

"他可是威新的少东家。"

"哪个威新？"陈思敏插口问，"做无人机做到上市的那个？"

"嗯嗯，有见识。"朱西西补充说，"咱们学校的科技楼，不就是他们家捐的吗？"

艾周这才明白了前因后果，她说："怪不得你非要陪着江纪言，他是怕不认识方至是吧？"

"对啊？要不然谁去听那么无聊的课啊。"

"有这种故事，你竟然不和我说？"

"嘁，这有什么好说的。"朱西西一脸满不在乎。

艾周心里却有了一点儿小失落。都说男生才"有异性没人性"，看来女生也一样。从前这种八卦朱西西必定第一个和她分享。可是现在，刚交了男朋友就把她给忘了。不过反过来想，如果朱西西提前告诉了她，她也一定会去"Befixed"提醒方至吧。这算不算另一种"没人性"呢？

唉，女生的无奈啊。

朱西西手里的视频正播到保安扯开方至的书包，她连忙做现场点评，说："快看，快看，里面都是些什么！我和你们说，初中的时候他就是我和艾周的同学。那时候最多是个怪胎，真没想到现在都变态了！"

艾周抱着桃子，低低地说：“那个……看起来那么大，好像不是姨妈巾呢。”

“那是苏菲那款姨妈裤啦！”朱西西一脸厌嫌地说，“你看你看，出门前，他还回头笑。多恶心。”

艾周抿了抿嘴，没说话。

因为，方至的笑容是给她的吧。朱西西嘴里的“恶心”，对于她，却是一种心痛的甜。

然而，她没有勇气承认这一点。

就像许多年前一样，她只能默默地缩在人群里，把左手放在心上。

Episode Three

转变的季节

Season of Change

总有一阵风，让寒冬变成春天。
总有一场雨，让盛夏变作秋日。
总有一种遇见，让你改变前路。
总有一段现在，让你忘记过去。
总有一句誓言，替换旧日的约定。
总有一个新鲜的自己，结束陈旧的你。

Chapter 1：闺密铁律

傍晚，宿舍楼里总是飘着复杂的香气，有外卖的炸鸡、馄饨味儿，也有洗澡的沐浴乳加洗发水的味儿。

艾周和朱西西洗得干干净净的，并排躺在床上敷面膜。朱西西说："周周，你寂寞吗？"

"什么意思？"

"我有了江纪言，你不感到寂寞吗？"

"你别这么说话行不行，我怎么感觉你后面要推荐爆款了呢。"

"哈，不是爆款，是同款好不好。"朱西西兴致勃勃地说起来，"你记得纪言有个叫汪鹿的学弟吗？"

艾周当然记得了，因为是帅哥嘛，自然微卷的纹理烫下面，有一双鹿一样的大眼睛。她说："知道啊，怎么了？"

"他昨天和我要了你的微信号。"

艾周一愣："要我的干吗？"

"你说呢？"

"别吓我，人家从来都不是招蜂体质。连话都没说过，怎么可能注意到我。"

朱西西清了清嗓子，提醒她："喂喂喂，你这话说得好像自己没被人追过似的。"

说起来，艾周在中学时代还真收到过一封暧昧的表白信。但是那封信艾周只看了一遍就撕了，然后说："肯定是要整我。"

其实艾周对那个男生还是有那么一点儿好感的。然而这封信是托朱西西给她的。艾周每次想起来，都觉得这个男生是不是傻。通过闺密转交表白信，直等于挑拨离间好吗？要知道，两个女生能够成为真正的闺密，必须站在同一个级别，同一个圈子，这是铁律。艾周常说，没有谈过一次恋爱的青春并不遗憾，只要有人陪你花痴过就是完整的。

后来，朱西西说："你撕情书的时候真是太帅了，当时我就想，咱们俩肯定会是一辈子的朋友。"

艾周心里暖暖的，觉得就算收到男生"一辈子"的承诺也不过如此。

所以艾周特别能理解朱西西为什么迫不及待地把小鹿同学推荐给自己。她不想打破某种既定的平衡。遥想当年，她们都是裹在校服里圆滚滚的女汉子，花痴校草，喜欢男神。突然有一天，朱西西进阶到了女神的行列，而艾周还是普普通通的吃瓜路人。她是替艾周急啊。

朱西西说："明天下午纪言他爸公司有新品发布会，他答应带我去，你也来啊。"

"我去干吗啊？"

"汪鹿也会去的。"

艾周安静了三秒，说："西西，我问你个事？"

"什么？"

"你和江纪言在一起，有那种感觉吗？"

"什么感觉？"

"触电的感觉呗。"

"我们又没一起摸电门，怎么会知道。"

"别打岔，你明白我在问什么。"

朱西西沉默了一会儿，撕下面膜说："周周，爱情这东西到老了也会遇到。但男神这种东西，到老了就成了老神经病了。所以，我想在自己最好的时候体验男神，等老了再找个老神经病体验爱情。"

"哈，说得还挺有道理的。"

朱西西捧着水灵灵的脸，挑了挑眉毛说："那是当然。"

不得不说，朱西西的脸整得真是完美，当浮肿与僵硬褪尽之后，一颦一笑都变出一种生动的美。艾周看着她，都觉得自己快弯了。

就在这时，徐颖推门进来了，手里抱着个大箱子，嘴里喊着："西西，你这是订了多少吃的啊。那个 Befixed 不干了，还真麻烦。快递都要自己解决了。"

自从方至的视频闹得满城风雨，和 Befixed 合作的快递公司都怕影响自己的形象，纷纷解约。现在快递来了又只能堆在校门口，还好"乘风"里有个能跑腿的。

朱西西跳下床，撕开箱子，里面一半都是小老板海苔。她拿出一包扔给艾周。艾周呆呆地坐着，没注意到，"啪"地拍在脸上。刚刚撕下面膜，还是黏黏的，海苔竟然黏在了脸上，没掉下来。

朱西西"扑哧"笑出来，说："想什么呢？脸大也不要用接东西来证明吧。"

艾周拿下海苔，飞送一记白眼。

其实一听到 Befixed，艾周的脑子就已经不由自主地拐到方至那里去了。

她不想说，自己其实是有点儿担心他的。因为命运是个有偏见的导演，一旦给了你某个人设，就会让你沿着这个人设一直演下去。

你是组宠，就会是永远的宠儿。

你是群嘲，就要接受永远的嘲笑。

艾周的脑海里又飘过了方至的眼睛，好像许多年前一样，带着不肯服输的倔强。

可不肯服输又能怎样呢？

命运之神只会赏你一句话：不满意，你咬我啊。

Chapter 2：两个世界

应该是许多年前的某个初秋。艾周刚刚升入中学不久，午后的阳光金灿灿的。时间缓慢地推动着地上的影子，越来越长。直到放学铃声骤然响起，一切好像才被激活，成群的学生从校门口叽叽喳喳地拥出去。

艾周背着书包刚从校门走出来，就听见人群里冒出一声尖叫。所有人的目光都循着声音望过去，一个三十多岁的男人，蓬头垢面地站在路边，迷茫的双眼在四处张望。

看脸，算是帅大叔；看衣服，皱巴巴的 T 恤有点儿丑。再往下看，就不忍直视了。因为他只穿了条内裤！有接孩子的家长呵斥道："干什么的！快点儿滚！这里都是学生，你要不要脸！"

可是那个男人仍然无动于衷。一个五大三粗的家长走过去，用力推了他一把，说："快滚啊！死变态！"

就在这时，一个瘦瘦的身影冲出来，挡在那个男人面前说："走开，别碰我爸！"

艾周一瞬间就惊呆了。

那个仰着头，一脸凶巴巴的男孩，竟然是方至。而站在他身后的男人，是他的爸爸方烈。艾周完全没想到，那个陪她在沙滩玩过一个暑假的男孩会和自己同校。而那个在照片里帅气又拉风的方烈，却变得如此狼狈邋遢。

方至脱下身上的校服，围在方烈的腰上，然后拉起他的手说："走啦，你跑出来干什么啊！"

围观的人群中突然冒出一句："方至，原来你爸是傻子啊！哈哈。"

几个男生也嘻嘻哈哈地附和："不是说他骑车很厉害嘛，是骑三轮车厉害吧。"

方至没回应，也没回头，嘴唇紧抿成一条直线，脸憋得通红。

一个男生悄悄从后面跟过来，一把扯掉了方烈身上的衣服。

男生们顿时爆发出一阵哄笑。

方至终是忍不住了。他停下脚步，捡起地上的校服，重新给方烈系起来，说："你乖，别乱跑，等着我。"

他转身走到那个手贱的男生面前说："你知道有什么事情你怕我不怕吗？"

"什么？"

方至一弯嘴角，说："找家长。"

说完，他就扑上去和那个男生厮打起来。周围的男生自然不会只看热闹，一拥而上。

有时，少年人的世界比成年人的世界还要冷酷。因为他们还不懂得体恤别人的痛苦与难堪，又或者干脆将别人的痛苦与难堪当成娱乐心情的笑料。艾周常想，方至就是从那时候起注定没朋友了吧。他注定要一个人面对恶意满满的周遭。

那天艾周吃过晚饭，托词去找同学，其实是悄悄去了方至的家。

方至的家又乱得不成样子了，一百年的垃圾和一万年的空气都回来了。方烈躺在卧室的床上，睡得很熟。方桌上摆着吃剩下的方便面。方至鼻青脸肿地坐在沙发上，一言不发。

艾周说："疼不疼？"

"废话。"

艾周被呛得不知道说什么好，半晌才又开口说："原来咱们是同一所学校的。"

"才知道吗？"

"你早知道怎么不来找我？"

方至抬头看了一眼卧室的方烈，没说话。他大概是不想让艾周知道家里的变故吧。

艾周又问："你爸爸他怎么了？"

"上次撞伤头以后，脑子越来越不好使了，总是做一些乱七八糟的事。"

"对不起啊。"

"我爸傻了，你对不起什么啊？"

"我是说今天放学，我没帮你。"

方至淡淡地笑了，说："你个女生能帮我什么？"

"你是生我气了吗？"

方至摇了摇头说："艾周，你不懂男生的事。以后那帮人不会放过我的，我会有很多很多麻烦，你帮不了我的。"

"那我去帮你找老师。"

"唉，都说你不懂男生的事了。"方至抬起左手，放在胸前说，"你听着，如果有一天，你再看到我挨打、被欺负、被嘲笑、被冤枉，统统都不用帮我。你只要把手放在这里，我就知道你在支持我、相信我，懂了吗？"

艾周难过得说不出话来，只能用力地点了点头。

从此，他们定下了一个秘密的契约。一个不用语言就能领悟的信任，一个只用动作就能明了的支持。

那天艾周离开的时候，方至一直送到她到巷子口，单薄的身体停滞在暗弱的晚霞里，只留下一片坚硬的墨影。

那是艾周第一次发觉，他们来自两个不同的世界。她用自己成长的常识，解读不了方至的生活。她的父母无论怎样争吵，怎样厌恶彼此，都会保护她，爱护她。她最大的悲伤里，也不会缺少吃，不会缺少穿。

她不需要一个人去面对海量的嘲讽，不会在放学的路上，因为父亲就莫名其妙地打一架。

而方至呢？原本就不完整的家庭，又遇重创。现实的残酷让他根本无暇悲伤。对于他来说，父母争吵又能算得了什么呢？能有机会听到父母吵架都是一种幸福。

方至突然在艾周身后喊："Hey！谢谢你来看我。"

艾周听着，眼泪无声无息地涌出了眼眶。

Chapter 3：小鹿同学

有时候，艾周不愿意想起方至。因为他总是从遥远的地方传递来一抹低沉的情绪，像是深夜里的海潮，缓缓推开暗涌不息的迷雾。

可艾周又忍不住想起他，想他倔强执拗的眼神，想他受伤后的笑容，想他骑着自行车，不断前行的背影。

人总是这样矛盾，害怕黑暗带来的恐惧，又迷恋黑暗散发的气息。

艾周坐在教室里，手托着下巴发呆。老师讲课的声音，像是某种法力无边的咒语，随时随地催人入睡。艾周发现，逃出高考的重压，她的人生似乎就失去了勤奋的动力。人家选修课都是挑名师去选，可她和西西专挑哪个期末好过就选哪个。比如这门"网络文学的创作与赏析"，据前辈们说，该老师只有一个要求，就是点名必到，考试必过。所以无论老师讲得如何催眠，她们也必须选。

朱西西翻着手机里的照片，为下午的发布会准备衣服。朱西西有个习惯，买一件拍一件，扔一件删一张。这样找衣服会方便得多，每隔五秒，她就问一遍艾周"这件好不好看"。

艾周烦到翻白眼，说："又不是嫁人，至于嘛。"

"当然至于。"朱西西贴在艾周的耳边说，"你没看过他们家去年发布会的照片吗？他前女友一身 Burberry 加驴包。"

艾周惊讶了，说："晕，不够她老的。她是当江纪言的女朋友还是江纪言他爸的女朋友啊。"

"就是啊，搞不懂江纪言什么口味。"

就在她们说话的时候，一个保安敲门走了进来。艾周认识，是江纪言的狗腿队长。这次他特别有礼貌，先行了个礼，说："老师，打扰您了。我有事找你们班的朱西西同学和艾周同学，能让她们出来配合一下吗？"

刚开课不久，老师对学生也不太熟。她问："有叫朱西西、艾周的吗？"

艾周和朱西西一脸疑惑地站了起来。

队长说："就是你们俩，跟我来吧。"

艾周和朱西西收拾好书，跟着队长走出了教室。

朱西西疑惑地问："找我们干什么呀？"

"有人找。"

说话间，二人已经下了楼。有两个男生站在大门口，朱西西一眼就认出了江纪言。她一蹦三跳地走过去说："原来是你找我啊，搞得这么神秘。"

江纪言揽过她，说："直接找你们出来不太好吧。"

朱西西对艾周使了个眼色，说："给你介绍，这是汪鹿。"

其实艾周早就看见汪鹿了，瘦瘦的，不是很明显，只有站在他面前，才会觉得他高。干净的米色 T 恤配卡其灰长裤，脚上穿了一双法国版飞跃的高帮球鞋。汪鹿对艾周笑了笑，说："你好啊，我们好像见过。"

艾周只感到四个字"如沐春风"。这么好看的男生会要自己的微信号，她打死也不信。她死缠烂打追着人家要还差不多。

她扭捏地说："你好啊。"

朱西西"扑哧"一声笑出来。艾周知道她在笑什么，因为自己的脸肯定红了。

江纪言说："走吧，我带你们去买衣服。"

原来江纪言找朱西西出来，是为了下午的发布会准备行头。朱西西回想起他前女友的衣服，有点儿后背发凉。真是直男无审美啊。他是也要把她和艾周打扮成中年妇女吗？

朱西西纠正他说："不是你带我们买，是你陪我们买。"

江纪言笑着说："有什么区别？"

朱西西一本正经地说："我担心我们驾驭不了你喜欢的风格。"

汪鹿在旁边无声地笑了，显然他对江纪言的审美也很无奈。他看了看手表，说："快走吧，我知道一家不错的买手店，带你们，不，陪你们去。"

现在竟然还有戴手表的男生呢。宝珀的经典系列，白盘黑带，简洁复古，品位好到爆。艾周一脸崇拜地看着他，好感度海量上升。

汪鹿说的店在长乐路上，叫M Space。一幢独门独院的三层小楼，旧旧的外表，浸透着历史的味道，可里面却是极简的画风，干净，素白，偶有梅枝横入，宛如有大片留白的水墨。老板Max热爱旅游，反正也是满世界转，后来干脆开了家买手店。汪鹿和她很熟，喜欢叫她Man姐。因为Man姐不止时尚敏锐度高，眼光独到，Man力值也是爆表。她的名言就是——"每个买手都是条精致的汉子"。

这天Man姐也在店里，看起来二十三四岁的样子，但浑身散发着明艳锋锐的气场。朱西西虽然漂亮，可站在Man姐面前，就漂亮得不那么明显了。这大概就是女生与女人的区别吧，少了一种自信的气势。

Man 姐走过来和汪鹿打招呼，说：“小鹿，好久不见了。”

汪鹿说：“是你太忙，我来你也不知道。”

Man 姐“咯咯”地笑了，说：“刚好有新装到，你们自己去转转。”

说起来，M Space 的衣服品位的确不错，有很多北欧小众的牌子在上海都很难见到。不过扫一眼价格，艾周心里就有些惶恐了。随随便便一件小东西就要四位数，只要能算得上“礼服”的裙子，都是五位数起跳。

她悄悄地和朱西西说：“西西，我看还是算了吧，这里的衣服太贵了。”

朱西西咬牙切齿地说：“第一次一起出来，本小主哪能退缩！”

对于朱西西来说，做土豪也是有限度的。买过万的包都少见，何况是过万的裙子。传说中“买个貂”也就这个价了吧。

艾周说：“那我就不陪你疯了。”

朱西西眼睛一瞪，说：“衣服你刷本小主的卡，吃饭我刷你的饭卡。这个月就算吃土也得买。”

艾周想到日后两个吃土少女的悲惨生活，含泪说了声：“嗻。”

Chapter 4：谈爱走心

于是，朱西西和艾周都挑中了 Simone Rocha 家的小礼服。朱西西的那一件缀满红色花朵，有小小的夸张，但公主感十足。艾周挑了一条缩褶刺绣的米色连衣裙。朱西西远远瞥了“米色”汪鹿一眼，对艾周说：“你是故意挑的这个颜色吧？”

艾周说：“怎么可能？”

可惜她脸上的表情已经出卖了她。

她们从试衣间出来的时候，江纪言已经结过账了。而且不止买了两条裙子，还有搭配的鞋子和手包。

朱西西在店里倒是没说什么，直到出来才对江纪言说："这个钱我以后会还你。"

江纪言轻描淡写地说："怎么了？伤自尊了？男生给女生买礼物很正常。"

"我觉得，我们的关系还没到随便送几万块礼物的程度。"

江纪言的脸微微一黑。他见过和自己拼命拉近关系的女生，还没见过哪个嫌关系太近的。他说："如果你是想表现自己与众不同，引起我的注意，到这一步就可以了。我希望你以后不要刻意制造问题。"

朱西西说："纪言，谈爱走心，谈钱走肾。我喜欢你，是因为你是全校最优秀的男生，我不想我们的关系从一开始就和钱绑在一起。如果你想表现自己是个有责任心的男朋友，到这一步就可以了。我希望你以后能记得我的存在，不要凡事都替我做决定。不过，今天的包包和鞋子选得真心赞。"

艾周惊讶了，她第一次觉得朱西西有了一种嚣张的气焰。

这才是漂亮女生该有的气场。校草怎么了？豪门怎么了？买得起裙子，买不起我们的人。她挽起朱西西的胳膊，替朱西西打圆场，说："对不起啊，纪学长，我们家西西就是个耿直的人，别往心里去。"

汪鹿在一旁说："你们想得可真多。什么礼物？这些东西是为参加发布会买的，算工装，回头找他爸报销。"

几个人都笑了，小小的尴尬也就化解了。

说实话，艾周知道这次发布会重要，但完全没想到竟然这么重要。因为这是威新公司去年上市后的第一次新品发布会，代表着未来几年的发展方向。作为威新总裁江远唐唯一的儿子，江纪言也逐渐被八卦新闻关注。

发布会在浦江边的一家五星酒店举行。江纪言在62层订了间豪华套房，好让他们四个人休息。江纪言和汪鹿在客厅里喝酒闲聊，艾周和朱西西则在卧室里慢慢化妆。

艾周关上房门说："哇，你今天真是气场全开啊，竟然回呛江纪言。"

"那还得谢谢你。"

"啊？和我有什么关系？"

"是你提醒了我。"朱西西放下眉刷，转过头说，"美女不是我这样的。我现在可是大美女哎，又不花他的钱，凭什么比他低一等。"

艾周看着一条眉毛粗，一条眉毛细的"大美女"，"哈哈"地笑了，说："那你不怕他受不了啊？"

朱西西的眼神一暗，说："反正他的女朋友也是一年一换。我受气也是一年，不受气也是一年。我干吗不痛痛快快按着自己的方式和他玩一年？男神不可多得啊。"

艾周抿了抿嘴，没说话。一段感情，从一开始就加上了最终期限。这话不管说起来如何爽快，听起来都有种莫名的悲凉。

下午三点，发布会即将开始。二楼的宴会大厅前铺了红毯，两侧站满了记者。一些重量级嘉宾陆续到场，有商界名人，也有娱乐圈的明星。江纪言四个人从房间出来，乘电梯去二楼。两个男生也换了正装，"年少才俊"的味道就出来了。

汪鹿走在江纪言身后，弯起手肘，示意艾周挎上来。

艾周的脸瞬间就红了。

真是太帅了！帅得艾周怀疑自己是不是在参演偶像剧。

她轻声说："你根本就没要过我的微信号是不是？"

汪鹿怔了一下就猜到了。因为之前朱西西和他说的是另一个版本，朱西西告诉他，自己最好的闺密想和他做朋友，能不能认识一下。

但他还是体贴地说："没有。是我和西西要你的号，但她不肯给。"

艾周心里涌出的幸福感快要炸裂了。她拼命低着头，生怕自己脸上控制不住的笑容吓到可爱的小鹿同学。

艾周都不知道自己怎么走进电梯的，总之电梯缓缓下行的时候，她的脸才悄悄退烧。

这部电梯是50层以上VIP客人的专属电梯。50层以下，外面无法按停。可这一天，电梯突然停在了42层。江纪言正感到奇怪，电梯门缓缓打开，外面竟然站着六个身穿黑色连帽卫衣的男生。他们低着头，帽子压得极低。

朱西西冷不防看见，吓得发出一声惊叫。而电梯外的六个人，却沉默地走进电梯，按了关门键。气氛瞬间变得拥挤而紧张。电梯运行了一会儿，突然"轰隆"一声停住，所有的灯光瞬间熄灭。黑暗中，艾周和朱西西吓得抱在一起，发出刺耳的尖叫。

应急灯跳闪了几下，发出青白的光芒，电梯里才重新亮起来。

那六个穿黑色卫衣的男生，缓缓抬起头，脸上竟然都戴着《惊声尖叫》的白色面具。

江纪言大声呵斥说："少装神弄鬼的！你们想干什么？！"

站在最前面的男生发出一声轻笑，突然挥手就是一拳。

朱西西和艾周缩在墙角里，发出了第二拨尖叫。而江纪言和汪鹿很快就被打倒在了地上……

电梯在五分钟后恢复了正常，缓缓直行到二楼宴会厅前，"叮"的一声打开了。

记者的长炮短炮齐刷刷地转过去，等待下一个名人走出来。可里面却是更劲爆的画面，四个人坐在地上，被结结实实地捆绑在一起！

江纪言身上的衣服被剪成了碎布条，头上还被戴了一对毛绒绒的大耳朵。他的两只眼睛挂着乌黑乌黑的大眼圈，远远看过去，像一只狼狈不堪的大熊猫。

电梯外的人群“轰”的一下炸开了锅，闪光灯密集闪烁着刺目的白光。大概每个女生都幻想过被镁光灯照耀的感受吧。可艾周和朱西西想过一万种，也没有今天这么劲爆。坐在江纪言身侧的朱西西用力一挣，把江纪言推进了角落，自己堵在门前。终于有保安跑进去帮忙解绳子，可绳结系得太紧，一时又解不开。

江纪言的父亲江远唐闻讯赶来。到底是见过大风大浪的人，他把自己的助理推进电梯，然后按了关门键，转身对记者说：“抱歉，小孩子就喜欢胡闹博关注。”

电梯门终于关上了，缓缓地向上升去。江纪言愤怒地对助理大喊了一声，说：“快给我解开啊，这么笨！”

朱西西披头散发地坐在地上，安抚他，说：“别急，你别动才好解。”

说实话，她在心里对江远唐有点儿惊讶，这究竟是个怎样的父亲，见到自己儿子如此境况，既不愤怒，也不怜惜。而是万分理智地关上门，把他们送回到 62 层。

而艾周呆呆地靠在汪鹿身上，失神地看着电梯门。

汪鹿问她：“喂，你怎么样？吓到了？有没有受伤？”

艾周摇了摇头，没说话。她没有受伤，也不是被吓到了。她只是在一遍遍地回想那六个男生跑出电梯的一瞬间。最后一个离开的人，竟然对着她，把左手放在了胸前。

那是方至吗？

那就是方至吧！

Episode Four

远方的鲸

Far from You

一滴孤独，
可以换成一池眼泪。
一缕回忆，
可以换成一路月光。
如果前方有海，
请记住它的声音与颜色。
那是我想念你时的歌声与梦境。

Chapter 1：找到鲸群的鲸

空白，对于方至来说，是一种奇异的状态。比如骑死飞的时候，双腿上下起伏，景物从眼里飞快地掠过。他的脑子里就会出现一片直线延伸的空白。什么都没有，空空的，不知道自己的方向，也不知道自己要去哪儿。

有时候站在繁华的街道上，他的脑子也会像电脑一样突然当机。身边是或沉默或喧嚣的陌生人，阳光明烈灿烂，他的灵魂被抽离出身体，停滞在某个不知名的空间里。

有时和他的兄弟们在一起，也会出现莫名其妙的空白。

比如此时此刻，Befixed 里弥漫着啤酒的气味。七个男生时不时地爆发出哄笑和叫嚣声，个子最高的叫飞机。飞机说："今天真的爽爆了！"

浑身肌肉的小浩克说："谁让那个姓江的害得我们快递做不下去！"

瘦瘦的狗嘴说："也多亏小爆了啊，电脑这么厉害，能把电梯停住。"

小爆小得意地说："停个电梯有什么难啊，还是至哥计划得好。"

方至半倚在沙发上，耳旁传进说话的声音，却反应不出说话的意思，只有手中的啤酒罐微微冰着指尖。

小爆拍了一下方至的肩膀说："又梦游了？"

方至像收魂回来似的，拿起啤酒喝了一口问："说什么呢？"

小爆说："快递不做了，你说我们几个以后干什么啊？"

"再说吧。"

方至懒洋洋地瘫在沙发上，好像不久之前，在电梯里整治江纪言的根本不是他。

Befixed 最初就是屋子里的这七个爱玩死飞的男生组建起来的。开始一起练死飞，后来接商演，做快递。方至不是他们中最大的，但大家都习惯都听他的安排。因为他车技好，也因为他有头脑。就像小浩克常说的，如果没有方至，我们基本就是街边玩车的小混混。

姚江和姚海是一对兄弟。

姚海说："别再说啊，现在就说吧。"

方至说："狗嘴已经上大学了，小浩克明年要高考。你们俩不是要实习吗？各有各事，现在散了也挺好。"

飞机年龄最大，已经二十三岁了。他说："喂，怎么说散就散啊。散了你去哪儿啊？"

"我……想去复华读书。"

"噗！"小爆一口喷出来说，"我没听错吧，你去复华？"

"怎么了？"方至把指节捏得嘎嘣嘎嘣响，一脸恐吓地说，"有什么问题？"

"没问题，没问题。"小爆害怕地说，"至哥说什么都是对的。"

大家一起沉默了，突然说起散伙，心里难免有点伤心。飞机安静了一会儿，说："虽然各有各的事，但 Befixed 永远都在，这里是咱们的家。"

方至咳了咳说："我准备搬走了。"

飞机的脸一瞬间僵住了。七个人里，只有方至和小爆没有家，他们的家就是 Befixed。如果方至搬走了，Befixed 就真的没有了。

方至看着飞机一脸要哭的样子，坐起来给了飞机一拳，说："逗你的，我准备开一家死飞配件店，你们可以入股啊。"

大家的兴奋感顿时又回来了，几个男生在一起大呼小叫地尖叫起来，好像Befixed已经是雄霸天下的国际连锁店了。

就在他们打闹的时候，突然传来一阵敲门声，急促的节奏，透出一种愤怒。

是艾周，身上还穿着那件贵得要死，却又狼狈不堪的小礼服。她刚从酒店回来，连宿舍都没回就直接来了Befixed。她猜出“黑衣人”的一瞬，心都像要爆炸了。

她一边拍门，一边喊：“方至，我知道你在里面，你出来！”

小浩克探头看了看说：“哎？那不是今天电梯里那个女生吗？”

方至走出来，打开门说：“你怎么又来了？”

“今天是不是你？”

“是我，怎么了？”

“你……”艾周原以为方至会否认，没想到他竟坦然承认，一时间不知该说什么。她结结巴巴地说，“你、你为什么这样做？”

“报复不懂吗？”方至句句干脆。

“你以前……不是这样的。”

“什么样？”方至反问她，“被人欺负只能忍是吗？艾周，我们太久不见了，你认识的方至我不认识。”

“就算报复，你不觉得也有点儿过分了吗？”

方至微微笑了，说：“你是想说，我对你有点儿过分了吧？但是我想告诉你，现在的我，非黑即白，你选择参加江纪言的发布会，就是选择了自己的圈子。”

就在这时，后面的卧室里突然走出来一个男人，头发乱糟糟的，身材微胖，一身淡蓝的棉布睡衣松松垮垮地套在身上。他茫然地朝门口望过来，突然边叫边跑过来：“小美！小美你来找我了！”

艾周怔了一下才认出来，是方烈。他真是老了太多了，曾经的帅气已经看不到一丝一毫。

男生们冲上去，七手八脚地拦住他。小浩克和飞机从两边架住他的胳膊说：“叔，叔，那不是小美，你看错了！”

小爆喊：“快拿尿不湿，好像尿透了。”

姚海笨手笨脚地翻出一包，一撕，“哗”地撒了一地。一片一片的白色方包，和方至书包里的一模一样。显然所谓的“姨妈裤事件”根本是冤枉了他。

方至回头看了一眼，说：“如果我从前是头孤独的鲸，现在我已经找了鲸群。谢谢你还记得我们曾经的小约定，不过以后不需要了。你有你的世界，不要再来我这里。”

Chapter 2：诀别的意味

艾周这是第二次被方至拒绝在Befixed的门外。她低着头，默默地往回走。

天色渐渐昏暗，空气里夹杂着深秋的寒意。艾周忘不了方至看自己的眼神，不是冷漠，不是厌恶，而是没有一丝情绪。她发现，方至也许看得比自己要透彻。她这么愤愤不平地找过来，不是因为他的报复有多过分，而是接受不了方至把自己和江纪言同等对待。

他们可是有过少年约定的人啊。

艾周忍不住想起初中时的方至，就像他自己说的，总是在遭受无休止的欺侮。

他的书，常常会被“不小心”地碰在地上，多出几个鞋印。或是凳子上莫名其妙地出现图钉，刺进他的大腿。有时候，只是一个无意交接的眼神，就会被视为挑衅，招来男生们的围攻。

班主任问他："你的脸上怎么总有伤？是不是老在校外打架？"

方至以前会解释，某某某总是找他的麻烦。但后来不会了，因为班主任的回应总是一句话："人家怎么不找别人只找你呢？一个巴掌拍不响。"

于是方至这只"巴掌"最终选择了沉默。

不过沉默有时是妥协与软弱，有时却是不屈与不屑。方至越是不声不响地闭紧嘴巴，内心就越是滋长出一种无法摧毁的坚硬。

方至就是在那一年爱上死飞的。

常常是在清晨，整座城市还没有醒来时，方至就会推着方烈的旧车子，走上空旷的街道。

曾经他无比讨厌死飞，觉得它占据了方烈全部的时间，但是现在，他却开始有点儿理解爸爸为什么那么热爱骑行。因为在高速机械的运动中，他可以什么都不用想，什么都不去想，身旁的一切都漫漶成浮光，只有清晰无比的前路，永无尽头。

应该是五月，海风潮暖的初夏。方至放学回家，发现方烈竟然不在。他焦急又慌张地一路找出去，后来在离海滩不远的路边，他终于找到了方烈。方烈躺在树荫下的长椅上睡着了，他的脚边，坐着一个穿着校服裙的女生。

是艾周。

她看见方至，站起来说："你手机怎么停机了啊？"

方至看到爸爸没事，终于放下心来。他嘟囔着说："早欠费了。"

艾周说："我路过看见你爸睡在这儿，猜你就得急。我本来想去找你的，又怕你爸醒了乱走。"

"也不知道他是怎么把门打开的……谢谢你啊。"

方至没有叫醒方烈，而是靠着椅背，看远方的海岸。那里正盖着一幢古怪的建筑，屋顶有一头巨大的鲸鱼模型，做出昂首摆尾的样子，远远望去，就像一条真的跃出海面的鲸。

艾周走到他身边说：“听说那里好像要建成亚洲最大的海洋馆呢。”

方至看着那头鲸说：“你觉不觉得鲸是一种很古怪的生物。明明不是鱼，却生活在海里。明明是哺乳动物，却又没法回到大陆。它注定孤独没有朋友，不属于任何一类。”

他是在说他自己吧。

艾周第一次发觉方至的改变。现实逼着他迅速长成了一头古怪而孤独的鲸，只是，还不够强大，不够庞大。

艾周说：“其实……你还有我这个朋友啊。”

方至笑了，说：“你怎么可能是鲸鱼，你不是南千夏娜游六花一世吗？”

“噗——”艾周差点儿喷出一口鲜血，说，“你怎么知道的？”

那时候，艾周已经和朱西西是很要好的朋友了，跟着她进了中二满满的动漫社团。她把最爱的女主名字放在一起，给自己起了个闪瞎眼的花名。她不再是那个独自逃去海滩的女孩，开始有了新的生活。

就在这时，他们身后响起一个女生的尖叫。艾周转过头，看见朱西西正惊诧地看着自己。

朱西西说：“周周，你在干吗？你怎么和……”

朱西西瞥了一眼方至，没敢把话说完，只是快步走过去，把艾周拉到身边。她悄悄伏在艾周耳边说：“喂，他是不是在找你麻烦？”

艾周摇了摇头说：“没有。”

朱西西一边拉着她走，一边说：“我和你讲，我同桌告诉我，他爸是变态。他也好不到哪儿去，就爱打架。你离他远一点儿。”

艾周没说话，只是默默地回头看了一眼。方烈此时已经醒了，方至正扶起他，给他擦流到嘴角的口水。一瞬间，艾周就明白了自己为什么不可能会是与方至为伴的鲸。因为她是生活在陆地上的生物，无论如何喜爱鲸，都不可能放弃自己生存的族群，跳进大海。

方至突然转过头看向她，眼神交会的一刻，他轻轻地挥了挥手。

艾周莫名地感到一种诀别的意味。

也许是因为他们都察觉到，从今往后，再也无法像从前那样，做一对自由自在的朋友了。

朱西西用力拉了一把艾周说："哎呀，别看他。他瞪谁谁怀孕的！"

艾周咬了咬嘴唇，把悄然生出的难过压进心底细小的缝隙里。

Chapter 3：蓝裙女生

艾周从Befixed回到学校的时候，天已经黑了。宿舍楼停电了，宿管阿姨正在找人维修。艾周在宿舍楼门口遇见了朱西西。朱西西换了衣服，整理了妆容，完全看不出之前经历过兵荒马乱。

朱西西说："你不是先走了吗？怎么才回来？"

艾周支支吾吾地说："我……刚才遇到了一个朋友。"

朱西西看了一眼黑漆漆的宿舍楼，说："咱们在外面坐一会儿吧，等来电了再进去。"

艾周也不想回宿舍点蜡烛洗澡，于是她和朱西西到马路对面的小店买了酸奶坐下来慢慢舔。

朱西西说："干吗先走啊，汪鹿换好衣服出来，知道你先走了很懊恼，说应该先送你。"

"乱成那样，不想搅在里面。"

艾周本来只是随口找了个理由，可想想的确是这样。今天发生的事太多了，惊喜与惊吓都在一天里完成，还真是不一样的体验。她叹了口气，说：“明天咱们是不是要上头条了？”

“什么明天啊，现在已经是头条了好不好。”

朱西西打开手机，从微博到朋友圈，都是江纪言和她的丑照。不过朱西西看起来反倒格外兴奋，她说：“看，全是我们的新闻。”

“拜托，你是有多想红啊。全是负面新闻，你还这么高兴。”

“怎么不高兴啊？现在正能量有人看吗？八卦卖丑才有人关注。”

说着，她点开自己微博的晒伤图，转发量已经破万了。图片上是朱西西的左臂，有一片极大的乌青。艾周惊讶地说：“啊？你受伤了？那些黑衣人也太狠了吧。”

艾周真心觉得方至有些太狠了，竟然对女生下这么重的手。

可朱西西对她挑了挑眉毛，说：“傻瓜，是我换衣服的时候，自己砸的。”

艾周的嘴张成了“O”形，半天收不回来。

“有什么好惊讶的。”朱西西继续说，“我都想好了，反正我和江纪言也不可能天长地久，所以我不止要好好享受男神，还要借着他的平台好好发展自己。”

“你这是要转型做心机 girl 了吗？”

“你要这么说也行。”朱西西从包里拿出一本书放在艾周面前说，“这本书你也应该看一看，有好多实用的大招。”

那本书的名字直白到令人无法直视——《如何钓土豪的 12 条黄金法则》。艾周随手翻了翻，终于知道朱西西对江纪言的转变从哪里来的了。所谓是“她的点醒”，只不过是一个由头，真正实战的出处，都在这里呢。什么“语言刺激法”“行为叛逆法”等等，总之一句话——

土豪经手，绝不放过。

艾周说：“现在看这样的书，是不是有点儿早啊？”

朱西西朝她翻白眼，说：“零零后都出道了，还早什么啊。”

可就在她翻白眼的一瞬间，突然看见302的窗口站着一个人影。她愣了一下，说：“哎？那是谁在咱们寝室？”

艾周也顺着她的目光看过去，发现在窗子后面竟然站着一个女孩。两条黑色的发辫垂在脸颊两侧，掩住了大部分的脸。蓝白方格的裙子，衬在黑暗里仿佛散发着异样的光。女孩一动不动地看着远方，嘴唇微微翕动，好像在和空气说话。

朱西西拉住她的手说：“走，咱们上去看看吧，不会是偷东西的吧？”

艾周点了点头，心里有些发毛。有偷东西这么明目张胆地站在窗口偷的吗？

朱西西显然也有点儿怕，紧紧握着艾周的手，战战兢兢地上了三楼。因为停电，楼道里几乎没什么人。她们在302的门前停下来，深吸了一口气才打开门。

朱西西没进去，先拿着手机往里面照了一圈，窗前根本没有一个人影，于是两个人一起长长地舒了口气。就在这时，来电了。灯光一瞬间照射下来，让人感到安全。

艾周轻声叫道：“桃子，麻麻回来了。”

通常桃子一听到艾周的脚步声就会蹿出来，可是这一天，艾周怎么叫也没回应。她有点儿急了，到处翻找起来。朱西西担心地说：“它该不是又溜出去了吧？”

艾周突然在厕所里大叫了一声：“这是谁干的啊！”

原来桃子不知被谁捆住了四肢和嘴，塞在了马桶里，还盖上了盖子。

艾周心疼地把桃子抱出来，小心翼翼地给它解开了绳子。桃子一下蹿进艾周的怀里，发出委屈的呜呜声。朱西西撕了一大堆的卫生纸给它擦身子，说："周周，你得找个地方，把桃子先寄养一段时间。"

"为什么？"

"我觉得有人在针对桃子。现在一想，上次桃子丢了，也可能不是桃子自己跑丢的。"

"难道是……"艾周不想怀疑室友，毕竟大家才刚认识不久。可是这次桃子都被塞进马桶了，下一次不知道还会发生什么。

朱西西站起身说："走吧。"

"干吗？现在就送啊？"

"傻啊，带桃子出去洗澡。你不是喜欢马桶味吧？"

Chapter 4：半途之缘

发布会后的几天，朱西西发自拍发个不停。作为江纪言新近亮相的绯闻女友，关注度直线飙升。有赞她勇敢的，也有骂她整容神经病的，还有人解读她把江纪言挤到角落里的举动，够聪明，够智慧。宁可自己被拍丑照，也不让男朋友形象受损。

艾周问："你当时真这么想的？"

"对啊。"朱西西大方地承认，"我就是要江纪言感激我，知道我是个不一样的女生。"

如果不是艾周知道黑衣人是谁，一定会觉得他们是朱西西找来出演苦肉计的群演。

而江纪言对朱西西也的确变得冷眼相对。虽然事发之后他请了假在家里避风头，但他还是买了一堆的礼物，让社团的新人给朱西西送过来。有些进口的小零食，也有些贵得要死的护肤品。

朱西西和艾周下楼去拿的时候，新人齐声喊了句：“给嫂子请安。”

所有人当场笑喷。

虽然只是个玩笑，但朱西西心里却是受用无比的。她们抱着箱子回寝室的时候，徐颖简直快乐疯了。她抱着零食箱子大叫：“西西，你以后也带着我混吧，交个有钱的男朋友也太幸福了吧。”

陈思敏还像往常一样，坐在自己的床上，没有凑热闹。她远远地瞥了一眼，说：“西西，不要一上来就接受男朋友太多的东西，要不然他以后会看不起你的。”

之前朱西西也表示过不想和江纪言“谈钱走肾”的，但陈思敏说话的调调听着就让人反感。她“唰”地撕开一袋布尔本家的豆乳威化，说：“思敏，男朋友呢，就像这袋威化，你吃才能体现他的价值。不吃，他就过期作废了。”

徐颖早已经开吃了，她满嘴鼓囊囊地附和：“西西说得对，男朋友不用，还留着天长地久啊？”

陈思敏没说话，一个人戴上耳机看书去了。

那天晚上熄灯之后，大家躺在床上聊八卦。

徐颖突然说：“对了，你们听没听说咱们宿舍楼闹鬼的事？”

“怎么了？”朱西西最怕鬼了，胆怯地问。

“有人晚上起夜，看到个女生扎了两条辫子，穿一条蓝格的裙子，在楼里念念叨叨地走来走去，吓死人了！”

艾周听了，心里一颤。那天她和西西见到的也是那个女生吧。她说：“那没有监控拍到吗？”

“你不知道吗？”徐颖说，“上一届的学姐集体抗议，说监控侵犯女生的隐私，给拆了。”

最后，还是陈思敏用一句传统的老话结束了这个话题，她说：“你们睡不睡觉，明天还有课呢。”

大家终于安静了。只有朱西西蹑手蹑脚地爬上了艾周的床，她钻进被子里，轻声说：“抱着我抱着我，一个晚上都别松开啊。”

艾周笑她：“还怕鬼啊？”

“说得你好像不怕似的。对了，你赶紧给桃子找户人家啊，我觉得肯定是那个鬼女生在整桃子。”

很奇怪，说起寄养桃子，艾周第一时间想到的竟是方至。尽管他们不久之前刚有过一段不太友好的见面，但她莫名地觉得把桃子交给那个鲸鱼一般的男生，就会很安全，很放心。

这段时间，艾周总会问自己一些有关方至的问题。如果方至当初没有离开，他会是什么样？他们又会是什么样的关系？她和他会一直保存着那隐密的友情，一直到长大吗？

然而这些问题永远也不会有答案了。因为那头孤独的鲸鱼终是游去了远方的大海，没有回头。

艾周还记得，那是初中的第一个暑假。她和方至常去的海滩有人出了意外，被警察围了起来。她跑到不远处的山上眺望，没想到在山顶遇到了方至。那时的方至长高了许多，推着车子站在那里，有了少年青葱的帅气。

艾周问：“你怎么也上来了？”

方至说：“看热闹呗，那边不让过去，听说死人了。”

“死的是什么人啊？”

“不知道，好像是有游客溺水了。”

两个人并肩站着看了一会儿，也看不出个所以然。方至突然说：

“对了，我退学了。”

“哦。”艾周淡淡地回应。

到底是长大了一点儿，学会了不把心事全部表露在脸上。她说：“不上学，你干什么呢？”

方至说：“医生说，人脑子不行了，通常只会记住记忆最深的事。你猜我爸现在能记住什么？”

“你？”

方至摇了摇头，说：“死飞和小美。”

“小美是谁啊？”

“我妈。”方至看着远方，缓缓地说，“所以，我想带我爸去骑死飞，去找我妈。我希望他不要把最爱的事情也忘了。”

“那……你是要走吗？”

“嗯。”方至用力地点了点头。

那是艾周第一次感受到真正意义上的心痛，仿佛整个心脏都紧缩在一起，无法舒张。她深深地吸了口气，压住哽咽的声音说：“那……我们以后是不是再也见不到了？”

方至微微咬了咬牙齿，似乎也在抵御不期而至的难过。他说：“你知道地球为什么是圆的吗？

艾周摇了摇头。

“它是要让分开的人，有机会重新相遇在一起。因为它是圆的，分开的距离越远，相聚的距离就会越近。”

艾周傻傻地问：“那就是缘分的意思吧？”

“差不多。”

“那你说，咱们还有没有缘分再见面？”

方至拍了拍车梁说：“上来，我们一路骑下去就知道了。”

艾周看着有点儿怕，问："我们会不会摔死？"

方至笑了，是美好而明媚的笑容。

他说："知道吗？以前我爸就曾带着我妈从这里一路冲下去，可拉风了。我们也来一次。如果我们不死，就代表我们还会再见面。"

艾周仰着头看方至。阳光如瀑，倾倒在他们身上，散发着如同被神吻过的光芒。

艾周坐上方至的车子，从山顶一路冲下去。

他们尖叫，大笑。

风吹动裙角与发丝，不断地跳跃欢腾，向着远处的海飞去。

可是车子还没冲过半山腰，就轧到了一块石子，直飞起来。两个人箭一般地飞了出去，重重地摔在了地上。

虽然艾周摔在了方至的身上，但也疼得几乎要晕过去。

方至扶她坐起来，问："有事吗？"

艾周摇了摇头，突然尖叫了一声说："呀！你胳膊受伤了！"

他们从车上掉下来的时候，方至一直在用力地抱住她。落地的一瞬间，右臂擦在了树枝上，划出了长长的伤口。方至随手用护腕绷住，说："没事，骑死飞哪有不受伤的。"

艾周看他一副不太在意的样子，稍稍放了心。她转过头，看了看剩下的山路，叹气说："唉，我们还是没走完啊。"

方至说："可是，我们也没死啊。"

没死，就是还有希望的意思吧。

艾周突然抵不住心里汹涌而至的悲伤，把头顶在方至的胸前，放声痛哭起来。

而方至就那样一动不动地挺着。

那时的他，还不懂得如何去哄一个哭泣的女孩。他只能任她在自己并不宽阔的胸膛哭干最后一滴眼泪。

现在，艾周终于知道自己为什么会对对方有着莫名其妙的信任了。

因为少年时代的方至，曾用他瘦瘦的身体保护过她。

其实，所谓的“安全感”，从来不是男生如何强大，而是他肯用自己的生命，去换你的安好无恙。

Episode Five

你的两面

Double sides

光把你切成两面，
一半明亮，一半黑暗。
时间把你切成两面，
一半温暖，一半冷漠。
我不确定，
在时间与光的分切里，
你会把哪一半，留在我的世界。

Chapter 1：安全感

成长就是一个不断领悟过去的过程。

小孩子是不懂得领悟过去的。当有一天，你开始懂得回想做过的事，遇到的人，让他们在心里慢慢发酵，生出别样的滋味，你才有资格说“我不是孩子”之类的话。

这几天，方至以及与方至有关的那些事，在艾周的心里开始发酵了。比如，十三岁时看着方至受伤的手臂，更多的是一种无法言表的心疼，可现在却发酵成了一团若有似无的安全感。她记忆中的上帝视角，又莫名地开启了。她仿佛浮在半空中，看着自己和方至从自行车上摔出去，一切都极缓慢。方至的左手把她紧紧环在怀里，右臂用力一挥，挡开横刺过来的树枝，皮肤被划开的一瞬，发出如撕纸般的破裂声……

而在不远处的沙滩上，是更小一点儿的自己。她和方至并肩躺在明烈耀眼的沙滩上，艾周说：“我往哪儿离啊，睡大马路？”

方至说：“我家呗，反正我家也没人。”

艾周歪着头，认真地想了想说：“行。”

唉，安全感真是一种不可捉摸的东西，有些人天生会让你生出跟着他不会死的信任。

汪鹿说：“安全感的产生，不是因为你身处无比强大的环境里，而是在一个毫无压力的环境里。所以说，一个人能给另一个人安全感，不是因为这个人的能力有多强，而是这个人能让另一个人感到全身心的放松。”

艾周听着，心里幡然顿悟，方至带给她的大概就是这种感觉吧。她说：“对哦，一个人可以让你百分百地放松，就是给了你百分百的安全感。”

汪鹿点了点头，说：“所以，我们今天的主题就是体验安全感。”

他身边几个女生“啪啪啪”地鼓起掌来。

此时，正是美好的周五时光。初冬的上海，奉献出一年中最为清朗透明的天气。汪鹿带着他的社员，坐在一方露天的阳台上。

这个社团是汪鹿创办的，叫“慢生活体验社”。这么奇葩的社团大概也只有汪鹿这样无聊的人才能想出来。参加的社员一共只有九个，基本上都是他的迷妹，当然也包括迷弟两枚。艾周是受汪鹿邀请来参加的。如果说之前汪鹿的温柔让她产生了什么非分之想，至此，已经全部破灭。

因为她发现汪鹿的温柔不是专给她的，而是给他身边的每一个人的。其实，这种温柔换一种说法可能更贴切，就是“涵养”。

是的。在当下，有涵养的男生简直是生物界的稀有品种。自大、嚣张、娘炮、小气、自私、自贱……身处品类繁多的男生种类中，有时真让女生绝望。还好有汪鹿——温暖、谦和、包容，附赠精致美好的颜值。他的存在，拯救了男生们不断下跌的平均值。

如果非要说汪鹿有什么缺点，也许就是时不时地冒出一些古怪又天真的想法。比如今天，他是这样安排的——包了一家咖啡馆的阳台，坐在阳光下面，以一种最自然、最自我的姿态，喝一杯茶。

汪鹿说：“有安全感的猫，会把肚皮露出来，这是一种放松与信任的体现。所以今天我们都要用自己最放松的姿势，享受一段时光。”

艾周手托着下巴，眨着眼睛，说：“汪社长，你是不是也会像猫一样，把肚皮露出来啊？”

迷妹们一听都兴奋了，附和着说：“对啊，对啊，社长应该把肚子露出来。”

汪鹿笑了，做了一个要掀起衣服的动作，引来一片尖叫。可是他又放了回去，说：“哎呀，天好像有点儿冷。”然后他的脸就红了。

女生们又发出一片不怀好意的笑声。这是参加慢生活体验社最大的福利吧——随时随地调戏可爱的小鹿同学。

玩笑过后，大家好像都找到了放松的感觉，奇形怪状的坐姿也都出来了。有的趴在桌子上，有的把腿架到椅背上。艾周把鞋子脱了，盘腿坐着，有种“抠脚大汉”的气势。而一旁的汪鹿，则以著名的“北京瘫”瘫在沙发上。

这个姿势和方至的“大字瘫”有着异曲同工之妙，像一团化了的冰激凌，软软的，好像要流到地上去。

艾周在心里暗暗一声惊叫，她这是中蛊了吗？这么美好的男生瘫在身边，她竟然又想到了方至！可能是因为天气太好了吧，阳光干净得像北方没有雾霾的通透晴天。

艾周侧头八卦起汪鹿来。她说：“小鹿，感觉……你和江学长的性格完全不一样，连共同爱好都没有，怎么会是这么好的朋友？”

“他爸和我爸是复华的校友。他爸刚搞威新的时候，我爸是股东。我们从小在一起长大，所以必须是朋友。没得选的。”

艾周哈哈大笑出来：“说得好像你们是指腹为婚似的。”

“差不多，我们是指腹为兄弟。”汪鹿说，“其实纪言是个很缺乏安全感的人，除了我，没有别的朋友……”

“不行，不行。”艾周打断他说，“你再这么说下去，我就要炒你们俩的 CP 了。”

汪鹿笑了，洁白的牙齿闪耀出一片光。以前西西和艾周说过的“鉴男法则”之一，就有牙齿要好。朱西西说，一个人的外表可以装出来，但牙齿装不出来。牙齿不好的，说明生活习惯不好。对自己没有要求，缺少自制能力。搞得艾周每次想起这条法则，就想扒开对面男生的嘴巴，看看牙口好不好。

艾周说：“江情圣是不是几岁就有几个女朋友啊？”

“应该……”汪鹿好像很认真地算了算说，“不止吧。”

艾周轻声咳了一下，不经意地带出这次八卦的主题：“那你呢？”

“我？我还没谈过恋爱。”

“不可能？！”连在一边旁听聊天的女生都叫出来了。

艾周“抠脚大汉”的气场全开，她一拍大腿说：“你以前的女同学也太暴殄天物了吧！”

汪鹿却一脸呆萌地说：“夸张了吧，我算什么天物？”

唉，总有一种男生，帅而不自知其帅，萌而不自知其萌。他们存在的意义，就是为了让这个世界更加美好和谐，稳定富强。

艾周在微信上和朱西西偷偷说：“怎么办？我中毒了，一看小鹿同学笑，就想掐他的脸。”

朱西西回复说：“那我给你发张镇邪图吧。”

“求镇。”

很快朱西西就传来一张照片，当即把艾周的邪念给镇住了。照片里是桃子，头顶的毛被剃光了，活脱脱像个小和尚。

艾周连粗口都溜出来了，她说：“天哪，谁干的啊。”

正在体验安全感的“瘫鹿”吓了一跳，坐起来说：“怎么了？”

艾周不好意思地吐了吐舌头说：“没事没事，我家狗换了个新发型。”

Chapter 2：颜值即自信

桃子在艾周的怀里一蹿一蹿的，伸着舌头要舔她的脸。艾周看着它的新发型想生气，却又憋不住笑。世界上总有一种狗，丑而不自知其丑，蠢而不自知其蠢。

艾周说："你怎么那么笨啊，人家给你剃毛你就让人家剃。"

朱西西坐在她身边说："今天徐颖出门忘了锁宿舍门，回来就成这样了。"

"你说到底是谁没事溜进来祸害桃子啊？"

朱西西小声嘀咕了一句："说不定是自己人呢。"

艾周没接话，目光向对面床瞟了过去。其实她们心里都想到了同一个名字——陈思敏。该怎么说陈思敏这个人呢？平时除了上课，就是去图书馆，晚上回宿舍，无论干什么都戴着耳机，摆明了拒人于千里之外。她大概是有个异地的男朋友，几乎每周都会收到一封信。现在还能拥有一个用漂亮信封诉衷肠的男朋友，真是令人印象深刻。另外，她还有一点儿洁癖，并不严重，主要是对自己的东西比较苛刻。

有一次，大家下课回来，陈思敏一进门就看见桃子抱着自己晒在阳台上的拖鞋在玩。她也没说什么，拉开门，捡起拖鞋，转身"砰"的一声扔进了垃圾桶。当时朱西西就怒了，一把揪住她，说："干吗？至于吗？你扔给谁看！"

陈思敏却淡淡地说："你至于吗？我自己的东西扔给我自己看不行吗？"

艾周和徐颖连忙拉开两个人。从此，陈思敏更成了宿舍里的独行侠。

这天晚上，朱西西"佳人有约"，江纪言请她吃饭。她坐在床上，一边化妆，一边说："周周，你和汪鹿怎么样了？"

"什么怎么样啊？"

"没有进展吗？"

艾周长长地叹了口气说：“我倒是想啊，可汪鹿这个人……”

“他这个人怎么了？”

“太好了呗。”

“废话，不好我能推荐给你吗？”

艾周把脸凑到朱西西旁边，和她一起挤在小镜子里，说：“大小姐，请睁开眼看看差距好不好。你有资本搞定江纪言，我有什么资本吸引汪鹿？”

朱西西做了个经典自拍的微笑，说：“是哈，但咱们周周有可爱的性格啊。小鹿同学不是对你挺好的吗？”

艾周长长地叹了一口气，说：“别提这个了。你有没有发现，汪鹿对所有女生都很好啊。你以为他是有情，可其实他是礼貌。”

徐颖也在旁边，她拨弄着朱西西的化妆品，打岔说：“西西，我能试试吗？”

朱西西没空理她，说：“试吧，试吧。”然后继续和艾周说：“我和你讲，你得有自信。你看我，追纪言的女生那么多，我要是少一点儿自信都没机会和他在一起。”

艾周说：“女生的自信都是和颜值挂钩的好吗？”

“这是偏见。”

“美女没资格谈论不要颜值的话题。”艾周反驳。

徐颖又插话说：“哎，你们看我颜值有没有提升？”

艾周和西西一起转过头去，不约而同地笑喷出来。徐颖涂了一张血红大口，加上她天生两条浓眉毛，直接把颜值提升到惨不忍睹的新高度。

朱西西说：“你是要参加人妖表演吗？”

徐颖不好意思地把嘴上的口红擦掉，说：“西西，有时间你教教我化妆好不好？要不然男生都把我当哥儿们。”

“好啊。”朱西西爽快地答应下来。

艾周搭住徐颖的肩膀说：“看，我说什么来着，女生啊，颜值决定自信。”

这一天，朱西西很早就走了。徐颖不想出门，准备在宿舍吃泡面。艾周不想吃泡面，也不想吃食堂，一个人转去学校东门的美食街。这条美食街不长，但能满足吃货的全部愿望。每次踏上这条街，艾周的内心都在挣扎——吃，还是长胖，这是女生最难抉择的问题。

已经过了五点，城管尽数退下。摆地摊的小贩们也陆续出来了。卖发卡的、贴膜的、开着跑车卖盗版鞋的……今天还多了一个新摊子，围了一群人。艾周好奇地凑过去，人群中间是个男孩，十六七岁的样子。瘦瘦的，留着乱糟糟的长头发。他的身边立了块大大的牌子，上面写着“父亲病重，等钱救命”之类的话，所以要摆摊挨打，十块一拳。

都是套路，连“重病老爸”这种老梗都不愿意换一下。刚有人打了三十块钱的。说实话，平白无故打一个陌生人，绝大部分的人都下不去手的，所以钱都是白花。不过万事总有例外。一个超级大块头走出来，喊了一声：“我来！”然后挥舞着五十块钱，递过去。

大块头的个子起码在一米八五米以上，围观的人一下兴奋了。朱西西光看着大块头的拳头都觉得痛。男孩大概也是看着有点儿怕，犹豫了一下才接过那五十块钱。

大块头挑衅地说：“五拳啊，你受不受得了？”

男孩吞了口吐沫，说：“来吧，钱我都收了。”

大块头微微一笑，挥起拳朝男孩打了过去。看起来他没用全力，可男孩被他打中胸口的一瞬间，后退了三步，一屁股坐在了地上。

围观的人群发出各种复杂的声音，有惊呼的、嘲笑的，也有可怜的……有一个男生从人群里走出来，扶起摔在地上的男孩，说："有没有事？"

男孩疼得说不出话来，只是咬着牙，倔强地摇了摇头。

男生转过身，对着大块头说："哎，剩下那四拳，我替他。"

艾周忍不住脱口而出："喂，方至！你发什么神经！"

没错，出来帮忙的人，正是方至。可他根本没理艾周，只是对着大块头勾了勾手指。街边的霓虹闪烁，映着他似笑非笑、似冷非冷的脸。

艾周的天空，幽幽地飘过一个字——帅。

Chapter 3：直击心灵

有些男生的帅不是静态的，而是动态的。他们在照片里，也许只是路人，但当你站在他身边，就会发现他们自带光芒，动起来的每一帧，都是大写的帅。

方至没什么准备动作，就是站在那里等着。大块头挥拳过来，直击在他胸口，发出"砰"的一声闷响。艾周吓得浑身一颤，就好像大块头巨形的拳头砸在了自己身上一样。可是方至看起来还好，脸上只掠过一秒的僵滞，瞬间换成满不在乎的笑。

大块头被激怒了，又连挥出两拳，用的力气更大，每一拳都打得方至倒退一步。可方至深吸一口气，缓缓地吐出来之后，依然无恙。他说："来吧，还有一拳。"

艾周真不知道他是由什么构成的。难道他离开这几年，被漫威某个大反派抓去改造成了某某侠？

大块头也感到惊讶，他走过去，举起拳头，却在方至的肩头轻轻地捶了一下，算是最后一拳。他说："行啊，哥们儿，厉害。有机会咱们好好打一架！”

方至点点头，说：“好啊，一言为定。”

说完，他转过身，掏出钱包，从里面抽出五百块钱，放在男孩的手里，说：“今天别摆了，就到这儿吧。”

男孩有些不知所措，结结巴巴地说：“我、我……这个我不能要。”

方至说：“拿着吧，算你欠我五十拳。早点儿回去照顾你爸。”

男孩的眼圈红了。他说：“好，我欠你五十四拳，以后我会还你。”

大块头也递过来两百块钱，说：“那你也欠我二十拳吧。你可别骗人啊，要不然这二十拳打死你。”

围观的人群里，也有人陆陆续续过来给男孩捐了钱。而方至却悄悄退出来，捡起地上打包的外卖往回走。看来他也是来买晚饭的。艾周追上去说：“哎。”

方全侧头看她一眼，说：“不生气了？”

“生啊。”

“今天算是有人替你报仇了。”

“不算，仇我得自己报。”

艾周突然察觉自己说话的调调竟然有点儿嗲嗲的撒娇。

唉，真是没出息。艾周高冷绝交的人设，被方至刚才的惊艳出镜完美击穿。特别是给男孩五百块那段，暖暖感动，直击心灵啊。要不是自己兜里只有五十块饭钱，肯定也会去献一份爱心。

不过话说回来，有关“电梯事件”。艾周冷静下来之后，也想了许多。比如，方至要想对她隐瞒的话，不做那个暗示的动作，她又怎么会知道？再比如，在电梯里，如果方至没有把她绑上才会带来更大的麻烦吧？江纪言说不定会把她当成帮凶。所以，按着这个思路想下来，方至完全是在帮她呀！

艾周不知道是不是自己脑洞太大。

她跟着方至走了一会儿。

她不说话，方至也不理她。艾周觉得气氛有点儿怪怪的，但是突然说走，又觉得好尴尬。

这时，方至问她："你是出来吃饭的吧？"

艾周怔了一下说："啊，对。"

"这条街都走完了，你要去哪里吃？"

"啊——哈哈。"艾周觉得自己的愚蠢度已经直逼傻傻的桃子了。

方至晃了晃手里的外卖袋子，说："刚才小爆来电话说有事出去了。我多买了一份，要不要一起？"

"好啊。"

艾周毫不客气地答应了，就像许多年前的自己，一言不合就跟着方至回了家。

最近的"Befixed"有点儿乱，要转行，许多的东西都要扔掉，到处都是箱子。方至准备自己弄，把房子前面的部分装修成店面。方烈还在睡觉，要不然小爆也不会开溜。艾周帮方至把外卖从袋子里拿出来，有生煎和油豆腐粉丝汤。

艾周到上海之后，发现最迷人的食物就是生煎了。薄皮脆底，一咬一包汤。她边打开盒子，边没话找话，说："刚才要被你吓死，那个人的拳头那么大，痛不痛啊。"

方至从冰箱里找出两个苹果，放在桌子上，说："还行吧，挨打一直是我的强项。"

艾周悄悄嘀咕了一句"现在打人才是强项吧"。

她问："你认识那个摆摊的男孩？"

"不认识。"

“那你就帮他出头，还给钱，万一他是骗人的呢？”

方至冷淡地说：“万一他真有个绝症的父亲呢？”然后他转身去里面的房间叫方烈起床。

艾周看着他的背影，暗暗叹了口气。他毫不犹豫地帮助那个男孩，一定是因为这几年带着方烈生活得很难吧。他知道照顾一个患病父亲的全部艰辛，才不愿怀疑那个写在牌子上的万年老梗。

方烈大概是没睡醒，被方至叫起来，有点儿不高兴。头发乱糟糟的，坐在床上不肯下来。方至说：“快点儿，先吃饭。睡太多，你晚上又不睡觉和我闹。”

“我不吃，我要睡觉！”方烈嘟嘟囔囔地说。

艾周也帮忙跟着劝，她拿起装生煎的纸盒，说：“叔叔，快来吧，热乎乎的生煎可好吃了。”

方烈看了艾周一眼，突然坐直了身体，低声对方至说：“她什么时候来的？”

方至无奈地摆出“囧笑”，方烈一定是又把艾周当成小美了。他干脆顺着方烈的误会，说：“你再不快点儿，人家可就走了。”

方烈连忙从床上下来，还用手捋了捋乱蓬蓬的头发。当然，捋了也没什么用，还是爆炸现场的造型。算起来，方烈应该还不到四十岁。可是长久的失智让他看起来已经完全是个邋遢的中年大叔了。

他安安静静地坐在桌子旁，目光时不时地看向艾周，露出直白又可爱的笑。

艾周小有尴尬，说：“你爸该不会又把我……”

“对，把你当我妈。”方至回答得干脆。艾周听起来，总觉得哪里不对劲。

方至夹起一个生煎包，用勺子托着，小心地咬了个开口，向里面吹了吹，然后送到方烈面前说：“张嘴。”

可方烈根本不理他，一个人念念有词不知道在说些什么。方至一瞪眼睛，说：“快吃，要不然晚上饿了没得吃。”

方烈嘟着嘴说：“我要骑车。”

“好。”方至把生煎包送到方烈的嘴边，说，“你吃完我就带你去。”

方烈这才乖乖地张开了嘴巴。

艾周发现，方至身上唯一没变的，就是对方烈的“管教”。这么多年来，他始终以最大的耐心照看着越来越神经的爸爸。

初冬的天空，黑得好快，一顿饭的时间，就已变成深沉的夜色。方烈从一个大箱子里翻出一套护具，摇得乒乓作响。方至刚收好垃圾，不耐烦地说：“知道了，知道了。不用晃了。”

艾周一旁问：“你爸这种状态可以骑车的吗？”

“有我什么都能。”方至随手拿起一顶粉红色的安全帽说，“你要不要来？”

“我？”艾周愣愣地问，“我没有车子的。”

“在Befixed里说没有车子是想找打吗？”方至说完把头盔扣在艾周的头上，“啪”地一拍，说，“这么多年，个子都没长。”

艾周吃痛，一缩脖子，可心里却浮起一层若有似无的甜。

可能是因为“这么多年”这四个字吧，像一片小天窗，悄悄泄露了心事。看来在他心里，到底还保留了许多过去，从未忘怀。

Chapter 4：眼角的星光

方至给艾周找了辆有刹车和变速器的公路车，自己推出一辆长长的双人自行车。怪不得他说，有他什么都能呢。方烈穿好护具，骑在后面的位子上，突然就不闹了，眼里竟然有了认真专注的神情。方至坐在前面，说：“好了吗？”

方烈举起拳头，在方至的头盔上一敲。艾周“噗”地笑出来。因为方烈敲得太过豪迈，“砰”的一声，足够把方至敲出脑震荡。方至得到这个重磅信号，瞬间发力，直冲出去。

到底是热爱骑行的父子，无论平时有多少磕磕绊绊，骑动的一刻，无比一致。两个人都深埋着身子，箭一样划破黑色的夜风。

车子上的方烈，简直判若两人，动作不再笨拙，眼神也没有一丝混沌迷茫。他仿佛又成了照片里那个帅气张扬的男人。

艾周用尽全力跟在后面，暗暗嘀咕着，哪有这么不懂得怜香惜玉的男生啊。约人家一起骑车，然后把人家扔在后面，可是她又有些小小的感动。因为方至至少还保留着一种与方烈交流的方式，简单，无须言语。只要有速度与风，他们就会保持在同一个频道，同一个次元。

方至最终在一片湖水边停下了。艾周追上来，累得快要晕倒了。原本她想抱怨几句，可是看见方至和方烈就那样安静地站着，她也乖乖闭紧大喘气的嘴巴。

方烈望着前方，嘴唇微微抖着。看起来，他像是想起了什么，可又说不出的样子。突然他说：“我……我……我没养过你，你也不用养我的。”

方至没有看方烈，只是伸出手臂搭在他的肩膀上，说：“你生了我，我就得管你。”

艾周诧异地捂住嘴，说：“他……你爸爸，他……”

方至转过头，无奈地微笑，似乎在肯定着艾周的想法。

其实，每一次骑行，都会唤醒方烈某些丧失的记忆。只是这些记忆存在的时间越来越短，像一颗流星，飞掠，闪光，碎裂，消于无形。

方烈突然又变得蛮横起来。他说：“我要骑车！我要骑车！”

“好，我们骑车。”方至又换回了哄小孩的口气。

艾周不敢相信，昏暗中，她似乎看见方至的眼角，有细碎的星光在闪烁。

Episode Six

命运的轨迹

Orbit of Fate

你有你的过去和未来，
我有我的昨天与他日。
我们是两条相异的轨道，
只是在并行的前路中，
看过同一片星河。

Chapter 7：轨迹

西西鉴男法则之二：男生的裤子代表他的品位。上装可以随性，鞋子可以随意，但裤子必须有款有型。

艾周之所以想起西西的法则之二，是在因为她正坐在 Befixed 的沙发上，双眼一直挂在方至走来走去的双腿上。真是太看好了，又直又顺。她觉得西西的法则应该修改一下，男生只要有一双美腿就够了，穿什么裤子都有品位。比如眼前的方至，穿了条破工装裤，又是洞，又是油的，可是根本阻挡不了散发出的美好。

方至说：“你准备把桃子放多久？”

对的，艾周不是来欣赏美腿的，她是来托付桃子的。她看了看桃子说：“放到放假吧，要不然怕它小命不保。”

桃子和方烈好像很有缘。他们面对面坐着，已经对看半天了。方烈用手指头戳桃子的“秃头”，一下一下，感觉很好玩。桃子也乖，瞪着眼睛让他戳。

方至边收东西，边问：“你怎么不把它留在家里？”

“桃子是我爸送的，我妈会虐待它的。”

“你爸妈还天天吵呢？”

“不吵了，已经离了。”艾周无限感慨，“你说咱们的父母咋这多戏呢。我爷爷奶奶、外公外婆都安安好好过了一辈子，再看他们，都是不作一下就难受的节奏。”

方至说：“你知道什么叫身不由己吗？命运决定你做一个什么样的人，你是没得选的。每个人都有自己的轨迹，轮不到你自己选择做什么样的人。”

艾周咂了咂嘴，不知该怎么接话。也许是这几年他与她的境遇太过不同，她感觉自己仍是小孩心性，但方至却有了一点儿沧桑感。她说：“要不要这么悲观，人要肯努力，还是可以改变命运的好吧。”

方至的手边正好有卷封箱带，他“唰”地扯开一段贴在箱子上，说：“这就是命运，前半截已经贴好了，后面无论多长，你都要沿着这个方向贴下去。”

“谁说不能。”艾周跳过来，干净利落地撕断胶带说，“换个地方重贴不就行了。”

方至伸手摸了摸自己黏过的胶带，说：“许多人以为自己可以隔断过去，重新开始。其实是不能的。你做过的事，终究会决定你的未来。”

艾周说：“你知道吗？你完全不像富强、民主、文明、和谐、自由、平等、公正、法治、爱国、敬业、诚信、友善的新时代青年。”

这一口长气说的，差点儿没把艾周憋死。连没什么幽默感的方至，都被她逗得弯起了嘴角。

已经是晚上六点，方至的朋友骑着车过来了。有的刚下课，有的刚下班。总之七个人凑齐了五个。他们一进屋就看见了桃子，一起围过去。小浩克说：“哎呀，哪儿来的狗啊？”

还是狗嘴眼尖，他朝艾周的方向努了努嘴，大家这才看见了艾周。

艾周心里这个气啊。虽然自己不是美女，可是在这么一帮男生眼里存在感低得还不如桃子，也真是过分。这大概是汪鹿系男生和方至系男生的区别吧。一个即便对你无感也会以礼相待，一个无感就等于无视。要是现在沙发上坐的是美美的朱西西，他们保证不会漏看。

小浩克又嚷了一声：“小爆，新活儿安排得怎么样了？”

狗嘴在一旁又推了他一把说：“一会儿再说。”

这点儿事艾周还是懂的，肯定是有什么事不能让自己知道了。于是她站起来说：“方至，我先走了，桃子就拜托你了。”

方至忙着整理东西，没说话，也没转头，只是抬起手摆了摆，算是应答。

艾周撇了撇嘴，走出了Befixed。她说不出自己在期待什么，但心里却有一点儿失落。深冬的天空，黑得极快，弥漫着一层淡灰的雾。

突然，小浩克从门里追出来，说："等一下，至哥说天黑了，让我送你回去。"

一瞬间，艾周心里的失落全没了，换成一片暖心的水。她推辞："不用了，街上还有好多人呢。"

"还是送吧。"小浩克双手插兜走到艾周身边，说，"你叫什么啊？"

"艾周。"

"哦——"小浩克恍然大悟地说，"至哥非要自己绑的那个女生就是你啊。"

"什么？"

小浩克下意识地捂住嘴，说："我是不是又说了什么不该说的？"

Chapter 2：鬼上身

艾周一路都在想方至为什么非要亲自绑自己呢？

他是怕别人弄伤她吧。

这个答案让她的心怦怦乱跳。说实话，每次回想起电梯里发生的一幕，她心里都有一百二十个怨气。但突然得到了新答案，一切又都变得不一样了。她忍不住再次展开了猜想大法，深度揣测着面具下的方至究竟会是怎样的表情？

小浩克把艾周送到宿舍楼下就离开了，她飘飘悠悠地回了寝室。只是刚推门，屋里就发出两声惊叫，艾周吓得一哆嗦。

寝室里只有朱西西和徐颖。两个人几乎吓瘫在床上，徐颖拍着胸口说："你可吓死我了。"

"是你们吓死我了。"艾周关上门说，"你们在干吗？"

朱西西从背后拿出一封信，说："你好奇不？"

那封信一看就知道是陈思敏的，因为几乎是每周一封。陈思敏去图书馆看书通常九点才会回来，所以朱西西才起了偷看的念头。

艾周说："这样不好吧。"

"有什么不好的。"朱西西把信放在床上说，"你看，这封没粘牢。拿水润一下就能开，看完了再给她粘上。"

徐颖拿了湿毛巾过来，说："管她呢，谁让她那么招人烦。"

寝室里就是这样，面对不合群的那一个，大家的德道水准普遍下降。当然，强烈的好奇心驱使着艾周加入偷看的行列。

没一会儿，徐颖就慢慢地把信封打开了，里面只有一张泛黄的纸。应该是从笔记本上撕下来的，一边还有毛碴。反正面都写满了，但反反复复只有三个字。

朱西西看完顿时炸了！

因为那三个字是"江纪言"！

朱西西拿着那张信纸，怒气飙升，说："这是什么意思？她这是什么意思！"

突然，寝室的门开了，是陈思敏。她今天忘了带手机所以回来取，没想到正好看见拆信这一幕。艾周和徐颖全吓呆了。陈思敏微微怔了一下就反应过来发生了什么。

她冷冰冰地说："谁让你们动我东西的？还给我！"

可朱西西根本不理她，说："你给我解释清楚，为什么会有江纪言的名字！"

“关你什么事！”陈思敏平时看起来文静，发起脾气来却冷冽异常。

朱西西嚷着说：“他是我男朋友，当然关我的事。”

陈思敏却轻哼了一声，说：“你自己说过的，反正也是一年。又何必在意这些呢？把信还我，要不然我去叫管理老师来。”

朱西西没有办法，愤恨地把信扔给她，说：“你最好放聪明点儿，我看中的人，谁都别想动！”

陈思敏从地上捡起来，说：“你不用担心这个，你还是担心一下你看中的人会不会看中你吧。”

说完，她就拿起手机，打开房门走了。

朱西西气得浑身发抖。

艾周安慰她说：“算了，算了，别生气了，说不定是同名呢。”

“怎么可能！哪有那么多同名的人。”

跑去关门的徐颖指着门板上的画，说：“哎，你们看，这个沙滩上是不是多了个人影？”

艾周瞥了一眼，远远看去，在沙滩和海水之间，依稀有个人形的轮廓。不过说是被谁摸脏了，应该更贴切。

朱西西正有气没处撒呢。她对着徐颖喊：“有病啊！谁看她的破画！快点儿把门关上。”

这天晚上，302的气氛异常紧张。陈思敏九点准时回来，一言不发地洗漱上床。朱西西把艾周喊过来陪她，两个人躺在一起，嘀嘀咕咕地一直说到十二点。陈思敏大概也是顾忌到刚吵过架，没有说她那句“夜谈名言”。

慢慢地，朱西西和艾周也开始困了，有一句没一句不知道自己在说什么。可就在她们迷迷蒙蒙之间，躺在对面床上的陈思敏突然直直地坐了起来。朱西西第一个看到，推了艾周一把，示意她看过去。昏暗的光线中，艾周也看不清陈思敏是睁着眼睛，还是闭着眼睛，只觉得她一脸木然地坐在黑暗中，一动不动。

场面实在太诡异了，两个人吓得汗毛都竖起来了。艾周正犹豫着要不要叫陈思敏一声，陈思敏却转身下了床，在镜子前拿起梳子梳了两下头发，然后给自己编了两条乱糟糟的麻花辫子。朱西西和艾周彼此紧握住对方的手，大气都不敢喘一下。

陈思敏扎好了头发，又走回床边，从床底下的衣箱里翻出一件蓝格子的连衣裙，胡乱地往身上一套，开门出去了。

朱西西咬着手指，半晌都不敢说话。直到外面听不到声音，她才轻声说："她是鬼上身吗？"

"是……梦游吧。"艾周害怕地说，"西西，咱们以后还是少招惹她吧，太吓人了。"

"谁怕她啊。"

不过听声音就知道，朱西西也就是嘴硬。毕竟这大半夜的满楼游走，的确惊悚骇人。

Chapter 3：有一种男生

第二天清晨，艾周醒来的时候，陈思敏也刚起床。她看起来正常如初，好像完全不记得昨天晚上做过什么，洗漱之后，带着书和耳机就走了。艾周和朱西西在课间的时候又说起她。

朱西西说："咱们宿舍楼里闹鬼，肯定就是她了。半夜三更出去梦游，跟鬼一样。"

艾周却手托着下巴说："你还记得她的信吗？"

"怎么了？"

当时情况乱糟糟的来不及细想，现在回想起来，艾周觉得有一个很大的问题。她说："那个笔迹应该就是陈思敏自己的吧。"

朱西西一愣，说："对啊，难道是她自己给自己写信？"

"你没发现那信纸很旧吗？而且字体也比现在的幼稚一点儿。"

"好像……是这样。"

"而且很明显，那张纸是从日记本上撕下来的，对吧？"

"那又怎么了？"

艾周柯南似的摸了摸下巴，说："她可是每周收一封啊。也就是说，有人每周给她寄一页她以前的日记。"

"我靠！"朱西西被这个推理震惊了，说，"那个人是变态吗？"

艾周摇了摇头说："不知道，我也是瞎猜。"

"那你继续瞎猜，她和江纪言什么关系。"

艾周白眼连翻，说："这我上哪儿猜去啊，你直接问江纪言不就好了。"

中午，朱西西真的就去找江纪言了。她要拉上艾周一起去。

艾周说："我就不去了，我想去看看桃子。"

朱西西这才想起来，艾周昨天把桃子送走了。她说："都是陈思敏闹的，把我桃子的事都给忘了。一会儿我和你一起去看。"

艾周连忙拒绝说："不用了，你还是去找你老公吧，把事问清楚比较好。"

艾周只是告诉朱西西把桃子放在了朋友家，可没敢告诉她放在了方至那里。要不然，朱西西非原地爆炸不可。

那天艾周吃过午饭就去找方至。Befixed 里只有方至和小爆。桃子见到艾周格外开心，一蹦三跳地扑到艾周怀里来，一边哼哼，一边舔。

Befixed 里的东西收拾得差不多了，方至正拿着卷尺测量墙壁。他看见艾周后和她点了点头，又继续量他的墙。

有一种特别气人的男生，就是方至这样的。你出现和不出现，只是一个点头的区别。

艾周凑过去说："要帮忙吗？"

"你不懂。"

"我可以的。"

"让开。"

"你……"

"姐姐，姐姐，快来我这儿，给我帮忙。"

小爆溜溜地跑过来把艾周领走了。他最懂方至了，做事讨厌有人在旁边。小爆也挺忙的，艾周回头看了一眼方至，不太情愿地说："要我干什么？"

小爆面前有一个巨大的工作台，上面乱七八糟地放着一堆电子设备。电脑啦、平板啦、手机啦……中间还有一架黑色的六翼无人机。

小爆拿起一块智能手表，戴在艾周的手腕上，说："走走看。"

艾周莫名其妙地走了两步，问："怎么了？"

"继续走。"

小爆拿起平板电脑按了按，放在桌子上的无人机"呼"地腾空而起。艾周向前走了几步，那架无人机跟着就过来了。

艾周乐了："这东西好玩啊，是跟拍用的吗？"

说着，她又向前跑了几步，无人机立时追了过来。

艾周转了个圈，说："有种当明星的感觉呢！"

小爆对着方至说："至哥，怎么样，这个新装备下周六用上，拍出来的东西肯定拉风。"

“下周六拍什么啊？”艾周好奇地问。

方至“啪”地收起卷尺，说：“不关你的事。”

艾周觉得和方至在一起简直要憋死了，有一种想要发泄却没处发泄的郁闷感。

方至的手机闹钟响起，他去药柜里给方烈拿药，随口说：“小爆，喂饭。”

艾周原以为是给方烈准备下午茶，没想到小爆从一堆杂物堆里翻出一袋狗粮。桃子屁颠屁颠地跑过去，艾周一看，牌子不是她原来常买的那个。她问：“怎么不吃我带来的？”

“扔了。”小爆很自然地回答。

“为什么啊？”

小爆“哗哗”地给桃子倒了一碗，说：“至哥说了，那个牌子的吃了得肾结石。”

艾周张了张嘴，不知说什么好。其实方至还是从前的方至吧，即便变得沉默寡言，也依然保留着性情里的无微不至。只是他的关怀仅藏在自己的行动里。他不止不说，甚至连表情都没有一个。

艾周说：“我替桃子谢谢你啊。”

方至说：“不用，我是怕它死在我店里。”

艾周微笑着在心里默念：我好想马上掐死你，谢谢。

Chapter 4：八卦的代价

傍晚，艾周一个人躺在宿舍的床上，看着手机上的视频。视频是白天无人机拍下来的，小爆发给了她。艾周看了一遍又一遍，当然她不是在看自己，而是在看背景里的方至。都说认真工作的男生最帅，看来一点儿不假。他低着头，头发刚过眉线，遮出一小片阴影。他的脸上没什么表情，但没什么表情也让人怦然心动。

他和艾周印象中的样子相对比，变得太多了。从前，他会明明白白、清清楚楚地对自己好，可现在呢，总是一副漠不关心的样子。然而有些没人在意的细枝末节，他却偏偏又想得到。其实这样的男生最可怕了好吗？因为你一旦发觉他的表达方式，就很容易沦陷。

突然，艾周暂停了视频。因为无人机在转动角度的时候，刚好拍到了小爆放在工作台上的电脑，屏幕上是一幅列表，有一行被标红了。艾周截图，放大，发现这是一份港口货运的时间表。标红的那条显示是下周六晚上八点到港。

艾周大概猜出了一二三。她咬了咬下唇，自言自语地说："好吧，不带我去，我就自己去，看你们搞什么鬼。"

朱西西正好进门，说："你一个人在美什么呢？"

"没什么啊，看剧呢。"

有关方至的事，艾周是万万不能和西西说的，说了后果会不堪设想。朱西西把包往床上一扔，说："让你去你不去，今天汪鹿还在问你怎么没来。"

"他问我？"

"对啊，你不信啊。"

"不是啦。"艾周手托着下巴说，"西西，你知道吗？和小鹿在一起，他只要对我有一点儿好，我就会产生一大堆我何德何能的感觉。"

"我懂的。"朱西西坐上艾周的床，说，"我和江纪言开始不就是这样吗？但后面你就会明白，他再怎么好，再怎么牛，也是个男生。"

艾周喃喃地念着这几字，心里却跳出了另一个人的影子。

是啊。

他再怎么好，再怎么牛，也只是个男生嘛。

艾周突然想起一件重要的事，她重重地拍了朱西西一掌，说：“对了，你问了没？”

“问了问了。”

“江纪言怎么说？”

“他说他从小一堆迷妹，哪能都认识呢。”

“也是，他们都是上海人啊。江纪言那么能出风头，说不定陈思敏以前暗恋人家。”

真是说曹操曹操到。艾周话音还没落，陈思敏就推门进来了。寝室里的温度骤降二十度。艾周和朱西西并排坐在一起，闭嘴看着她。显然，在气势上，她们占了上风。然而陈思敏却使出了撒手锏，她从包里拿出一把小锤子，“叮叮叮”地在床铺的内墙上钉了一颗钉子。然后她又从包里掏出一个十二寸的相框，调了调绳子后挂在了小钉子上。

朱西西探头看了一眼，顿时气得从床上跳起来，说：“你给我摘了！”

原来相框里的照片，竟然是江纪言的半身像。当然，还有一个更重要的问题是……这张照片竟然是黑白的。

朱西西指着陈思敏的鼻子说：“你什么意思！”

陈思敏却微微地笑了，说：“我什么意思，你自己猜吧。你是觉得我想他也行，咒他也行。你不是特别爱八卦吗？那你就继续八，看看还能八出什么来！”

朱西西气急败坏，扬手就扇了陈思敏一巴掌。这巴掌来得又快又响，艾周想拦都没拦住。毕竟同一间寝室，吵吵架就算了，动手打人可就不好收场了。

陈思敏的脸瞬间肿了。她大概是被打蒙了，右手轻轻摸着脸颊，脸上看不出什么表情。

朱西西趁势接着开骂，说："我告诉你，别以为半夜三更装个鬼上身我就怕了你！你要再敢打我男朋友的主意，我就撕了你！"

可陈思敏听到"鬼上身"三个字，眼神陡然一凛，说："你……你说我晚上……"

看到陈思敏的反应，朱西西更加得意了。她抄着手，微探着头说："你就不用装了吧，鬼、上、身同学！"

陈思敏全身一颤。她大概是气急了，胡乱抓起手边的小锤子，向着陈思敏掷了过去，嘴里大喊着："你胡说！"

朱西西原本就探着头，再加上毫无防备，又来不及躲闪，小锤子就箭一样飞到了眼前。

就在这关键时刻，艾周从一旁横冲过来，一把打飞了锤子。

然而寝室的空间实在太小了，飞出去的锤子撞在床帮上，直接弹了回来，重重地砸在了艾周的鼻子上。

起初艾周是不觉得疼的，只是觉得一股酸麻穿破天际，接着眼泪和鼻血如滔滔江水，奔流而出。

朱西西吓坏了，她抱着满脸鲜血的艾周，不嫌事大地喊："杀人啦！"

艾周伸手拉住她说："别瞎叫，快拿毛巾来。"

就在这时，寝室门"砰"的一声被踹开了。

是方至！

艾周看见他的那一刻，瞬间怔住了。只是她脑海跳出来的第一个念头竟然是——女生宿舍楼，他是怎么进来的！

方至是怎么进来的呢？

其实特别简单，当然是刷脸进来的。

对于楼下的“哈哈阿姨”来说，是有特例存在的。传说，男生只要“帅”和“萌”占一条，就可以成功刷脸进门。显然，方至的出现证实了“帅”这个传说。

然而另一个传说，也随后得到了证实。汪鹿带着萌萌的惊讶表情出现在方至身后。

艾周觉得全世界的尴尬全都集中在这一刻爆发了，自己竟然以狂喷鼻血、狂飙泪的画风出现在她的两大男神面前。

我的神啊，为什么要这么对待一个平凡无华的女子！

朱西西看到方至都惊呆了。她用毛巾堵住艾周的鼻子，扶她仰起头，然后说：“你怎么进来的！出去！”

方至一言不发地走到艾周面前，推开朱西西，扔掉毛巾，然后伸出左手托着艾周的头向前倾，用右手轻掐住她鼻梁上的软骨。

朱西西在一旁嚷着：“你要干吗？”

但她也只是嘴上叫，因为她是万万不敢碰方至的。在朱西西心里，方至是恶魔属性，跟他沾边就是非死即伤。方至也不理她，只是掐着艾周的鼻子，任她流血又流泪。后面跟进来的汪鹿贴心地拿着小垃圾桶，放在艾周面前，说：“抬头容易呛血，这样才能止鼻血。”

艾周斜眼瞟了一眼方至，又瞟了一眼汪鹿，心里放声大叫，两大男神温情以待，鼻血能止住就怪了！

不过没一会儿，鼻血还是止住了。艾周嘟囔着说：“你这个方法还挺有用的。”

方至松开了手，说：“治伤我是内行。”

汪鹿拿出一张湿纸巾，一只手托起艾周的下巴，擦去她脸上的血迹。被方至掐完，又被汪鹿摸，艾周决定以后都不洗脸了，她要永远铭记这一刻。

汪鹿问："你是学医的吗？"

艾周愣了一下才反应过来，汪鹿是在和方至说话。她知道方至的个性，不喜欢的人，多一个字都懒得说，于是连忙帮腔说："什么学医啊，他是受伤受多了。久伤成医。"

"哦，这样。我也是啊。"汪鹿换了张干纸巾说，"我小时候也总是受伤。常常摔倒，或是碰到头。"

方至在一旁竟然听乐了。他对艾周说："你这个朋友还挺可爱的。"

艾周暗暗在心里嘀咕，一个男生用"可爱"来形容另一个男生，是夸奖呢，还是讽刺呢？

她问："你找我有事吗？"

方至把手一摊说："表。"

艾周这才想起来，在 Befixed 小爆给她戴上的表，她忘了摘下来。她连忙摘下表，递给方至，说："你就为了这个专门来的？明天我去看桃子不就还你了。"

朱西西在她身后发出一声尖叫："啊？你把桃子送到他那里去了！"

Chapter 5：一辈子的好基友

方至是来要东西的，要完转身就走了。

而汪鹿是来送东西的。他从包里拿出一个 GPS 项圈，说："本来是要西西给你带过来的，结果忘了。这会儿刚好路过，就给你拿上来。"

艾周接过来，心里有些诚惶诚恐，问："怎么想起给我这个？"

"上次听西西说你的狗丢过，刚好有个朋友要买，我就让他多买了一个。”

项圈不大，适合小型犬，深棕色的皮带和桃子的毛色很搭。艾周的鼻子疼到痛不欲生，但依然挤出一个难看的笑容，说：“谢谢你啊。”

汪鹿说：“要不要我陪你去医院看看？”

艾周摇摇头说：“没事，就是撞了一下。西西有点儿大惊小怪。”

“那我就不妨碍你休息了。Bye。”

说完，汪鹿也出去了。

徐颖关上门，小鸟一样扑到朱西西的面前，说：“怎么了？怎么了？我是错过什么了吗？咱们寝室怎么冒出两大帅哥来了？”

不知什么时候，陈思敏已经趁乱走了，换成了徐颖在屋子里晃。徐颖说：“西西，到底发生什么了？快和我说说。”

朱西西冷冰冰地回了一个字：“滚。”

徐颖吓了一跳，不知道自己说错了什么得罪了这位302小主。艾周心知肚明，她拉了拉徐颖，示意她先出去一会儿，然后小声说：“西西，你生我气了。”

朱西西转过头，怒气冲冲地说：“废话！你们什么时候搅在一起的！”

艾周扭扭捏捏地说：“十一岁吧。”

“啊！”朱西西感觉自己要气吐血了。

艾周连忙说：“我一次都告诉你还不行吗？”

艾周坐在朱西西身边，唠唠叨叨地把自己与方至相识的经过全部告诉她。只是她的鼻子因为充血已经完全堵起来了，说话的声音怪怪的，让整个故事都充满了莫名的喜感。

她说：“西西，我认识方至比认识你还早。我从来不敢告诉你，不是想骗你，是因为你从一开始就讨厌他。我怕说了，会失去你这个朋友。”

朱西西看着艾周越来越肿的鼻子，心里早就不气了。她说：“算了，看在你今天舍命救土的分儿上，我就原谅你了。但我警告你啊，以后还是跟他少来往。有合适的地方，就把桃子接出来。”

“嗻。”艾周嬉皮笑脸地答应，突然又扯到鼻子，疼得她直咧嘴。

朱西西伸手捧起艾周的脸，小心地摸了摸她皮薄到发亮的鼻头，说：“你也真勇敢，拿脸挡锤子。”

“废话，我这鼻子砸了也就砸了。你这十几万的鼻子，砸一下还了得。”

朱西西心里有点儿小感动，她把艾周搂在怀里，说：“周周，咱们俩一定要做一辈子的好友。”

“嗯！”艾周用力地点点头说，“好友同学，你真的不准备去给我买点儿药擦擦吗？”

朱西西“扑哧”一声笑出来，说：“我还是陪你去校医院看看吧。”

Episode Seven

单恋季

Carry a Torch

没有对手戏的思恋，
算不算爱情？
一个人的臆想，
算不算拥有了整个世界？
揣度你的心思，
算不算一种幸福？
或许，
这些统统都是一种自弹自唱自娱
自乐的孤单。

Chapter 1：死飞多少个零件

学校旁的那家有大阳台的咖啡馆，一直是汪鹿最喜欢去的地方，名字叫“山下”。当然，他喜欢，就代表江纪言和朱西西也得喜欢。汪鹿就有一种让别人宠着他的气场，和他在一起，你会不由自主地迁就他。

这一年的冬天，上海迟迟冷不下来。已经快要十二月末了，气温仍然温温的，没有冬天的气息。朱西西一直觉得十二月不冷就没有圣诞月的味道，摆多少圣诞树都不行。江纪言和她坐在一张沙发上，用手臂环着她。他说：“如果不是我的圣诞礼物要到了，我会带你去瑞典玩。我有个朋友在那边，圣诞节过得非常传统。”

朱西西本能地想问一句“你带过多少女孩去过”，不过她还是忍了。做江纪言的女朋友，可以任性，但不能招人烦。这两点很像，只有一丝不同。差别就在于任性是坚持自己，招人烦是苛求别人。

朱西西对这个尺度把握得相当好，看江纪言对她的态度就知道了。

突然，朱西西的电话响了，她到一旁去接电话。

汪鹿把头探过来，悄声问江纪言：“你对西西和几位前任不太一样啊。”

江纪言笑了笑说：“可能是老了吧，想安定一点儿不行吗？”

汪鹿笑而不语。一个人刚碰二字头就讲服“老”的话，心里一定是没有一丝白发。其实江纪言自己也说不好心里对朱西西的感觉。他喜欢和她在一起，看见她在身边叽叽喳喳，心里会有种莫名其妙的安定感。有时候见不到她，心里会有一点儿空，仿佛做什么事都少了些乐趣。这对于他来说，都是第一次。

朱西西接完电话，坐回来后说：“是周周，要我回去给她带一份布朗宁。”

汪鹿问：“她还没好吗？一个星期都没见到她，要不要过去看看？”

“别、别、别。”朱西西说，“基本是好了，可有女生喜欢顶着红鼻头见人的吗？再说了，马上期末考了，她再不复习就要挂科了。”

汪鹿表示理解。

说起来艾周也不是一直没见人的。每天大家都去上课的时候，她就戴着大口罩溜去Befixed看桃子。当然，到底是看桃子的心多点儿，还是看某人的欲望多点儿，她可说不好。

在Befixed里，艾周和方至交流很少，大部分都是小爆陪着她说话。方至总是有一堆的事情要忙。最近，大家都把车子放在Befixed里检修保养，方至拆拆装装打理得十分仔细。

艾周帮不上忙，就坐在一旁手托着下巴看他干活。

艾周觉得，这大概就是传说中的“暗恋”吧。心中满是什么也不干，只静静看着他就好幸福的感觉。艾周又想起朱西西的鉴男法则了——一个对女生的星星眼无动于衷的男生，不是坏，就是Gay。你巴巴地对他好，他怎么可能不知道。所有的傻，都是装傻；所有的不懂，都是故意。

艾周在心里暗暗盘算着，方至究竟是坏呢？还是Gay呢？如果……万一……他是Gay，那他是会喜欢江纪言这样的花花大少呢？还是温润可爱的小鹿呢？顺着这个思路腐下来，艾周很自然地在脑海里把方至和小鹿放进同框，强攻美受，画面不要太美！

艾周边想边美得“嘿嘿嘿”地笑出声来。可是她刚笑到一半，就感到不远处射来一道目光。

当然是方至，他半转着身子，手里的螺丝刀还停在半空中。

虽然他没说话，但目光里满是关怀智障儿童的神情。

于是艾周后半段的笑声变成了超级尴尬的“嘿嘿嘿”。她说：“你修，你修，你接着修。我就是突然想到了好玩的事。”

方至转过身去继续拧他的螺丝。

艾周心里又犯嘀咕了。他这个人怎么一点儿好奇心都没有呢？一般人都会问一下有什么好玩的事吧？她有点儿赌气，故意捣乱说：“哎，就那么几个零件，要不要那么认真啊。”

方至淡淡地说：“看我爸就知道要不要认真。”

艾周吐了吐舌头，觉得这话问错了。她想了想，叫了一声：“啊！对了！”

这声“啊”来得有点儿突然，声音还有点儿大。方至毫无防备，手指一抖，螺丝刀上的螺丝“啪”地掉在了地上。他闭上眼，深吸了一口气，然后转过头说：“你饿不饿？”

艾周已经感受了他隐隐蹿动的怒气，于是小心翼翼地说：“饿。”

“和小爆吃饭去。”方至不耐烦地说。

“你不去啊？”

“不去。”

“那我也不去，你去我才去。”艾周决定今天就赖上他了。

“好吧。”方至没脾气地说，“问你个问题，答对了，一起去；答错了，赶紧走。”

“好啊。”

“死飞有多少个零件？”

艾周哪知道这些，她想一部自行车怎么着也得二四十个零件吧。她张口刚要说36，小爆那边突然用手敲出一串节奏，说起了Rap：“五百年前闹天宫，上天入地七十二变化。五百年后走天下，五十三路公车去天涯。”

他突然唱这么一句是什么意思呢？悟空不闹天宫改走搭公车旅行的文艺小新清了？

艾周突然灵光乍现，前一句72，后一句53。加在一起太多了，一定是减了。

她说："19。"

小爆哈哈大笑起来，显然是答对了。艾周高兴地跳起来，拉起方至的胳膊说："走，快起来，吃饭去，不许耍赖！"

方至最好的优点就是说话算数。他无奈地站起来，对小爆说："走吧，把我爸带上。"

小爆对艾周挤了挤眼，然后用撒娇的口吻对方至说："嗯……人家不去了。"

你看看，多体贴的男孩。

方至微笑着点了点头，然后随手拿起一个空酒罐朝小爆砸过去。

小爆边叫边笑着躲开了。

"走啦。"艾周拉住方至，心里瞬间炸开一串串烟花，"噼噼啪啪"地点亮了目光。

Chapter 2：老板加个蛋

真是暖得不像话的十二月，微风轻轻拂动着淡金色的光芒。艾周走在方至的身旁，两条腿倒腾得有点儿快。谁让人家有双大长腿呢。艾周说："你慢点儿行不行？去吃饭又不是去赶飞机。"

"好多事还没弄完。"方至伸手架起艾周的胳膊，依旧快步地向前走。

"喂喂喂，还没说吃什么呢？"艾周想办法拖延时间。

“生煎，前面就是。”

“不行，我不想吃。”好不容易和方至单独出来吃饭，怎么可能吃这个。

但方至很快就帮她做了新的决定，因为旁边就是拉面馆。他说：“那就拉面吧。”然后他拉着艾周直接进了店。

艾周表示无力，只好选了靠窗口的位置坐下。他们来得有点儿早，店里的人不多。阳光暖暖地照进来，调和着牛肉面的香气。可能是心里多了某种奇妙的情愫，和方至单独相处，突然就不知道说什么好了。方至只要了一碗牛碗面，二细，加荷包蛋，然后拿出手机上网。

艾周默不作声地坐在他对面，看着他。

暗恋大概是恋爱最简单的模式，只用眼睛扫描，就可以获得害羞、喜悦、悸动等一系列情绪。艾周真希望他们可以一直这样坐着，面对面，什么也不说，什么也不做都好。

可是做牛肉面的大师傅一点儿也不解风情，没一会儿两碗牛肉面就上来了。艾周趁着方至放下手机，瞄了一眼屏幕，上面都是街头涂鸦的图片。她问：“你要把店喷成这样的？”

方至说：“吃你的面，少管闲事。”

艾周抿了抿嘴，说：“知道吗？这是咱们重逢之后第一次单独吃饭呢。”

“哦。”方至吃了一口面说，“要不给你加个蛋庆祝一下。”

“方至！”艾周对他的大煞风景表示愤怒。

可方至根本没理她，对着老板招了招手，说：“老板，给她加个蛋！”

艾周没脾气了，恬静地翻了个白眼。

那天从牛肉面店出来，艾周直接回了学校。一路上，她都在以柯南的思路思考各条线索，为什么方至突然要检修那么多的车子呢？为什么涂鸦不要她管呢？加上小爆也一天到晚紧张兮兮地瞎忙……一切的一切都预示着那个被标记的周六一定暗藏着大计划。

那天应该是平安夜，艾周立时给这个计划定了名字——平安周末行。

艾周回到宿舍，一推门就看见陈思敏正坐在床上看书。

陈思敏有一个星期没来了。据说是病了，和老师请了假。除了考试，她几乎不露面。大家心里都明白，她是躲事去了。艾周没想到她会突然回来，气氛有点儿尴尬。她正想着要不要打个招呼什么的，陈思敏突然说：“艾周，那天真对不起，是我不好。”

话说得没什么，但陈思敏说话的状态让艾周打了个激灵。要怎么说呢，陈思敏浑身上下散发着语文科代表读课文的音量和劲头儿。

陈思敏声情并茂地说：“艾周，你鼻子好些了吗？”

艾周面部肌肉抽了抽说：“啊……好、好多了。”

陈思敏像领导鼓励跟班似的点了点说：“那就好，加油！”然后就坐回床上看书去了。

艾周瞪着眼，在心里叫了声：“我勒个去。”

她爬回床上，给朱西西发微信。

——西西，陈思敏回来了。

朱西西回：我在门口呢。

寝室门“砰”的一声被推开了，朱西西女王似的走进来。明显她是有备而来，艾周好怕她们又打起来。

陈思敏却猛地站起身，继续用读课文的腔调说：“西西，你回来了。之前的事，对不起。”

朱西西目瞪口呆地看着她，也不知该怎么应对。

陈思敏说：“其实我们之间是误会，我以前的一个朋友叫江纪言，和你男朋友同名而已。我是故意气你才挂了你男朋友的照片，咱们和好吧。”

朱西西莫名其妙地说：“啊……好吧。”

陈思敏转身去关房门。只是当她走到门前的时候，突然停住了。

她就那样默默地站着，望着门上的那片海滩，一眨不眨。

那片海滩上的人影好像更清晰了一点儿，浮现出浅浅的印迹，像是一个女人平躺在海水的边缘。

陈思敏的笑容渐渐僵硬，收敛，消失……突然，她用力一甩门，发出“砰”的一声巨响。

然后她就一个人坐回床上看书去了。

朱西西和艾周对视一眼，无声地交换了一句：“这是抽什么疯呢？”

Chapter 3：平安周末行

转眼周末，校园里到处是叮叮当的歌声，告示栏上贴满了圣诞晚会舞会之类的告示。朱西西当然不会参加这种活动，因为江纪言早已预订了五星酒店的圣诞酒会。朱西西的衣服已经铺满了寝室里的三张床，除了陈思敏的，统统被她占领。

朱西西把所有能穿的衣服都试了一遍，却没有一套满意的。朱西西说：“周周，要不咱们现在出去买吧？”

“别发神经了。”艾周尖叫着说，“一会儿你老公都要来接你了，人漂亮穿什么都美的。”

“对啊，你穿什么都是女王。”徐颖拿着朱西西的一条裙子在镜子前比来比去，接着说，“西西，这条裙子好漂亮啊。能不能借给我穿，我今天要去参加学校的圣诞舞会。”

朱西西瞥了一眼说：“你穿我就不要了。”

“真的呀，那太谢谢你了。”

说实话，艾周挺佩服徐颖的。朱西西对她的鄙视就差明说了，可她却毫无感觉，天天乐颠颠地做跟班。

朱西西不想理她，接着对艾周说：“哎，你今天晚上跟我走吧。你鼻子差不多了，上点儿妆肯定看不出来。”

艾周支支吾吾地说：“不行啊，我今天晚上……有事。”

今天晚上可是“平安周末行”的大日子，艾周怎么可能错过？

朱西西逼问：“说，是不是那个变态？”

“别说得那么难听好不好，我都和你说了他也算是我朋友啊。”

“我看不止吧。”朱西西用手掐着艾周的脸说，“你看你那花痴样，还敢说是朋友。”

“讨厌啦。”艾周拨开朱西西的手说，“我哪有那么明显！”

“我是跟你说真的，就算他不是变态，也只能做朋友，多一分都不要想。”

“为什么？”

“他到底是非我族类，和咱们不是一个圈子里的人，他的成长太复杂了。这样的家庭出来的孩子，心理上一般都不太正常。”

“不用说得这么绝对吧。”

朱西西摆出笑脸，说：“周周，咱们的生活最大的磨难就是父母吵个架离个婚，你根本理解不了从小没吃没喝没人管的人。无论他们表面上是什么样，心里都埋着一股怨气。那就是一枚炸弹你知道吗？他现在的平和、正常，只是因为还没爆炸。”

“瞧你说的，生活苦的都是心理有毛病的。”

“不是啊，是所有人心理都有毛病。但是生活平顺的人，炸掉的概率比较小。你再看方至，不用我说也看得出来炸掉的概率比较大吧。”

艾周被她说得无言以对。

沉默的方至，的确看起来像一枚埋在地底深处的炸弹，越是平静，就越是有一种难言的窒息。

可是对于女生来说，一旦开启了喜欢的闸门，就有了被炸死也要试一下的侥幸心理。

谁能逃得过呢？

入夜，天色渐渐暗了下来，路边的彩灯明明灭灭，闪动着电影般的欢乐。Befixed里，七个人的车队悄悄出发了。他们穿着连帽卫衣，背着巨人的背包，连成一线，安静地穿过大大小小的街道和空旷的郊外，来到一片排满集装箱的港口。

已经快到零点了，之前小浩克早已探好了路，带着大家从一个隐蔽的缺口偷偷溜进了港口的货场。货场极大，一个个整齐堆放的箱子，有种身处《Minecraft》的错觉。不过小浩克提早踩过点儿，很快他们就找到了目标——一个暗红色的集装箱。巨大的铁门紧闭着，里面像关着一头怪兽。

方至站在集装箱前，轻轻挥了下手。飞机从背包里拿出一把锤子，走过来，“啪”的一下就把门锁给砸开了。姚江和姚海两兄弟，一人拉住一扇门，用力一拽。集装箱缓缓被打开，原来集装箱里放着一辆跑车。几个人揭开上面白色的保护套，露出深蓝色的车身。

小爆忍不住叫了一声：“靠，也太帅了吧。”

车子是帕加尼的Huayra Dinastia，看车灯旁的龙纹就知道是中国限量版。

飞机摸着光滑的车身，说："搞这个是不是太贵了？"

小浩克却毫不在意地说："要玩就玩回大的！"

方至看着面前的车子，微微笑了。他拍了下手说："动手吧。"

几个人戴上帽子和《东京食尸鬼》的周边口罩，红色牙床配整齐的大白牙，深夜里笑出一股阴风来。

小爆架起几支强力手电筒，现场一下亮了，然后放飞了无人机自动跟拍，自己拿着一台 DV 拍。

姚江、姚海从背包里"哗啦"倒了一地的涂鸦喷漆。几个人早有计划，一会儿工夫就在集装箱里喷出一片光怪陆离的世界。当然，他们也没放过那辆帕加尼。方至亲自下手，将一辆超科幻的跑车给喷成了"黑泡泡"的街头风。

狗嘴在车后点了三盏紫光灯，整个集装箱都泛起一片荧光。方至击掌说："Go！"

除了小爆，其他人都找到自己的车子，"呼啦"一下散开。看起来所有动作都是排练好的。起初，他们先关上了集装箱的大门。小浩克几个人骑着车子做了一串特技，姚江、姚海从两边穿插过来，一人抓住一只门把手，把集装箱的大门拉开，里面紫色的光芒直射而出。

方至骑着死飞立在帕加尼的车顶上，"食尸鬼"的笑容在卫衣帽子下若隐若现，宛如从异次元破界而来的邪神。突然，他从车顶直冲下来，做了一个漂亮的三百六十度转体，稳稳地落在地上。

小爆在他面前跟拍，激动得发出一声尖叫。

几辆车子又做了几个特技，再停在镜头前。

小爆举手说："OK， 一遍成。"

方至看起来也很高兴，跳下车子说："好，收工。"

大家一拥而上，七脚八脚地收拾好东西，关上了集装箱的大门。一切好像什么都没发生一样，几个人正庆幸今天真是顺利，远处就有两道手电筒的光柱射过来。

是货场巡逻的保安。

有人大喊了一声："谁在那边！干什么的！"

"撤！"方至低吼了一声，跨上车子，飞一般闪进集装箱之间的通道。小爆等几个紧跟其后，快得好像眼花似的，人影一晃就不见了。

然而有一个人落在了后面，也不知是从哪儿冒出来的，车子没蹬两下，竟然摔在了地上，还发出一声娇弱的"哎呀"！

唉，这人当然是偷偷执行"平安周末行"大计划的艾周了。

Chapter 4：计划之外

趴在地上的艾周心里这个后悔啊。

好好的平安夜，本来应该跟着朱西西一起去大派对上喝酒吃肉尽情享受的。结果，她苦哈哈地骑了半宿的自行车，在冷飕飕的夜风中，看几个中二男生毁名车。

如果这样就算了，现在还摔了个狗啃屎，等着被抓！

苍天啊！人生要不要这么残酷！

艾周艰难地从地上爬起来，准备能逃几步算几步。突然，一辆死飞从昏暗中冲了回来，一个急刹，横在艾周面前。

是方至。他对艾周摆了下头，说："上车！"

艾周简直看到了救命大神，一瘸一拐地冲上方至的横梁。方至脚下一用力，车子以飞一般的速度将身后追逐的保安甩开了。

有时候，时间并不是平均呈现的。比如艾周坐在方至车上的这一刻，时间就变得极缓，迎面的风吹在脸上，都因为缓慢而拉出细长的线。

方至半俯着身子，仿佛把艾周半拥在怀里。他的下巴轻轻抵着她的肩头，温热而急促的呼吸在耳边清晰可闻。

许多年前，艾周也是这样坐在方至的车上吧。只是下车的结局，是一场没有回转的分离。所以她在心里默默祈祷，这一次不要停，不要停，不要停……

可惜这天是平安夜，祈祷的人太多了，圣诞老人根本没时间听。

后面看不到“追兵”，方至就停下了车子。他的兄弟们在前面等着，都没过来。那是一段人烟稀少的公路，四周空旷昏暗，分不出轮廓。艾周坐在方至的横梁上，死赖着不肯下来。她猜也猜得到方至脸上什么表情，估计不吃了她也得废了她。

方至在身后说：“下去。”

艾周只好慢慢地下去。

方至问：“怎么来的？”

“骑车喽。”

“你知不知道我最怕什么？”

“什么？”

“计划之外！”方至的声音中充满了怒气。

“你有你的计划，我有我的计划，我又没要你管我。”艾周仰着脸狡辩。

方至冷着脸说：“你要是男的，我今天就得打死你！”

艾周也说不上来，自从有了暗恋的心，凡事都和他杠上了。她说：“你打吧，你别当我是女的，就当我是男的好了。”

方至扬手就打了过来。艾周吓得缩起脖子，闭紧眼睛。可方至的手终究没有落下来，她睁开眼睛嘟囔道：“知道你不会打。”

方至挥起下来的手，改道去了艾周的右手。他抓起她的手腕，上面有行血正蜿蜒地流下来。

肯定是刚才摔倒撞伤的。只是这一路又是逃命，又是花痴，艾周完全没有察觉。直到看见了血，她才感觉手臂传来的痛。人真是奇怪，刚才艾周还中气十足地和方至对着干，这会儿瞬间崩塌了。她的头马上就晕了，身上有点儿冷，手臂也麻了，两条腿一抖一抖的，好像站都站不稳了。

所谓“后怕”大概就是这种感觉吧，艾周此时才感到害怕。如果刚才被抓住了怎么办？如果大半夜的没跟上方至他们怎么办？她一个女生要在这片荒郊野外迷路了怎么办？

艾周觉得眼前一白，整个人都瘫了下去。

还好方至眼明手快，一把抱住了她。

艾周迷迷糊糊地眯着眼，发现一向冷酷的方至竟然有了紧张的神情，而且紧张中似乎还有那么一点儿关切，关切中又有那么一点点心疼！

不可能吧！她是昏头看错了吗？

艾周靠在方至的臂弯里，刚才的恐惧统统退散。身边的一切都变得虚幻而不真实，唯有方至注视自己的眼神，真切无比。

她望着他，不自觉地露出了甜甜的笑容。

但方至总有煞风景的本事。他伸出手，拍了拍艾周的脸颊说：“喂，摔傻了，晕了还笑。”

他的几个兄弟也凑了过来，小浩克瞄了一眼说：“是不是控制不住表情了？你小心点儿，别那啥失禁，尿你身上。”

艾周觉得自己不晕也快被他们气晕了。

Chapter 5：圣诞礼物

艾周早晨才回到宿舍，陈思敏和徐颖已经都走了。其实她没什么大碍，胳膊上的伤并不严重，方至帮她进行了包扎。她主要是又惊又累，再被方至一顿训才晕了。

她躺在床上睡不着，默默回想着方至看自己的眼神，内心复杂得要命。

他眼里的关切，是真的还是自己头晕产生了错觉？她又想起了朱西西和自己说的话。他们到底不是一个圈子里的人，这一夜就是佐证。如果不是因为喜欢他，艾周这辈子也不会有这种“奇遇”。体验一次可以说是“刺激”，可是当“刺激”变成了日常，她受得了吗？

就在这时，朱西西回来了。艾周真是佩服她，疯了一个晚上，还能衣冠楚楚地回来。只是一进门，她的精气神就散了。朱西西把高跟鞋随便一甩，倒在艾周身边，说：“你也才回来吗？”

“嗯。”

“都干什么了？”

“都干晕了。”

“什么意思？”朱西西激动地坐起来，“你已经……”

“你想哪儿去了！”艾周把她又拉回来说，“是累晕的。”

“我靠！这么激烈！”

艾周给了她一掌，说：“骑了一个晚上的车。”

“呵呵，还真有方至的特色。”她往艾周身边拱了拱，说，“不想卸妆了。”

“等睡起来再卸呗，就一次，老不了。”

“不行，下午纪言和小鹿还要过来。”

“干吗？”

“纪言他爸给他买的圣诞礼物到了，要带我去拆封。这次你不许逃啊，陪我一起去！”

“不行，我要睡觉！”

“你试试看，本小主太久没收拾你了是不是！”

说着，朱西西就张牙舞爪地扑过来，两个人嘻嘻哈哈地闹在一起。

这一天，她们只睡了四个小时就起来了，敷了面膜，脸上才恢复了正常人类的光彩。江纪言和汪鹿是下午一点过来的。汪鹿在宿舍楼下见到艾周，围着她的鼻子看了半天说：“基本看不出来了。”

艾周捂着鼻子说：“看不出来你还看。”

汪鹿拿出一个礼物盒递给她，说：“Merry X’mas。”

“给我的？”艾周有点儿小激动。

汪鹿说：“好像你现在不需要了呢。”

艾周七手八脚地拆开礼物盒，说：“需要需要，你送的都需要。”

汪鹿送给艾周的礼物是一个口罩，很特别的造型，是圣诞驯鹿鲁道夫的嘴和红鼻子。艾周大叫出声：“好漂亮。”

汪鹿从包里拿出一个一模一样的，戴了起来。他说：“以为你昨天会来的。”

汪鹿这张小脸，加上扑闪扑闪的大眼睛，戴上口罩之后真是可爱极了。艾周也戴上了鹿鼻子，朱西西倒吸一口凉气。

艾周问：“怎么了？”

“呃……”朱西西貌似考虑了一下，才说，“我在想，是像金毛呢，还是像二哈？”

“找死啊！”

艾周刚要动粗，但一想到汪鹿在侧，立时温柔了。

江纪言这天是开着车过来的，四个人很快就出发了。朱西西坐在副驾驶座上，说："什么礼物，还要开车去？"

江纪言说："到了就知道了。"

艾周问汪鹿说："你知不知道？干吗搞得这么神秘，先透露一点儿呗。"

汪鹿微笑着摇了摇头。

艾周心里当然是极度好奇的。但车子开了一会儿，她就没那么好奇了。再开了一会儿，她就有点儿心虚了。到后来，她直接颤抖了。

因为这条路也太眼熟了，昨天晚上她才刚走过。

果然不出所料，江纪言开车直接进了港口。几个工作人员已经在等他了。

江纪言说："礼物昨天刚到港，我要自己来拆封。"

朱西西兴奋地说："到底是什么礼物啊？！"

江纪言保持着神秘的微笑，就是不说。

可艾周跟在后面，手脚都凉了。她有种强烈的预感，江纪言的礼物早已被人开过封，并且还被人喷成了特别时髦的"黑泡泡"。

装"礼物"的集装箱被调了出来。开门的工作人员发出了一声"咦"。显然他也发现门锁被砸过后又挂上了，但他还是缓缓拉开了大门。

江纪言激动地走过去，突然大吼了一声："谁干的！"

艾周躲在汪鹿的身后，感觉自己又要晕了。

Episode Eight

你的一员

Part of You

如果相爱是场对弈，
对不起，
我总是输给你。
因为有叛徒埋伏在我心里，
始终偏向着你。
她早已扔了武器，举起双手，
默默成为你的一员。

Chapter 1：什么意思

朋友间该不该有秘密，这真是个千古难题。

艾周刚解决了向朱西西申报方至存在的问题，现在又冒出一个“毁车事件”。还好已是期末，大一就挂科，那是谁也不想的。艾周和朱西西的最后一门要1月12号才考完。朱西西又要恋爱又要备考，没多少心思留意艾周内心的挣扎。

艾周旁敲侧击地问过江纪言那边的情况，朱西西说那天港口的监控坏了，没查到是谁干的。车子退回原厂重新喷漆去了，费用他有律师去谈。

艾周说：“那车挺贵的吧。”

“废话，三千万，喷个漆大概也要几十万了。”

艾周吓得吐了半天的舌头。她想，这要是让江纪言知道是方至干的，还不把他给整死。

所以，有关“平安周末行”的事，艾周把它深深地埋在心里，不敢透漏半个字。

还好，不久就是寒假，艾周带着门门及格的庆幸准备回家了，朱西西决定不回去。艾周说：“你疯了，马上就要过年了，你不回家过啊。”

朱西西说：“在家里都过了快二十年了，少过一次又死不了。纪言约我去他们家过年。”

“我靠，这么快就要见公婆了。”

朱西西娇羞地说：“讨厌！说什么呢，哪有那么快啦。”

艾周捂着胸口作呕吐状。

回家的那天，艾周去Befixed领桃子。小爆对桃子有点儿依依不舍，说："放完假再把它带回来。"

"好啊。"

小爆又问："你和同学一起走啊？"

"不，西西不回去了，我自己回。"

艾周答得心不在焉，方至躺在沙发上睡觉，她瞄了一眼又一眼。小爆回头看了看方至，拿起桌子上的半个面包，"嗖"地扔过去，砸在方至的头上。

方至懒洋洋地半转过身，说："干吗？"

"艾周要回家了。"

"哦。"方至眼也没睁，只是抬起胳膊挥了挥说，"Bye。"

艾周撇了撇嘴，心里冒出一股怨气。可她凭什么怨呢？她和他之间好像发生了一大堆事，可是说起来，他们是不是朋友也有待商量。方至说完一动不动地躺在那里，好像又睡着了。艾好想上去踹他一脚，当然，她有贼心也没贼胆，只能抱起桃子走了。

艾周从Befixed出来，长长地叹了口气，自言自语地说："唉，要不要喜欢这么古怪的人啊。"

小爆从门追出来，说："等等，等等。"

"干吗？"艾周转身问。

"这个给你。"小爆递过来一支黑色的手电筒。

"现在谁用这个啊，有手机不就行了。"

小爆微微一笑，拔下手电头上的保护罩，一按开关，"啪啪啪"闪出一串蓝色的电花。他说："你的手机行吗？"

艾周接过来说："怎么想起给我这个？"

"至哥说，你一个女生自己坐火车不安全。哦，对了，他还让我提醒你别吃陌生人给你的东西，水也别喝。"

“他为什么不自己给我？”

小爆耸了耸肩，说：“你知道他这个人的啦。”

“我不知道。”

艾周觉得自己快要憋炸了，他到底是闹哪样呢！好就是好，不好就是不好。每天摆一张臭脸，然后又找别人来关心自己，这算什么！

艾周把桃子往小爆怀里一塞，又跑了回去，方至还躺在沙发上睡觉。

她把手电，不，电棍，往桌子上“啪”地一拍，说：“你想送我东西就自己送，你老是找别人什么意思！”

方至连身子都没转，背对着她说：“不要就扔了！”

艾周简直要气炸了！她一咬牙，心一横，走到方至身后，大喊一声：“去死吧！”然后抬腿朝着他的屁股狠狠地踹了一脚。

方至翻身“腾”的一下坐起来，可艾周已经逃也似的跑到门外。

小爆是捂着肚子进来的，因为他快要笑趴下了。方至的脸已经黑成了铁锅，可小爆根本忍不了，他说：“至哥，说真的，你到底对艾周什么意思啊？”

方至又慢悠悠地躺下，说：“要你多事！”

Chapter 2：电棍的含义

说实话，艾周也不想回家。有半年没见到妈妈，心里是挺想她的，可是站在门前，她还是不想踏进门。自从妈妈和爸爸离婚后，脾气变得有些喜怒无常。开心的时候也蛮好，但是哪一句不对，就会突然黑脸不说话。

艾周最怕她这样，家里只有她们两人。妈妈一言不发地往客厅里一坐，家立时就会变成冰柜的代名词。不过艾周第一次离开家这么久，妈妈见到她根本顾不上黑脸。冰箱里塞的都是她爱吃的，她的卧室收拾得和她离开前没什么两样，连高考的习题集都原样摆在书桌上。

唉，到底是亲妈。两人一见面，先抱在一起流了一会儿眼泪。

第二天午后，艾周去了海滩。

冬天的海，平静而安详，浪花翻涌着白色的泡沫，扑向海岸。远处的海洋馆依然还在，只是上面昂首的翘尾鲸鱼蒙了一层灰。夕阳从它背后照过来，光亮亮的，有点儿孤独，有点儿暖。

艾周不由得想起了方至。

这个让人生气，却又心动的家伙现在在干什么呢？一定又在弄他的那些破车吧。突然想到要有一个月见不到他，难过像海水一样悄悄漫上来。她在背包里摸了摸，找到了那支手电，“啪啪啪”地按了一会儿。这个动作，在冬天的海滩，显得有点儿寂寞。

艾周突然灵机一动，“嘿嘿嘿”地笑起来。她拿出手机给方至发微信：我明白你为什么送我电棍了，你是想对我放电对吧。我全 get 到了！

三分钟后，方至就回话了。他说：怎么还没电死你！

艾周抱着电话哈哈大笑起来。

于是寂寞的沙滩又添了几分淡淡的、精神病的气息。

艾周发现，分隔不见得是件坏事，因为面对面，有些不要脸的话你是死也说不出口的。但当他变成了一个头像，很多话都可以毫无顾忌地说出来。她决定表个白试试。

她在微信上写道：知道吗？我喜欢你。真的，不是开玩笑，你认真点儿啊。

这一次，她等了好久方至也没回话。

艾周想了想又写道：怕了我吧。

这次方至回了，他说：我在考虑。

考虑什么？

考虑你回来后我用什么打死你。

艾周“扑哧”一声笑出来，可转眼又笑不出来了。方至这么说，看来是把她的表白当玩笑了。算了，反正她也没多认真。

她突然心血来潮，决定去方至的老房子看看。那边平房区传了许多年的拆迁都没动，仿佛还留在旧时的时空里。艾周凭着记忆，在胡同中找到了方至的家。原来他已经把房子卖掉了，怪不得有钱带着方烈到处走呢。艾周在院门前朝里望了望，房子已经完全整修过了，再看不出从前的模样。

她有些失落，准备离开。就在这时，邻居家的门突然打开了，一位大妈走出来说：“小姑娘，你找谁啊？”

艾周说：“我……我找以前住在这里的一个朋友。”

“你是不是找方至啊？”

“对啊。”

“他和他爸搬走很多年了，也没个消息，都不知道他爸爸怎么样了？”

艾周说：“他们现在住在上海。他爸爸还好，我就是想来看看他们以前的家。”

“啊！”大妈惊讶地说，“你认识他们父子啊？那太好了！这孩子我从小看到大的，知道他们父子平安就好。对了，当年小至走的时候，把一箱子东西放在我这里了。我一直帮他们收着，他们要是稳定了，你就给他们带过去吧。”

艾周答应说：“好啊，你给我吧，开学了我给他带过去。”

大妈很快就从家里搬出一个皮箱来。

那真是好大一个箱子，里面有照片，有玩具，都是一个男孩认为非常重要的东西。艾周打开看了看，又小心地合了起来。她抽出拉杆，说："谢谢你，阿姨，一直帮方至保管着，这些对他十分重要。"

那天，艾周拖着箱子慢慢往回走，心里被那些旧东西染上了一层暗暗的悲伤。时间过得真快，不知不觉，童年就缩成了一箱子的记忆，不看到，就会被永远遗忘在角落里。她决定回到上海，先不把箱子给方至，要等到他生日的时候，当成礼物送给他。方至一定会非常开心、非常感动吧。

路过海滩的时候，艾周忍不住停下脚步，眺望了一会儿。

然而海边一个纤瘦的身影让她迅速从悲伤中跳脱出来，打了个激灵。

已经傍晚了，昏暗的沙滩上空空的，看不到几个人。可就在海水的边缘，一个穿着蓝色裙子的女孩，一动不动地望着远方。

艾周在心里叫出声："不是吧？陈思敏？"

这可是北方的冬天啊，穿裙子要被冻死的。蓝裙女孩向艾周这边看了一眼，转身向海洋馆走去。

艾周看不清她的脸，远远的背影依稀是陈思敏的样子。她怎么会从上海跑到这里来呢？而且又穿了那件神经兮兮的蓝裙子，艾周下意识地跟了几步，却停了下来。

她不是不好奇，但剧情发展得实在太过诡异，她心里怕啊。

艾周决定还是回去。这清冷孤寂的大海滩，万一发生灵异事件谁救她？

晚上，她给朱西西打电话，说了沙滩上的事。朱西西夸奖了她，说："你做得对，别跟着去，陈思敏这个人太邪门了。"

“可是也不一定是她啊，只是看起来像。”

“像也不行，说不定是她的分身呢？”

“你说得也太魔幻了吧。”

艾周话音还没落，就听见电话另一边传来一个男声：“和谁打电话呢？”

是江纪言。

艾周看了一眼表，已经十二点多了。她惊叫：“什么情况？你在哪儿呢？”

“讨厌啦，问什么问！”朱西西的声音里有一点儿羞涩加得意。

艾周识趣地说：“那我就不打扰小主翻云覆雨了，奴婢先行挂机了。”

“退了吧。”

“嗻。”

艾周收线之后，又静静地坐了一会儿。

说实话，她是有点儿担心朱西西的，但她不敢说出口。像江纪言这样的公子，恋情基本都终结于床上，之后朱西西又还能和他继续多久？

其实朱西西心里又何尝不是这样想。她躺在酒店宽大的床上，窗外是笼着夜雾的浦江。江纪言就躺在她的身旁，她抱着他，彼此传递着炙热的体温。可她的心里，却是空落落的。

床边的地上，扔着染了红的床单，显然江纪言已经习以为常了。朱西西只能尽量让自己相信，这只是一段不走心的恋爱。然而感情这种事，是最不能自欺欺人的。

朱西西轻声说：“纪言，我好像真的爱上你了，怎么办？”

可回答她的只有轻微的鼾声，在这套大得不能再大的套房里，显得异常清晰。

Chapter 3：脸更大，皮更厚

艾周在朋友圈里是这样总结这个寒假的，吃睡，边吃边撩方至，然后睡，边吃边看剧，然后睡……乐趣无穷的死循环。

等她从家里回到学校的时候，朱西西都惊呆了，说："你妈给你吃猪饲料了？肿成这样？"

艾周翻了一记白眼，拍着大箱子说："我妈说了，你过年都没回家可怜死了，让我给你带了一箱子家乡特产猪饲料，你不要我就送人了。"

朱西西端庄地说："废话少说，快快呈上。"

"嗻。"

清宫大戏是她们俩永远玩不腻的梗。

这一天，陈思敏也回来了。朱西西和艾周见到她，不由自主地向后退了一步，艾周说："思敏，你寒假在哪儿过的啊？"

"在家啊。"陈思敏整理着床铺，说，"本来说去越南玩的，后来我妈病了就没走。"

艾周对着朱西西挑了挑眉毛，表示看来在海滩的不是她。朱西西撇了撇嘴，表示那可不一定。两个人的表情对话，已经到了不需任何语言的境界。

下午徐颖也到了，一进门就引起了震撼。艾周惊叫了一声："你接头发了！"

徐颖把短发接长了，但是怎么说呢，就像男生戴了顶假发。她做了个撩头发的动作，大概是想表达妩媚的那种感觉，说："漂亮吗？"

艾周委婉地说："啊，还行。"

朱西西在艾周背后做了个呕吐的表情，可徐颖偏偏跳到她面前，说："西西，你看我长发好不好看？"

"完全不适合你啊。"

"那你教教我怎么适合好不好？"

朱西西扯出一张笑脸，不想理她。

傍晚，朱西西去见江纪言，艾周一个人牵着桃子去了Befixed。一个月不见，Befixed旧貌换新颜，店面已经完全改造好了。黑色的墙壁上，喷着鲜艳古怪的涂鸦，死飞的配件也全都上了架。

方烈和小爆见到桃子都高兴得不行，桃子好像也很想念他们，撒欢地又蹦又叫。

方至正在拆一个大箱子，抬头看见艾周，对她点了点头。

艾周已经渐渐习惯他这个冷漠的人设，能从他淡漠的态度中脑补出温情来。说起来也真是好无奈，她慢慢凑过去，问："什么东西啊？"

"工装。"

方至从箱子拿出一套很帅的T恤，像黄色的颜料，喷溅在黑色的画布上，下面是黑色仔裤搭小围裙。

"哇，好漂亮啊。"艾周也拿出一套，稀奇地说，"嗯？这个怎么是女装？"

艾周手里的这套明显不一样，下面是条裙子。

小爆在她身后说："注意啊，只有一套哦。"

"啊？为什么啊？"艾周心里是明白的，但面上得继续装傻。因为她要方至自己回答。她说，"方至，你们要请女店员啊？"

可方至总是直戳内心，他说："不要我就扔了。"

艾周想说"你敢"，但她不敢说出口。她知道说了方至就真敢直接扔进垃圾桶，于是抱着衣服说：“你这个人真不是一般的烦人，明明在乎却假装不在乎。”

有了寒假在微信上的各种撩骚，艾周的脸明显大了好几圈，脸皮也厚了好几层。方至越是防守，她就越要进攻。她把脸凑到方至面前，说：“说，你是不是喜欢我？”

方至闭上眼睛，不看她，说：“别自作多情行不行？”

这是艾周第一次这么近距离看方至。

真是侧颜杀啊，笔直的鼻梁，长而黑的睫毛。这么近，连根数都能数出来！

艾周突然有种冲动，她把脖子向前一探，用力地亲了一口方至的脸，那声音响得像吸了一根长得不能再长的长寿面，最后还甩出一记嘹亮的“啪”。

这一口，连万年冰霜脸的方至都惊呆了。

艾周的嘴唇一离开方至的脸，转头就跑。说实话，她真怕方至当场发飙打死自己。

她一阵风似的冲出门外，留下一串狗叫声和小爆的笑声。

小爆在里面喊：“干得漂亮！”

艾周一直跑到街角才停下来，脸涨得通红。路边有张长椅，她一屁股坐在上面，大口大口地喘气。本来就紧张，再加上一阵疾跑，整个人都要窒息了。她想过一万种亲吻男生脸颊的画面，但没有一种是这样强吻的。

太不浪漫了，但是解气！想想方至刚才那张震惊的脸，心里就是爽。

远远的，她还能看见Befixed的店面。不一会儿，方至就从里面出来了。他站在门前，朝着这边望过来。艾周琢磨着，他是要过来打她还是怎么着？这么一动不动地站着什么意思呢？可是自己现在站起来再跑，就显得太没底气了吧。再说了，在大街上他还能干什么？

于是艾周挑衅地看回去，和他杠上了。

方至哪会是怕杠的人呢，直接走了过来。

艾周的心"怦怦"乱跳，不知道方至要干什么，只能抻长脖子，和他互看。

这真是一场心理战，势弱的一方就会败下阵来。

然而时间一分一秒地过去，艾周终是变成势弱的那一方。她一摆手说："神经病啊，看来看去的，我要走了。"

但她站起的那一刻，才发现这根本就不是心理战！

这是个圈套！

方至抬了抬下巴，示意她看椅子旁边竖着的一块小牌子，上书四个小字——油漆未干。

写大点儿会死啊！

艾周差点儿就骂出口了。她站了一下，没站起来，又站了一下，还是没站起来。

方至竟然笑了，是那种很好看的微笑。

但这个时候艾周怎么看怎么气，他肯定早知道油漆没干，才故意和她眼对眼的，好让她结结实实地黏在上面。

艾周怒气爆表地说："算你狠！"

然后奋力一站，就听屁股处传来"刺啦"一声，接着就有冬天的凉意徐徐地飘进来。

方至的笑意更深了，这次的笑里充满了满足感。他脱下外衣，递给她说："要不要过来试试工装？"

艾周好想把衣服扔到他脸上，但她的理智还是在线的。她要是拒绝，就代表她要屁股凉凉地回学校了。

于是她接过衣服围在腰上，然后甜甜地咬牙切齿："谢谢，你给我等着。"

Chapter 4：能量包

必须说，工装设计得蛮漂亮的，尺码也好。艾周在店面后的休息室里换好衣服，对着镜子照了照。

方至订了这套"独一无二"的工装，是把她算成 Befixed 的一员了吧。唉，最讨厌这种没事让你猜心的人，有话好好说不行吗？

就在这时，艾周听见外面有人说话，声音十分耳熟。她打开门缝往外看了看，竟然是学校讲经济学的那个夏严生教授。

她有点儿好奇，难道夏严生也是死飞爱好者？

夏严生一见到方至就说："都办好了，你明天去吧。"

方至说："给我电话就行了，不用专门过来的。"

"我也想看看你的新店。"夏严生拍了拍方至的肩膀说，"你是个聪明的孩子，以后会好起来的。"

方至不领情地说："我现在也挺好的，你不用可怜我。"

"没有没有，你误会我的意思了。"夏严生连忙解释。

方至牵了牵嘴角说："我明白。"

艾周心想，这两个人说的怎么都跟隐语似的？夏严生到底帮方至办好了什么呀？不过这个问题，艾周第二天就知道了。

中午，朱西西和江纪言出去吃日料了。艾周和徐颖一起去食堂，徐颖说："西西叫你一起去，你怎么不去呢？"

"当蹭饭电灯泡啊？"

“江纪言请日料，肯定都是顶级的，不去多可惜啊。”徐颖撩了撩自己的长发，不对，是假发说，“你说西西为什么对你那么好呢？咱们也差不多啊，我对她比你对她要好多了，她为什么就不愿意和我做朋友呢？我好羡慕她的生活圈子啊，好想成为她的朋友。”

艾周觉得和她聊下去是件很困难的事。

就在这时，徐颖用胳膊肘撞了撞艾周说：“那不是方至吗？怎么在咱们学校食堂啊？”

艾周顺着她的目光看过去，排在窗口打饭的竟然真的是方至。她走过去问：“Hi，你怎么来食堂吃饭了？”

“学生吃食堂有什么问题？”

“你……”

方至拿出饭卡晃了晃，说：“今天我请你吧。”

艾周一下子就明白夏严生帮他办好什么事了。她问：“你进经院了？”

方至点了点头。

“那你和汪鹿成同学了？”

方至回想了一下说：“那个给你接鼻血的？”

真是会找记忆点，艾周笑得一脸尴尬。徐颖在一旁忙接上话：“帅哥，要不要也把我请上啊。”

艾周说：“拜托，我又没说让人家请。”

徐颖说：“你想帮帅哥省，我可不想。”

其实听到方至进了经济学院，艾周在心里还是有点儿担心的。江纪言可是大二的学长，肯定会变着法整他。按着方至的性格，那还不是火星撞地球吗？

那天从食堂出来，艾周和方至就分开了。她有好多问题想问方至，也有好多事想提醒他。可是有徐颖在旁边，她一句话都没说。

直到下午第一节课朱西西才回来，是马哲老师的大课。她们躲在最后面说悄悄话。艾周说：“你知道我今天在食堂看到谁了？”

“方至。”朱西西一点儿也不给艾周制造惊喜的机会。

“你知道了？”

“废话，快递一哥突然成了插班生还不是新闻啊。我还以为你早知道不告诉我呢。”

“他这个人自己的什么事都不说的。”

朱西西叹了口气，说：“明明有简单好爱的男生不选，偏挑这种变态男孩挑战，你也真是勇敢。”

“谁啊？谁简单好爱啊？”

“小鹿呗。”

艾周非常认真地说：“打死我也不信小鹿会喜欢我，我的直觉这么告诉我。”

直觉是上天赐给女生的福利，特别是在面对男生的时候，直觉的敏锐度就会直线上升。比如面对汪鹿，艾周就完全没有感觉，就算他的笑容再好看也没用。再比如面对方至，闭着眼都能感觉他扑面而来的荷尔蒙的气息。哪怕他脸再臭，也能感受到爱的存在。

然后，艾周就被自己恶心到了。

其实，方至进经院的事很快就没了热度。有消息传出来，他是按特长生进来的，也就没什么好说的了。哪个学校还没有点儿特殊生，大家都习惯了。

艾周觉得这是天赐撩骚良机，她要是不认真对待，就太辜负老天爷的一片心了。她先从网上弄了套方至的课表仔细研究，然后在中午时分，拼命地往离方至下课最近的食堂赶，躲在隐蔽处伺机而动。直到看见方至，她才冒出来，假装不经意地碰见说：“这么巧啊？”

方至瞄了她一眼说：“你在这边上课吗？”

艾周一阵“呵呵呵”就算混过去了。她陪着方至进了食堂，给他介绍各个窗口的好吃的，然后点了自己最爱的大鸡腿，坐在方至的对面。

这个画面，她从前想都没想过。谁能想到有一天，她和方至又会成为同学。她问：“方至，你怎么会想起念大学了？”

方至说：“我不像会读大学的人是吗？”

“我不是这个意思。我只是觉得，你不像在乎大学的人。”

“我在乎。”方至放下筷子说，“只是以前我没有机会。其实如果有机会，我还想做个上学上班，恋爱成家的普通人。”

艾周感慨地说：“如果你真的普普通通就好了。”

“怎么好？”

“我就可以……和你从小一直做朋友，不用分开。”艾周原本是想说“可以和你早恋了”，但她托了一串长音，总算把话给圆过去了。

方至说：“是啊，那样你就不用害怕告诉别人我是你朋友了。”

“方至。”艾周非常认真地说，“就算现在你不普通，我也不怕别人知道你是我朋友，真的。”

方至点点头，没说话。但艾周知道，他一定是懂的。

这天从食堂出来，方至突然问：“艾周，离你们宿舍最近的是几食堂？”

“二食堂啊，怎么了？”

“以后中午你都去二食堂吧。”

“为什么呀？我喜欢满学校吃，好玩。”艾周不能给方至摆脱自己的理由。

“你就别玩了。”方至说，“我车骑得比较快。”

艾周愣了一下才明白方至的意思，他是说自己每天都会去二食堂等她吧。

哈！人生啊，无处不转折。

她说：“好啊，那你可真的要来啊，要不然我会饿死的。”

方至的目光向下移动到艾周的腹部，估评说：“你这个能量包支持一个月还是可以的。”

艾周发现，有些人不爱说话的原因，可能是嘴巴太毒。

Episode Nine

不愿期待
No Hope

希望是未来埋下的种子，
期待是希望编织的梦境，
等候是期待催眠的幻乐，
最怕有人告诉你——
Hey，Time is up，该醒了。

Chapter 1：两个杯子

有时，没有期待才是一种快乐。

因为你不期待未来，所以才会没有失望的等待与煎熬，安于当下的平凡和幸福。

就比如此时此刻的艾周。她觉得，大学四年一直这样就蛮好。每天上午和西西上课，中午和方至去二食堂吃饭，下午去Befixed做店员。

所有的美好都储存在周而复始的循环中。

当然，最美好的，都发生在Befixed这一个环节里。

Befixed的大Boss对她说："好好干吧。目前工资没有，但是有这套衣服就代表你是我们的人，赚了给你分花红。"

艾周连翻白眼，说："店里一天也来不了几个人，你有花红分吗？"

大Boss没说话，但脸上的表情仿佛胸有成竹。

艾周真爱看他这副模样，自信满满的男生总是撩人心扉。

没过多久，Befixed的生意就好了起来，许多人都是慕名而来。有几个大学的死飞社团，专门过来和方至建立起了合作。开业的第二个月，方至给大家开工资了。三千块虽然不多，但说明小店已经开始挣钱了。

艾周觉得有点儿不可思议。她说："你做什么广告了，这么多人来找你？"

方至笑而不答。

小爆在一旁说："艾周，你有没有发现至哥笑容变多了。"

艾周说："生意好，心情好呗。"

"不是。"

"那是因为什么啊？"

小爆给出了标准答案："是因为有你啊。"

方至抬腿给了小爆一脚，说："滚。"

艾周满足地冒着傻气般"嘿嘿"笑了。男生这种反应，应该就是喜欢吧，那种喜欢又不想别人看出来是喜欢的喜欢。她想，如果生活就这样简单而欢乐地发展下去，她和方至摊牌就指日可待了。

但方至从来都和简单欢乐缺少缘分，所谓平静就是储备风浪的代名词。

四月的上海，整座城市泡在雨水里，透出一股霉味儿。艾周从 Befixed 回来，正准备洗漱，朱西西叫住了她。

她说："艾周，你看过网上这段视频吗？"

"什么视频？"艾周好奇地凑过来。

"从油管红回到国内来。"

"红回来？咱们无产阶级接班人拍的？"

朱西西打开视频，艾周只看一眼就打了个哆嗦。视频里几个戴着大白牙口罩的少年在一个集装前面玩死飞，镜头剪得炫得不得了。接着门一开，里面紫光森森，一个人从一辆跑车上冲下来。

虽然艾周没看过这段视频，但她可是在现场全程观看过拍摄的啊！

她扶着朱西西的肩，用夸张的语调来掩饰内心的紧张："哇，好厉害啊。"

"厉害个屁。"朱西西没好气地说，"你的关注点在哪儿呢，看车子！"

"嗯？车子？"艾周眯眼看了看说，"啊，车子不错，有 Airwalk 的，好像也有 8bar 的。"

艾周在 Befixed 也有段时间了，对死飞还是有一点儿了解的。

朱西西连送白眼，说：“谁让你看自行车了！看跑车？”

“跑车？跑车怎么了？”艾周觉得自己快要装不下去了。

朱西西暂停住画面说：“你看，那不是我老公的车吗？”

“哦。好像是。”

“什么好像啊，就是！”朱西西指着车盖上的涂鸦，说，“你看上面写的什么？”

“什么？”

“Befixed 啊！”朱西西说，“方至开的那家店是不是叫这个名字？”

“你不会以为是方至干的吧？”艾周心虚地说，“他们哪有这种本事。死飞就叫 Fixed Gear，好多店都叫 fixed balabala 的吧。”

“Bala 个屁，你老去那边，留意着点儿。如果是那个死变态，我绝不放过他！”

“算了吧，又不是你的车。人家江纪言都不在乎，你瞎急什么啊。”艾周脑子飞快地转着该怎样大事化小，小事化了。她又继续说，“再说了，方至那个人你也知道，你让江纪言和他对着干真的好吗？”

“怕他啊？”

“这不是怕不怕的问题，是一个水晶杯和一个塑料杯的问题。说难听点儿，人家就破罐子破摔了，但你老公摔得起吗？”

两个杯子的理由终于把朱西西给说动了。塑料杯子扎一百个洞还能浇花，水晶杯子呢？戳一个洞都可惜了吧。

现在，艾周终于知道 Befixed 的生意为什么越来越好了，原来那夜的“平安周末行”成了他们的广告。晚上，艾周躺在被子里给方至发微信。

她说：你怎么敢把毁车的视频发到网上去，你以为发到油管国内不会知道啊？

隔了一会儿，方至回：从外网传回来，广告效果才好不是吗？

你疯了！你知道那车是谁的吗？

江纪言。

艾周心里吃了一惊，说：你是不是傻！

方至发了个微笑的表情。

艾周知道，这个表情基本就等于再见，不想和她说话了。

Chapter 2：快闪敌情

这几天，艾周深刻地体会到“做贼心虚”这四个字。只要朱西西一提“方至”两个字，她就心惊肉跳。

她和朱西西之间不是没有过秘密，但现在这个秘密的级别完全不一样。方至可是毁了江纪言的千万豪车，她不说，就真的有点儿“有异性没人性”了。可是如果说了，方至和他的店不就完了吗？几百万他赔得起吗？

还好朱西西的精力不在她身上。据说江纪言身边出现了一个劲敌，是文学院那边一个会拉大提琴的女生，叫许靖笙，已经念大四了。又文艺，又美丽，关键逼格之高让朱西西抓狂。朱西西翻遍她所有的微博、空间、朋友圈，不是看剧、听音乐会，就是去旅行。她不想说，比起自己这种吃吃吃、买买买的人生，的确高出一个层次。

艾周说：“西西，我说了你别打我啊。”

“讲。”

“我以前说你和真女神之间还差那么一点儿，就差在这里了。人家美得不急不躁，你明白吗？”

朱西西抿了抿唇，没说话。

艾周又说："我估计江纪言还要倒追人家吧？"

朱西西用鼻子哼了一声："绿茶婊都有这种特性。"

"唉。"艾周叹了口气，"算起来，你们也快一年了呢。"

朱西西脸一冷说："掌嘴。"

"嗻。"

艾周轻轻打了打脸。

这天下课，艾周在二食堂等方至。没一会儿方至就到了，和他一起来的，竟然是玉树临风、自带追光的汪鹿。两个人边说边走到艾周面前，艾周张着嘴，愣了好几秒才说："你们……两个怎么凑到一块儿了？"

方至说："我们同班有什么问题？"

汪鹿说："他之前有落下的课，我帮他补补。"

没办法，汪鹿这样天使级别的孩子谁落难都会帮。

汪鹿睁着大眼睛，好奇地环顾四周说："咱们学校的食堂看起来还不错啊。"

"江少爷，你不会连我校食堂也没吃过吧？"艾周有种自尊心受挫的感觉。

汪鹿说："没有啊，人太多了，不想排队。"

艾周拿了托盘塞到他手里，说："欢迎你来到平民世界。"

汪鹿接过盘子，说："谢谢你平民，前面带路吧。"

艾周嘻嘻地笑了，乐颠颠地在前面带路，她对食堂可熟了。汪鹿绕了一圈，只要了一份小碗牛肉面。艾周要了两个素菜。坐下吃饭的时候，方至问她："今天怎么不吃你的红烧鸡腿？"

艾周朝他翻了个白眼："小鹿当前，吃太腻了是罪过。"

艾周也不掩饰。有小鹿那碗清汤面比着，面对两只大鸡腿，她怎么下得了口？就在他们说笑的时候，一个女生穿着白色长裙走进来。裙子的下摆又大又飘，透着一股仙气。几个拿着摄像机的男生远远地在拍她。女生背着黑色大提琴的盒子，在食堂中间的空地上坐下来。

艾周在心里叫了一声："我靠，这不是许靖笙吗？"

许靖笙旁若无人地打开琴盒，从里面拿出大提琴悠悠地拉起来。接着，有拉小提琴的、吹长笛的、弹吉他的……从人群中一个一个走出来。

汪鹿说："哦，是玩快闪吧。"

艾周没好气地说："我还以为是发神经呢。"

她给朱西西发短信：亲，二食堂有敌情。

她按完发送，一抬眼，竟然又看见了江纪言。他坐在离许靖笙不远的餐桌旁，也没打饭，就是坐在那里看着许靖笙拉琴。

艾周连忙发了第二条：快来，你老公也在这边！

朱西西的短信随后传进来：五分钟就到！

原本江纪言和朱西西约在校门口的一家西餐厅吃饭，可江纪言突然接了个电话，就说有事要走，朱西西问他什么事也不说。这会儿听到江纪言所谓的"有事"就是去二食堂看"敌情"，她心中的怒火都要喷薄而出了。

二食堂这边已经开始唱起来了，应该是合唱团的成员，有男有女，从人群中站起来，边唱边向许靖笙这边靠拢。很明显，许靖笙是快闪的核心。有八卦的女生在一旁说："听说了吗？拉大提琴的这位是江纪言的新欢呢，这次快闪也是江纪言赞助的。"

艾周转头对着小鹿说："亏我一直把你当朋友，江纪言有小三你怎么不和我们说？"

汪鹿摊了摊手，微笑着说："拜托，朋友这两个字不是用来要挟别人的。能互相理解并且体谅对方的，才叫朋友。"

方至一直埋头吃饭，听到汪鹿对朋友的注解，抬头看了他一眼，大概有些刮目相看的意思。可艾周哪管得了他们惺惺相惜，眼看着死党的老公就要奔向下一任，她不能坐视不理。

她说了一声："朋友是用来帮的好吗？"

说完她站起身，走到窗口，要了四只红烧鸡腿，且多加汤汁，然后转身喊了一句："纪言，你也来食堂了！"

这一嗓子混在美好的和声里，真是清脆极了，所有人都齐刷刷地朝她看过来。

然后她又补了一句："我买了鸡腿你要不要吃？"

说着，她就欢乐地向江纪言跑过去，在路过许靖笙身边的一刻，不小心脚下一滑，哎呀，四只美味多汁的鸡腿尽数泼在许靖笙的怀里。于是这场声情并茂的快闪，才刚刚开场就闪完了。

艾周一边道歉，一边帮忙捡鸡腿。许靖笙倒还淡定，表示没什么。江纪言却怒气冲冲地说："艾周，你是故意的吧？"

艾周正要否认，江纪言身后就响起了朱西西的声音，她说："能给个艾周故意的理由吗？"

朱西西明显是跑过来的，额角还闪着亮晶晶的汗，但她的神情却气定神闲。她挽过江纪言的胳膊，说："这是你朋友？来看朋友表演怎么不带上我呢？"

江纪言一脸尴尬地说："你怎么来了？"

朱西西笑了笑，转头对许靖笙说："真对不起啊，我朋友总是笨手笨脚的。"

"没事。"许靖笙擦了擦手说："纪言，你能送我回宿舍吗？"

我靠！艾周在心里大叫，这不是明着挑衅吗？要不要这么赤裸裸！朱西西也不是个怕事的人，她摇了摇江纪言的手臂，说：“纪言，周周把人家害成这样，咱们一起送送吧。”

江纪言这种少爷脾气，最讨厌的就是现眼和麻烦。大庭广众之下闹得如此不堪，他哪还有心情送谁回家。

只见江纪言一摆手说：“没心情，你们自己玩吧。”

说完他转身就走了。

朱西西没有跟过去，一直等到江纪言走出食堂门外，她才转回身对着许靖笙说：“姐姐，都大四了，走之前给自己留点儿口碑吧。”

许靖笙把自己的大提琴放进盒子里，说：“我不想留什么口碑，我只想给自己留个纪念。”

艾周站在旁边，仿佛感受到了“啪啪”的火花。

Chapter 3：女生和女人

晚上，朱西西躺在床上，反反复复地看白天的视频。她说：“周周，今天干得漂亮。”

艾周说：“这次可得好好表扬一下我，为了你，我可是在我两大男神面前丢脸了。”

这一次艾周可出名了，以二出天际线出的名。特别是泼鸡腿的表情和动作，堪称智障典范。

她去洗手间洗漱的时候，陈思敏才回来。她把书放下，坐在床上，一动不动地看着朱西西微笑。

自从上次吵过架之后，陈思敏变得越来越古怪了。朱西西面对她时心里有隐隐害怕，于是她不耐烦地说：“看什么看！”

陈思敏说："我原本以为你可以撑过一年，没想到还差几个月呢就不行了。"

朱西西知道她在说什么，恼怒地说："要你多事！"

陈思敏没说话，开始收拾自己的床，嘴里悠闲地哼着歌，像是在等待一场好戏开场。

那段时间，艾周回到宿舍总是小心收敛着表情。每天在 Befixed 混着，乐颠颠的，根本没什么烦恼。但面对朱西西，她不能表露出来，感觉笑多了都是罪过，因为朱西西的心情越来越坏。朱西西快要矛盾死了，她不想黏着江纪言，可她如果不找江纪言，江纪言就基本不和她联系。

朱西西把那些"追土豪秘籍"统统都扔了，说："都什么狗屁，没有一样管用的。"

艾周说："西西，你和纪言在一起之前不就做好心理准备了吗？不放感情进去，利用这一年，让自己变得更好啊。"

朱西西面无表情地翻了白眼，说："屁谁都会放的，有几个人能把屁找回来？"

艾周被堵得无话可说。

朱西西叹了口气，说："我以为我会和别人不一样，其实也没什么不同。女人是不是都一样？一旦付出了感情，就再也收不住了。"

艾周心里"咯噔"一跳，那是她第一次从朱西西嘴里听她自称女人。看来"女生"和"女人"之间，只隔着一道感情的磨砺。

艾周说："西西，说真的，我没想到你会对江纪言这么认真。如果我知道，我肯定不会让你和那个渣男好。"

朱西西抿了抿唇，说："我也没想到。我以为我玩得起，结果只是玩了我自己。"

艾周搂住她，心疼得要命。

第二天，艾周就去找汪鹿帮忙。说起来，汪鹿成了Befixed的常客，他还磨着方至给了他一套工装做免费的店员。

地球上有一款男生，比如方至，有非常奇特之能力，对同性的杀伤力远远大于异性。男生和他接触之后，都想和他交朋友。反倒是女生，常常摸不透他的心思。

汪鹿和方至的最初始于补习，但汪鹿很快就发现，方至以另一种方式给他补了课。

汪鹿说："知道吗？我从来没修过车，太好玩了。"

于是他干脆解散了"慢生活社团"，加盟Befixed。

艾周觉得，这个剧情可以写一部《呆萌王子微服私访记》。男主角爱上了男主角，她是永远得不到爱情的女二号。艾周之所以这么瞎扯，是因为自从汪鹿混进了Befixed，她就很少有和方至单独相处的机会了。

通常，她在方至的左边，汪鹿就一定会出现在方至的右边。她在方至的右边，汪鹿一定出现在方至的左边，而且他们俩害特别有话题。方至这个对她八百年说不满十句话的人，和汪鹿可以畅谈无阻，他们会聊死飞，怎么骑、怎么修，也会聊经济学的原理和典故。艾周全程微笑脸，一句话也插不上。

男生真的是一种奇怪的生物，和朋友在一起远比和女朋友在一起更舒服。

不不不，"女朋友"还算不上。艾周自己打击自己，现在只是"女性朋友"。

这天难得是晴天，阳光干净新鲜。休息的时候，方至去洗手间。

汪鹿坐在店门前的台阶上晒太阳。艾周挪了挪屁股，蹭到汪鹿的身边，说：“小鹿，我有事求你。”

“什么事？”

“你帮帮西西呗，她现在状态不太好。你和江纪言那么好，和他说说，西西对他动了真情。他渣了那么多年，试着认真一次不行吗？”

汪鹿抱着膝盖说：“你猜有多少人和你说过同样的话？”

“呃？”艾周答不出来。

“我不是不想帮西西，而是我帮不了。一个人如果不想认真对待感情，那谁也强迫不了。如果他认真了，谁也改变不了。但凡一劝就改变的，都是假的。要么违心，要么做戏。”

艾周也抱紧双膝，不知该说什么好。她觉得虽然江纪言和汪鹿外形上是两种不同类型的男生，但骨子里有种相近的气息。他们对感情都有着莫名的淡漠。女生对他们来说，都是以附件形式存在的。艾周有点儿庆幸自己当初喜欢的是方至，而不是汪鹿。不过方至这个人到底懂不懂感情，也是个问题。

艾周突然歪过头说：“小鹿，再问你个事？”

“什么？”

“你是喜欢女生的吧？”

方至刚好从门里走出来，汪鹿抬头看了他一眼，好像明白了什么，然后“哈哈哈”地笑起来。

方至走过问：“笑什么呢？”

“艾周以为我和你……”

艾周跳起来掐住他的脖子，说：“你再敢说半个字我就掐死你！”

于是汪鹿笑得更厉害了。

艾周发现，离方至近的人，都容易放飞自我。

Chapter 4：终极大 Boss

5 月又是累成狗的月份。不过这一次，艾周有方至和汪鹿作陪，收心不少。每个下午，他们都会在 Befixed 看店，做题。艾周很想把朱西西也拉过来，就当转换一下心情。可是她劝了几次，朱西西都不肯来。她每天都去江纪言那里报到，生怕给了许靖笙机会。

艾周说："西西，都要考试了，你跟我和汪鹿到 Befixed 那边去看书多好。汪鹿这个学霸，什么都会，你也不用总是心烦啊。"

朱西西说："你要我天天和方至混在一起，是想我和纪言绝交吗？"

"不是啊，我是想你换换心情。有些人不值得为他付出。"

"都已经付出了，还有什么值不值得的。如果我现在退了，之前付出的不就白费了？"

艾周拧不过她，只能任由她往江纪言那边跑。

5 月的第一个周末，刚吃过晚饭，方烈吵着要骑车，艾周和汪鹿也跟着一起去。最近骑车对方烈的刺激越来越小了。他只记得喜欢骑车，却不记得为什么喜欢。方至在湖边停下的时候，他只会喊快点儿骑。

每当这个时候，艾周都不敢看方至。因为方至眼里隐藏的那一点儿失望，让她看得心疼。

汪鹿多少也了解了些方至的从前。

他说："方至，我爸认识一位国内顶尖的脑科专家，我让他帮你安排一下，给叔叔做个检查。"

方至摇了摇头说："不用了。"

艾周说："为什么，万一能治好呢？"

"没有把握，就别给自己希望，要不然哪还有背水一战的勇气。"方至伸出双手，拍了拍艾周和汪鹿的头盔说，"你们这些在钱里养大的小孩是不会明白的，希望比绝望更可怕。因为你有希望，就会有所求。有所求，就会有痛苦。只有心死了，才会无所谓。”

艾周难过地摘下头盔，轻轻甩了甩头发，说：“再拍一次。”

“嗯？”

“再拍一次。”

“干吗？”

“刚才没做好准备，我要好好体验一下摸头杀。”

“杀你个头啊，走了。”

艾周一把拉住他的胳膊，耍赖说：“嗯……就来一次嘛……”

然而，她的话还没说完，一记迅猛的摸头杀就从身后袭了过来。

是方烈，一巴掌拍在艾周的后脑勺上，嘴上大喊了一声：“快点儿，走啦！”

艾周差点儿坐在地上。

连冷面方至都“噗”地笑喷出来，汪鹿更是差点儿笑断气。艾周黑着脸，戴上头盔说：“一对神经病！”

他们回到Befixed的时候，天已经完全黑了下来。方至一进门，就发觉气氛有些异样。江纪言和几个学校的保安正坐在休息区的长椅上，明显不是来买东西的。保安一见到他们就站起身走过来，说：“你是艾周吧？”

艾周迷迷糊糊地点点头，说：“我是，有什么事？”

“跟我们走。”

方至一步挡在艾周面前，问：“干什么？”

保安看着艾周说：“你去年12月24日的晚上去哪儿了？”

艾周的心一阵猛跳，结结巴巴地说：“没、没去哪儿啊？”

保安从衣兜掏出一张照片说：“这辆自行车你认识吗？”

照片上是一辆摔在地上的自行车，艾周当然认识了。那天她摔在港口，骑的就是这辆车。

保安看她不说话，伸手就来抓。

方至一抬手就把他挡开，说：“凭一张照片就想抓人啊？”

站在后面的江纪言终于说话了。他慢慢地走过来，有种终极大Boss出场的派头。

他说：“那段视频从外网传回来，我就知道是你。知道我为什么不动你吗？因为你这么明目张胆，一定是销毁了所有证据对吧？衣服、口罩、车子、喷漆，就连上传的IP，我估计你也想到了……可惜啊，你漏了一样。”

艾周缩在方至身后，快要吓瘫了。当初冒险的时候，她什么都没想，现在她才终于明白方至为什么说最怕“计划之外”了。因为一旦有了破绽，后果将不堪设想。

江纪言说：“我今天没报警，是给你们留个机会。要不然你清清白白的女朋友就要留案底了。”

江纪言微笑地注视着方至，眼神却藏着一道黑电。

方至若无其事地耸了耸肩，说：“你也说了，没有证据的，一辆自行车能说明什么？”

他转过身，摸了摸艾周的头，说：“喂，你的自行车是不是平安夜那天被偷了啊？”

这一记摸头杀来得太是时候了，艾周瘫软的身体重新又有了力气。她说：“对啊，那天丢了。”

江纪言依旧笑着说：“方至，我得提醒你，艾周不是你。你猜她在警察局待上48小时，还会不会这么嘴硬！”

“江纪言！”艾周愤怒地说，“咱们都是同学，你要不要做得这么绝？！”

“毁我三千万的新车不绝吗？你知不知道我重喷一遍漆要多少钱？再说了，你男朋友要是男人，就让他自己站出来。他都不心疼你进警局，我又为什么要替他怜香惜玉？”

“够了！”小爆突然叫了一声说，“视频是我拍的，也是我上传的，你们别为难艾周，带我一个人走。有本事，从我嘴里撬！”

“好。”江纪言鼓了两下掌说，“终于有人承认了，那就先带你走！”

几个保安上去就拉扯小爆的胳膊。小爆也没反抗，跟着他们向门外走去。

江纪言感觉自己终于扳回一局了，高兴地笑了。

艾周看着小爆的背影，着急地晃着汪鹿，说：“你快帮忙劝劝啊，你怎么也是他朋友，别让他带走小爆。”

汪鹿刚张嘴，江纪言就打断了他。

江纪言说：“小鹿，你和谁玩我不管，但是你不要开口让我为难，我们怎么说也是兄弟。”

汪鹿张开的嘴只能又闭上，艾周都要急哭了。Befixed 里的几个兄弟也只能干着急，只有方至看起来坦然自若。

他突然叫住江纪言说：“Hey，等一下。”

江纪言停下脚步，说：“什么事？”

方至说：“你带他走可以，但别怪我没提醒你，以后千万别后悔。”

“吓唬我啊？”江纪言拍了拍胸口说，“我好怕啊！”

然后，他“哈哈”假笑了几声，推门走了。

Episode Ten

回忆杀

Memory in Heart

总有一天你会明白，
我们过往的一切，
都是为了今天与你的相聚。
就像亿万光年前燃烧的恒星，
只为这一晚璀璨的夜空。

Chapter 1：老大的女人

艾周躺在寝室的床上，一直哭。她一想到小爆因为自己的错被保安带走了，眼泪根本止不住。

朱西西坐在床边陪着她。艾周摇着朱西西的胳膊说："西西，你去求求江纪言好不好？让他放过小爆吧。"

"别说傻话了，以前我说话都不管用，现在他能听吗？"朱西西冷漠地说，"其实你也不用这么自责。他们那种人，今天不进去，早晚也得进去。"

"你别这么说啊，他是因为我做错了才进去的。"

朱西西安静了一会儿说："你为这么一个人感到自责，你有为我感到自责过吗？"

"嗯？"艾周终于不哭了，愣愣地看着朱西西。

朱西西说："方至毁纪言车的事，你早就知道对不对？为什么不告诉我？"

"我……"艾周张口结舌，不知该怎么回答。

朱西西拍了拍艾周的手说："周周，我没怪你。就算是朋友，也有为难的时候。朋友和陌生人的区别，就在于做错事，可以彼此原谅对不对？"

艾周点了点头。

朱西西抱住艾周说："对不起，周周。"

"嗯？"

"我不能帮你。"朱西西失神地说，"我自己都快帮不了我自己了。"

那一刻，寝室里真的很安静。徐颖戴着耳机看书，全当什么也没听到。陈思敏坐在床边嗑瓜子，声音清脆得让人发慌。

第二天，小爆已被送去了警察局。方至和几个兄弟去看他，艾周也跟着去了。警察做登记的时候，问方至："你和嫌疑人什么关系？"

"兄弟。"

"哟，后面的都是啊？你们是葫芦娃啊？连姓都不一样，还兄弟？"

方至勾了勾嘴角，说："他妈临终前把他托付给我了。"

"哦，他妈也太没眼光了，把儿子托给你这么个人，犯这么大事还得自己扛。"

方至在登记簿上签了名，说："是啊，要是所有孤儿的妈都认识您就好了，全世界就和平了。"

警察"啪"地一拍桌子，说："你不要太嚣张！"

"没有啊，我是真心的。"

警察只让方至一个人去见小爆。四方的小屋子里，小爆早已坐在里面等着他。

方至拉开椅子坐了下来。

小爆说："放心。"

方至点了点头说："我是来看你受没受罪。"

"没有啊，都挺好的，有吃有喝。"

"再忍忍，很快就能出来。"

小爆也点了点头。

说完，方至就出门了。

艾周奇怪地说："怎么这么快就出来了？小爆怎么样？"

"挺好，有吃有喝。"方至边说边向外走。

艾周追过去问："那小爆以后怎么办啊？咱们就把他留在这儿了？"

“他的事，你不用操心。”方至突然话锋一转，说，“艾周，我想和你说点儿事。”

“什么？”

“知道吗？开开店，骑骑车，那都不是我的生活，这才是。你看到警察看我的眼神了吗？跟我在一起，你也会被这样鄙视。你和我不一样，你有你的圈子，别往我这里混。汪鹿才是你应该选的人。”

艾周咳了一声，说：“我……也想说两件事：第一，请你们男生不要自己不喜欢，就把女生送给另一个。你可以喜欢我，也可以不喜欢我，但你别给我指定男朋友行不行？就算我喜欢你，我也不是你的。就算你拒绝我，也不用你把我送人。”

“OK，这个算我错。”方至爽快地答道。

“第二件事，”艾周停了停说，“全世界的女生都想过做老大的女人。真的。”

小浩克跟在后面听见了，没忍住，“扑哧”一声笑出来。这下好了，一群人跟着哄笑起来。

艾周的脸“唰”地红了，她猜方至又得一人赏一脚。可是方至没有，他只是看着艾周，眼神有些琢磨不定，艾周猜不透他在想什么。喜欢上他，就仿佛喜欢上一堵墙，硬邦邦的，没有一点儿反馈。

她叹了口气，说：“算了，当我没说。”

艾周低头去找车子。她觉得自己太蠢了，没头没脑的，顺着坡儿就说了表白的话。

方至终于开口了，他说：“记住，这是你白找的。”

“什么？”

“做我女朋友。”

艾周以为自己在幻听，方至怎么可能说这几个字。她慌乱地说：

“就……这就……女朋友了？也太随便了吧。”

方至一把揽过她的肩膀，用力地紧了紧，说：“好吧，这样有没有一点儿做老大女人的感觉？”

艾周张大嘴，傻傻地出声：“哈？”

她有想过和方至表白成功的，但没有一种画风是这样的——在警局门口，在一群男生的起哄声中，一切就这样不经意地发生了。

剧情真的不对啊！

应该是在浪漫的星光下，他们骑着双人自行车，柔情蜜意，双宿双飞才对。

艾周靠在方至怀里，扭捏地说：“那个……那个……小爆还在里面呢，咱们这样好吗？”

“好……”飞机在后面帮腔说，“小爆给你打助攻也不是一天两天了。你这算是发给他一个安慰奖啊。”

艾周莫名其妙有种“万千宠爱于一身”的飘然感。

Chapter 2：一个人

晚上，方至把汪鹿约了出来，两个人去了学校不远的酒吧。幽暗的灯光里，四处装饰着蝙蝠侠的蝠翅。一个唱民谣的歌手坐在小舞台上唱着歌。方至要了杯伏特加，汪鹿喜欢百龄坛的威士忌。两个少年骨子里却都有种怀旧气息。

汪鹿说：“怎么想起约我喝酒了？”

“想求你办点儿事。”

“关于小爆的？”

方至点了点头。

“这个能帮我早就帮了，我是真帮不上忙。你也知道江纪言，他和你……”

方至从衣袋里拿出一个U盘放在桌上，说：“我只求你帮我送个信。”

“这是什么东西？”

“小爆拍视频的证据。”

“啊？你要我给谁？”汪鹿奇怪地问。

方至贴着汪鹿的耳朵悄悄说了句话，汪鹿的眼睛惊得大了三圈。他说：“你确定吗？”

方至点了点头。

就在这时，江纪言从外面进来了。汪鹿飞快地拿起U盘，揣进衣兜。汪鹿对江纪言，总有种对兄长的怕。方至拍了拍他的肩膀，说：“我先走了。”然后趁着江纪言没有看到就离开了。

和江纪言一起来的，还有朱西西。说起来，江纪言终于对那位许学姐没了兴趣，朱西西站在他身边又恢复了往日的容光焕发。她一眼就看见了汪鹿，拉着江纪言坐过来说：“哎呀，小鹿，你怎么自己来了也不告诉我们。”

“做电灯泡吗？”

江纪言看了一眼桌上的空酒杯，说：“有朋友？”

“已经走了。”汪鹿不善说谎，连忙转话题说，“后天就要开考了，你们还来喝酒？”

“你不也来了吗？”朱西西反问他。

“我闭着眼睛也可以考八十分。”

汪鹿并不是吹牛，学霸的世界，普通人根本比不了。

其实这一天，是江纪言车队里一个成员过生日，大家约好吃饭然后再到酒吧。江纪言其实不想来的，但又都是队友。他拒绝了饭局，却不好拒绝喝酒，所以先来酒吧等他们。

没一会儿，车队的朋友就都来了，有些还带了女生过来。朱西西听到一个熟悉的声音在叫她。

“西西，你也来了呀！”

是徐颖，她穿着吊带裙，露着壮硕的后背和胳膊。她的身旁竟然还站着陈思敏。

朱西西简直要犯尴尬症，可表面上还是朝她们招了招手。徐颖拉着陈思敏过去，一脸热情地坐在朱西西的身边，说：“西西，你喝的什么酒？哎呀，我都不懂啊。你教教我好不好？哪一种好喝？”

朱西西不由自主地向里挪了挪说：“你自己看啊，都尝过才知道哪个自己最喜欢。”

陈思敏坐在对面，侧着头望着江纪言。

江纪言说：“我们……以前见过吗？”

朱西西瞬间感觉气氛不对，她俯在江纪言耳边说：“她就是我们寝室那个神经病。”

可江纪言的眼睛还是没离开陈思敏。陈思敏也不答江纪言的话，只是把披在肩上的长发束成马尾，再扎了起来，然后对江纪言微微一笑。

朱西西必须承认，那是她见过的，陈思敏最漂亮的笑容。少女感丨足。

江纪言微皱起眉说：“我们真的见过对不对？”

陈思敏说：“纪言，等你想起我，你就会想要忘记我了。”

江纪言更加好奇，他身边的女生实在太多了。他只是依稀有一点印象，好像见过她。而朱西西听到“纪言”这两个字的时候，整个人就炸了。

她说：“陈思敏，你不是说你以前的同学和纪言同名吗？在这儿装什么神秘啊。”

陈思敏对着江纪言挤了下眼睛说：“逗逗你男朋友不行吗？开个玩笑而已，不要那么认真嘛。”

她转过头去对徐颖说：“你不是想喝酒吗？我教你。来酒吧，当然要先喝啤的。”

朱西西好想拉着江纪言离开这个乱七八糟的地方，可原本只打算打个招呼就离开的江纪言偏偏不想走了。他好像对陈思敏产生了兴趣，又问：“你很能喝吗？”

陈思敏说：“你还是别招惹我了，要不然你女朋友会吃了我。”

“怎么会。”朱西西把话头接过去，“有些人啊，扮猪吃老虎，厉害着呢。”

陈思敏一脸惊讶地说：“啊？咱们这儿有老虎吗？难得见到母老虎呢。”

江纪言“哈哈哈”地笑起来，说：“有意思。”

显然，他很享受漂亮女生为自己争风吃醋。

这天晚上，所有人都喝多了，过了关门的时间，结果302里只剩艾周一个人。

是的。朱西西和徐颖都打电话叫她过去，可艾周一想到江纪言也在，还是决定不去了。

不过这个夜晚，她也想一个人静一静。

艾周躺在床上，关了灯。月光从窗口照进来，在地上画出一块白。她闭上眼，就能看见方至站在自己面前。她睁开眼，方至就印到天花板上。

她伸手摸了摸被方至搂过的肩膀，依然有隐隐的酥麻感跳跃在皮肤间。

她现在也是有正式男朋友的人了！

做了快二十年的单身汪，今天终于脱单了！

说起来，明天要不要找他来个Kiss呢？今天太多人了，她没好意思。

不知道方至的嘴唇亲上去是什么感觉？会不会有书里那种触电的感觉？

她幻想着双手捧着方至的脸，缓缓地吻下去，浑身都颤抖了。

她拿出手机，给方至发短信：明天把润唇膏擦起来，等着夺吻大魔王！哈哈。

可是按发送之前，她又犹豫了。

小爆那边的事还没解决，她还是别撒欢了，反正男朋友可以慢慢来。

于是她收起手机，闭上眼，继续幻想自己的第一个吻。脸怎么摆，嘴怎么嘛，双手是自然下垂好呢，还是上下其手……

哎呀呀，真羞耻啊。

Chapter 3：浪漫回忆杀

清晨，艾周睁开眼睛的时候，差点儿没被吓死。朱西西等三人跟鬼一样从外面飘进来，个个面色苍白，双眼浮肿。

艾周说："你们三个一起出去疯的啊？"

徐颖酒还没醒，舌头有点儿大。她说："给你打电话，你也不来。"

"废话，明天就开考第一门了，你们今天还喝成这样。"

"怕什么呀，我又没选你那门。"徐颖还沉浸在昨天的high劲儿里，说话都带着兴奋的调调。

但朱西西和陈思敏从进门的一瞬间，就产生了极冷的气场，两个人都一声不响地干着自己的事。朱西西坐在桌子前卸妆，陈思敏在洗手间“哗啦哗啦”地洗漱。

艾周坐到朱西西身边说：“怎么了？出什么事了？”

朱西西一边抹卸妆水，一边说：“有些人怎么那么不要脸呢，刚走了一个许靖笙，又来个贱货。”

陈思敏刚好从洗手间里出来，她擦了点儿乳液，说：“是说我吗？”

朱西西没看她，对着镜子说：“还挺有自知之明的。”

艾周大概明白发生什么事了，心里的火气一下子冒出来。她站起身说：“思敏，怎么说大家也是一间寝室的，抢别人男朋友你贱不贱？”

陈思敏不在乎地说：“你以为我不抢就没人抢吗？做江纪言的女朋友，你就要守得住。自以为靠张整容脸就拴住人家了？真是笑话。还是拿出一点儿真本事吧。”

朱西西“砰”地一拍桌子，站起来说：“你信不信我撕了你！”

“想打我啊？”陈思敏往前迈了一步。

连艾周这种天生和稀泥的人都觉得陈思敏过分了，她说：“陈思敏，你差不多就行了啊。大家抬头不见低头见的，不要一天到晚搞事情！”

“人家男朋友要抓你进警局，你还帮着他们说话？你这才叫贱，懂不懂？”陈思敏又对朱西西说：“你运气真好，有个这么二的朋友。”

说完，她就上床睡觉去了。

艾周气不过，朱西西却拉住她说：“别理她，神经病一个。”

艾周觉得住学校宿舍好难啊，大家一起开开心心不好吗？非搞出那么多破事来，想想都心累，还好中午有人拯救她。

已经期末了，方至没什么课，但他还是骑着车来到二食堂。艾周一见到他就开始傻笑。说实话，她始终不太相信自己已经成了方至的女朋友。因为一切来得太快，像做了场梦。

方至锁好车子说："笑什么？"

艾周的嘴咧得更大了。她挽过方至的胳膊，脸莫名其妙就红了。没办法啊，没谈过恋爱的人，有一点亲密举动都觉得太刺激了。

方至反倒没什么特别，好像他们原本就该这样似的。

艾周说："今天咱们能不能不吃食堂？"

"为什么？"

"今天是咱们恋爱第一天。"

"哦，要浪漫。"

"对啊，谈恋爱的标配。"

方至想了想说："好吧，上车。"

艾周叫了声"耶"，然后自觉地坐到方至车子的横梁上。

方至冷冷地说："下来。"

"为什么？"艾周可不想自己跟着骑。那样一点儿也不浪漫，而且要跟上方至的速度，非得活活累死。

方至继续冷冷地说："没开锁。"

真是尴尬啊。

艾周从车梁上下来说："知道吗？我就喜欢看你冷脸说笑话。"

方至的浪漫午餐是这样安排的：在校门口的超市买了两包"就是这个味儿"的红烧牛肉面，加一包王中王火腿肠。然后回了 Befixed，把兄弟们都赶出了休息室，用电磁炉煮了一锅。

艾周说："浪漫午餐就是这个啊？"

方至说："咱们一起第一次吃饭，就吃的这个。"

“听你这么一说，好像真的有一点儿浪漫了呢。”

艾周吃了一口，时间好像随着熟悉的味道开始往回奔跑。其实她从不敢多想过去，因为有些事会让她心疼。许多年前的方至，瘦而明朗，小大人一般聪明且体贴。如果不是命运的无常，他该是另一种样子吧。

方至吃饱了，横躺在沙发上说：“还满意吗，女朋友？”

艾周坐在他身边说：“还行，就是浪的程度还不够。”

方至伸手拉开旁边桌子的抽屉，在里面胡乱地摸了半天，摸出块石头，扔给艾周，说：“这个够不够浪？”

艾周一把接过来，就知道是什么了。是另一块灰色的鲸鱼粪便，她的心一瞬间就柔软了。她说：“你还留着？”

“你的呢？”

“也留着。”

方至又伸手在抽屉里摸了摸。这一次，他拿出一个相框，里面封着一张揉皱的白纸。

艾周问：“这是什么呀？”

“问你自己。”

相框里的白纸有些旧了，泛着微微的黄，上面写着三个字——“方至，我”。

那是当年艾周帮方至收拾好家后写的字条吧。最后她不是揉烂扔进垃圾桶了吗？

方至又问：“这个够不够浪漫？”

艾周轻轻抚摸着那几个字，用力地点了点头。这一次，她真的完全被方至的回忆杀击溃了。

方至伸手扳过艾周的下巴，他的眼睛里，闪烁着从未有过的光芒。他说：“艾周，在我的记忆里，唯一个干干净净的家，是你给我的。之前，之后，都再也没有过。我留着这张纸，就是想有机会问你，你到底想和我说什么？”

艾周摇了摇头说：“我不记得了。”

她突然扑进方至怀里，轻轻地吻了他的唇，飞掠而过。

方至愣了一下，然后回应了她。

她从没想过一个以冷漠为常态的男孩，也可以吻得这样激烈。他拥着她的身体，坚硬的肌肉传来灼烫的温度。

艾周不明白自己为什么会在这一刻掉泪，在方至旋风般的吻中哭得不能自已。

他们好像吻了一个世纪那么久。当方至离开艾周的嘴唇，她整个人伏在方至的胸前，不能动，也不想动。

方至沉声说：“艾周，你不该让我爱你，我怕我们以后都承受不起。”

艾周闭着眼睛说：“我不怕，只要有你，我什么都受得起。”

Chapter 4：真的恋爱了

第一门期末考试随后就来，艾周和朱西西选的是一样的课。朱西西为感情的事哪有什么心思复习，卷子发下来，两眼茫然，大脑放空，还好课都上了，临时胡乱编。艾周倒还好，该背的都背了，幸好老师的卷子也不脱纲。

朱西西提前交了卷子，她跟着也交了。朱西西走出来，说：“你怎么也提前交啊？我是不会，难道你也不会吗？”

艾周说：“能及格就行了。”

朱西西知道艾周怕她一个人落单，她挽住艾周说：“陈思敏说你二，你还真有点儿二呢。”

“对你二，是夸我。”

两个人嘀嘀咕咕地从楼里走出来，就看见了江纪言。艾周推了朱西西一把说：“去吧，我不想和他说话。”

朱西西转头说：“你不生我气吧？”

“有什么好生气的。”艾周挠了挠头发，对着路对面努了努嘴。

方至不知什么时候来了，车子停在一旁，自己坐在长椅上。

“什么情况，你们两个……”

“奴婢该死，还没来得及向小主汇报呢。”艾周小心地问，“你也不会生我的气对不对？”

“废话，臭男生的恩怨，跟咱们有什么关系。” 朱西西说，“快滚吧，罚你好好玩。”

“嗻。”

艾周说完，小鸟似的飞向了方至。

就在这时，远处一辆死飞飞驰而至，一个急刹，停在方至面前。

是小爆！

他把车子一扔，和方至来了个结结实实的拥抱。艾周不敢相信自己的眼睛，她惊喜地叫了一声：“小爆！你出来了！”

“至哥答应过的事，不用怀疑好吗？”

方至捶了他一拳说：“怎么不在家等着，找到这儿来。”

“听说你们……我忍不住了啊。”小爆哈哈大笑起来。

艾周真是气啊，只是和方至谈个恋爱而已，搞得人人都当新鲜事来看。

江纪言看见小爆，也是一脸的不敢相信。只是他的不敢相信不是惊喜，而是惊诧。

他走过来说："你怎么跑出来的？"

小爆摊了摊手说："你去问警察吧，我怎么知道。对了，今天有个叫江远唐的人给我打电话，说要见我。你认识吗？"

江远唐就是江纪言的父亲啊。

朱西西听了心里暗惊，江纪言唯一怕的人，应该就是他爸了吧。

"不可能！"江纪言叫了一声。

方至却拍了拍他的肩膀，很诚恳地说："乖，别在这儿叫，回去问问你爸爸。"

艾周拼命把笑憋在肚子里。没办法，谁让闺密爱上了自己的死对头呢。要不然，她就可以尽情尽兴地嘲笑一番了。

这天晚上，Befixed 的七兄弟喝酒庆祝小爆平安归来。

艾周第一次以女朋友的身份参加，反倒成了主角，人人都不放过她。

小浩克说："我们一直以为至哥是不近女色的，原来他是一直给你留着位置呢。"

"对啊。"小爆补充说，"我差点儿以为至哥不爱女人爱兄弟呢。"

大家一阵大笑。

方至不生气，也不踹人，边喝酒，边听兄弟们的嘲笑。他的脸上有淡淡的笑容，趁着酒色，显得格外鲜活。艾周感觉得到他心里是高兴的，虽然他一句话都不说。

她在桌子底下悄悄拉了拉方至的手，方至便回握了她。

就是这么一个瞬间，艾周才感觉到，她是真的恋爱了。

她是真的做了方至的女朋友。

Episode Eleven

未知的选择

Choice is Unknown

最怕有你的选择题，
仿佛每一条选项都是错误。
但也怕没有你的选择题，
因为没有你，就没选择的意义。

Chapter 1：喝狗血的编剧

如果命运是个编剧，那他一定是喝狗血长大的。

这是艾周最近对命运的定义。

不是吗？既然她和方至注定要在一起，那么为什么要分开之后再相遇，搞得如此大费周章？直奔终点多好，可以省下不少时间和弯路。

这个问题，方至是这样答的。他说：“人注定是要死的，你怎么不直奔终点呢。不仅省时间，还省粮食。”

艾周被他气得直喘，她说：“我和你说感情，你和我谈生死。”

方至伸手摸她的头说：“乖，一边吐气去，我这边还没弄完。”

每次方至用这一招，艾周就不闹腾了，魔咒一般有效果。

最近，Befixed越发红了。不仅生意好，还有许多来洽谈商演和拍广告的。店里请了新的店员，方至几个人没事就研究新动作。

除了小爆。

小爆已经见了江纪言的父亲江远唐。原来在年初的一次科技会展上，一家名不见经传的小公司推出了一款可以自动跟拍的无人机。无人机非常小，技术也不太成熟，但受到了业内人士的广泛关注。江远唐公司的新一代产品，也是在向着这一方向努力，但还没有一套完整的解决方案。

方至让汪鹿送给江远唐的U盘里，存放的是小爆调试自动追拍无人机的视频。小爆使用的无人机，正是改装后的一款威新的产品。

必须说，小爆在编程方面有远超Rap和死飞的天赋。江远唐见到这段视频，立即撤销了指控，把小爆叫去威新详谈。

艾周知道了事情的经过之后，问方至：“你就那么确定江远唐不会护着他儿子？”

“不会。”方至不容置疑地说，“搞技术出身的人都惜才。越是权高位重的人，就越懂得人才的重要。”

艾周觉得自己必须重新认识方至了，显然他不是那种四肢发达，头脑简单的男生。看来那么多兄弟捧着他，还是有一定的道理的。

小爆从威新回来之后，找方至喝酒，艾周也跟着去了。初夏的夜晚，空气中夹杂着烧烤与煎鱿鱼的香气。新疆小哥的摊子前，放着哼哼呀呀的西域小调。平时小爆总是一副冷酷小男生的样子，但那天看起来，有些长大的味道了。他说：“至哥，江纪言他爸想让我去威新工作。他说我写程序不错，但还有许多不足，他会找人带带我。”

“去啊。”

“你不留我啊？”

“我干吗留你？”

“那可是你死敌的公司。”

“幼稚。”方至教育他，“第一，人一辈子不是常有既能做喜欢的事，又能赚钱的机会。第二，你搞定我死敌他爸，才是一件很爽的事。”

小爆被他说得心动了，说：“可我不想离开Befixed，兄弟都在这儿。”

“傻瓜。”方至拍了拍小爆的后脑勺说，“Befixed是家，男人都是要出去闯一闯的，玩够了再回来。”

小爆一口喝光了杯子里的酒，说：“好。”

艾周每次看到方至和小爆兄弟深情，就会好感动。只不过，她总觉得自己像个局外人，怎么也掺和不到人家惺惺相惜的气氛里。

那天晚上，方至送艾周回宿舍。他们没骑车，于是走了一段夜路。方至问：“马上就放假了，你要不要回家？”

“不回。”艾周摇头说，“我要去我男朋友的店打工。”

这次暑假，艾周决定不回家了，好好赖在 Befixed 里一个月。

可方至听了却说："你不知道吗？你男朋友不准备用你了。"

"为什么啊？"

"听说……"方至慢悠悠地说，"你男友想和你去旅行。"

艾周"嗷"地一嗓子叫出来，吓得路人纷纷侧目。

她说："真的？"

方至点点头。

"哇！"艾周乐颠乐颠地说，"真是太好了！"

"你不问我去哪儿吗？"

"跟着你去哪儿都行，主要是和你。"

方至说："好，那你就跟着走吧。"

这天，艾周回到宿舍已经是八点多了，寝室里只有陈思敏一个人。没有了考试的牵绊，朱西西去找江纪言了。徐颖昨天坐车回的家，陈思敏在学生会那边有点儿事，所以拖到晚上才准备离校。

艾周进门的时候，陈思敏正在收拾东西。鉴于之前已经闹到撕破脸的地步，艾周一句话都没说。陈思敏把箱子扣好，正要开门离开，艾周却叫住了她。

艾周说："我能和你说句话吗？"

陈思敏转过身说："什么事？"

"我和西西做了许多年的朋友，她这个人我最了解。西西虽然有一点儿霸道，但是人不坏，心地很单纯。大家都是同学，至少还要在一起住两年，你能不能别再招惹江纪言了？西西对他动了真感情，请你别再伤害她了。而且江纪言那个人，也不值得你喜欢。"

陈思敏叹了口气说："艾周，你傻不傻，我上次都提醒过你了，你怎么还不明白呢？"

“明白什么？”

“你真的了解朱西西吗？”

“当然了解，我们从小就是朋友。”

“那你有没有想过，你丢在港口货场那辆自行车半年过去了都没人知道是你的，怎么江纪言突然就知道是你的了？他身边也就只有西西认识你的车吧。你再想想，江纪言明明都有了新欢，怎么又突然和朱西西在一起了？一定是西西用了什么撒手锏啊。”

艾周被陈思敏说得愣住了，这两件看似没什么联系的事放在一起，似乎就有点儿联系了。她说：“别胡说！”

“说你二，你还不信。你是当局者迷，我是旁观者清。你男朋友那个小弟被抓进去的时候，你忘了西西和你说什么了？”

“什么？”

“她说就算是朋友，也有为难的时候。朋友和陌生人的区别，就在于做错事可以彼此原谅啊。怎么样，我都帮你记着呢。她先拿你不告诉她毁江纪言的跑车压你，又说彼此原谅的话为自己开脱。然后你再想想，表面上你们两个好像都做了对不起对方的事对不对？可是周周，两件事对不起的程度是有区别的。”

“什么区别？”

“你伤害的是她男朋友，而且事又不是你做的，你只不过是没讲出来而已。再说了，几百万对江纪言的身家来说，也没那么夸张吧。但西西可是实实在在地要伤害你哦。如果不是你男朋友那边够义气，够聪明，你可是要留案底了呀。你想过吗？到那时候，咱们学校肯定是要开除你的。你的人生就完了，会留下一辈子的污点。”

艾周听得心里冰凉，但她仍旧说：“我不信，西西不是那样的人。”

陈思敏冷哼了一声，嘲讽地说：“女人啊，为男人疯起来连爸妈都不认的，何况只是朋友呢。”

说完，她就拖着箱子走了，留下艾周怔怔地坐在床上。

艾周的脑子里乱极了。

她不想怀疑西西，那是她从小到大最亲密的朋友。可陈思敏的话又让她有所担忧。她站在成人世界的入口，第一次窥见了从未想过的复杂。

她不愿相信，也不想相信，但心底还是“咔嚓”一声，裂开一条细小的裂纹。

Chapter 2：方母狮

朱西西的假期又是在威新里实习，这也是没办法的事。一到假期，江远唐就要江纪言到威新去学习，朱西西只好以实习的身份陪少爷“读书”。回想起刚跟江纪言在一起的时候，朱西西还想着谈感情多幼稚，要借着江纪言来提高自己。然而现在想来，自己的确很幼稚。她幼稚地以为，感情是一件可以拿得起，也放得下的事。可事实上，爱就爱了。你以为可以不在乎，无所谓，其实那只是没有爱过。

她觉得自己面对江纪言，已经彻头彻尾地输了，因为她没有跳脱的能力。

艾周在微信上问她：西西，你怎么确定自己是真的爱上了江纪言？

朱西西回了六个字：没有他，我会死。

艾周发短信的时候，已经在旅行的路上了。火车“轰隆隆”地响着，奔跑在空旷的野外，窗外是大片的农田和山。方至放倒了座椅睡着了，艾周坐在他的身旁，拿着手机犹豫不决。

她在犹豫要不要问西西手机屏幕上的那个问题。

手机屏幕上写着：如果非要你放弃一个，你是选我还是选江纪言？

不过她手一抖，还是发了出去。

朱西西很快就回复了。

她说：知道女人一生都不要问的两个问题是什么吗？

什么？

问男人要自己还是要妈，问女人要男人还是要闺密。

艾周看着那一行字，不知道怎么回。西西这算是某种默认吗？或是某种暗示？陈思敏的话，好像隐隐开始发酵了。方至打了声呼噜，又继续睡觉。艾周看了他一眼，默默地叹了一口气。

上一个暑假，她还陪着做整容手术的西西，鼓励她，安慰她，支持她，仿佛是一生都不会分开的朋友。可是现在，她们坐在各自男友的身旁，说着猜不透的对白。也就是相隔一年吧，高中时代的往事，似乎变得很遥远了。

艾周放下手机，推了推方至说："Hey，问你一件事？"

艾周决定作个大死，反正她都已经问了两个不能问中的一个，干脆再问一个算了。

方至迷迷糊糊地说："什么事？"

她说："我问你一个特别俗的问题。你不爱回答就别答，但是别生气好不好？"

"好。"方至的眼睛又闭上了。

"如果……我是说如果哈，如果当初你妈妈没离开你，现在非要你放弃一个，你是选择放弃我，还是放弃妈妈？"

方至想也不想地就给出了答案，他说："我妈。"

艾周愣了一下，说："真的假的，想都不用想吗？"

"不用。"

“理由，我要听理由。”

方至依然闭着眼说：“我妈有我爸去选，你才是我的。”

艾周被“你才是我的”五个字给惊到了。霸道总裁！

她挽起方至的胳膊，把脸贴在他的肩头，撒娇地说：“至至……”

方至一哆嗦，冷冰冰地说：“滚一边去，我要睡觉。”

“讨厌啦，我不。”艾周贴得更紧了。

艾周另一边的小哥实在忍不住了，说：“姐，七夕还没到呢，你能不能别现在撒狗粮，给我们单身狗一条活路吧。”

艾周的脸瞬间就红了，她发现人一旦谈了恋爱，就很容易进入自我的世界，自动排除一切人的存在。

火车轰隆隆的，一路带着他们去了贵阳。下车之后，他们又坐上了大巴。起初，艾周觉得这次应该是趟穷游，但坐了三小时，一问还要再坐三个小时，基本就知道是干什么去了。

她说：“咱们这是去支教吗？”

“差不多。”

艾周略有些失望地说：“那你还说出来旅行，我背了好多吃的来，早知道我就带别的了。小朋友一看非说，哟，这老师是个吃货。”

方至往椅背上一靠，说：“我方老师的女朋友，谁敢说。”

艾周小鸟依人状偎依在方至的怀里，单手袭胸，色色地说：“方老师，听起来还挺禁欲的呢。”

方至伸手摸了摸她的头发，好像没什么心情开玩笑。天色渐渐暗了，山里的傍晚，天空中弥漫着漂亮的红色。其实艾周心里有一堆问题，比如为什么要来这么偏远的地方？做支教很多年了吗？那里的学校什么样？有多少学生？多少老师？

不过她知道，方至是个只做不说的人，问了也是招他烦，还不如做个安静的女朋友。

大巴抵达村子的时候，艾周跟着方至迷迷糊糊地下了车。几个小孩看见方至便奔了过来，六七岁的样子，脸上挂着高原红。他们嘴里都喊着：“方老师，方老师，方老师！”

可见方老师的受欢迎程度。一个圆头圆脑的男孩指着艾周说：“方老师，她是谁啊？”

艾周连忙说：“方师母。”

“师母是什么意思啊？”

另一个小男孩抢答：“哎呀，就是和母狮差不多。”

一帮小孩哈哈大笑起来。

方至整了整大背包说：“别胡扯了，她是我女朋友。”

艾周看着他，星星眼巴拉巴拉地眨个没完。她又想起了一条西西的鉴男法则——看一个男生到底爱不爱你，不是听他和你说了多少情话，而是看他告诉多少人你是他的女朋友。

从这一点上看，方至一定是很爱很爱她的吧。

方至对这个村子很熟，在一帮小孩的簇拥下，他雇了一辆面包车。艾周这才知道，学校不在村里，还要再坐半个小时的车才能到半山腰。他们到达学校的时候，天已经全黑了。学校的老校长站在校门口等他们。

校长姓谭，五十多岁的样子，一脸风霜，身上穿了件很旧的大T恤，明显是方至的。他看见方至，微笑地拍了拍他的肩膀说：“这次带女朋友来了？”

方至点了点头，把艾周介绍给谭校长。谭校长说太晚了，先安排他们休息。关于睡觉这件事，艾周在出发之前就想过了，如果方至晚上只订了一间房间，她肯定是要表示拒绝的。女生毕竟要有那么一点儿该有的矜持。据说男生不会珍惜太容易到手的女生。但他真要是没订一间，艾周内心又肯定会有一点儿失落。如果他对她都没有一点儿渴望的话，对她的爱好像也就没那么浓烈了呢。

唉，恋爱中的女生就是这么矫情，AB 两项，选什么都是错。

不过这个问题很快就有了正确答案。因为是暑假，宿舍空出许多床。谭校长安排艾周住到了女生宿舍。

从一个四人间寝室，长途跋涉到另一个二十人间的大寝室来睡觉，艾周的内心也是汹涌奔腾的，寝室里还有几个女孩，最大的十三岁，最小的才七岁。她们都是父母在外地打工，假期也住在学校里。艾周把背包里的好吃的拿出来分给大家，于是所有的陌生都被零食打败了。

艾周问她们："方老师常来吗？"

"对啊。"几个女孩异口同声地说。

一个大眼睛的女孩说："方老师不会住很久的，他来这里会教我们体育和数学。"

艾周想想方至穿着大帽衫教数学的画风实在是太清奇了。

另一个梳辫子的女生说："方老师还给我修桌椅、修灯。"

"还有修水管。"

"还有修车！"

"还修过屋顶！"

……

小孩子一比起来就没完没了，听她们细细地报出来，方老师好像把地球上的东西都修了。艾周觉得，方至真是个可以不断挖掘的人。你以为认识他了，其实你只认识了他一层。她不知道自己一层一层地扒下去，最终看到的，会是一个怎样的方至。

晚上，艾周睡不着，可能是在车上睡多了。她一个人跑到操场给朱西西打电话，信号不太好，但还是接通了。

朱西西一接听电话就说："去哪儿玩了？这么晚才给我打电话。"

"玩什么啊，方至是来这边支教的。他好像和这边的校长很熟，自己过来的。"

"那他之前没告诉你？"

"是我想有个惊喜之旅，没问。"

朱西西在那边"呵呵"笑起来，说："原来是自己作。"

"他那个人，就算问了又能怎么样，该来还是得来。"

朱西西说："周周，我和你讲，方至这个人不能说是自私，但太自我了。和这样的男人谈恋爱会很累的，事事都要迁就他。"

"爱上就没办法了啊。感觉和你一样，明知未来深不可测，可是已经无法回头。"

朱西西"扑哧"一声笑了。她说："是不是女人都不看好闺密的男朋友啊。"

艾周也笑了，她说："你和你老公怎么样？"

朱西西沉默了一会儿，说："你知道方至那个朋友小爆吧。"

"知道啊？怎么了？"

"他来威新总部上班了。"

"然后呢？"

"因为这事，江纪言今天和他爸吵了一架，我从没见过江纪言发那么大的脾气。"

艾周听了，心里暗暗发凉。她有点儿为小爆担心，但更为自己和西西的友情担心。她们爱上了势不两立，且不可调和的两个男生，不知道未来将要面对什么。她听朱西西的声音有点儿异样，轻声问："西西，你还好吧？"

Chapter 3：还好吧

朱西西握着电话，半天没有出声。

还是浦江边的那家酒店。江纪言躺在不远处的沙发上，醉得不省人事。朱西西推不动他，也不想动他。

白天发生的事，还在脑子里周而复始地播放，无法暂停。

这一天，江纪言十一点才到公司，刚好看见小爆跟着研发新无人机的核心团队在开会。他当即就冲进会议室，把小爆拉起来说："你是怎么混进来的？我爸不是让你做实习生吗？"

朱西西连忙拉住他说："在公司里，收敛一点儿啊。"

当时技术总监正在讲话，十分恼怒。他说："江少爷，我这里让谁来开会，还轮不到你来安排？"

江纪言指着小爆说："他算什么东西，参加这种级别的会议？"

公司里的人碍于他是江远唐的儿子，多少都会让着一点他。但小爆在方至身边久了，哪受得了这种气。他拨开江纪言的手说："有问题去问你爸，做不了好职员，起码要做个懂事的儿子。"

江纪言揪住他的衣服，说："你再说一遍！"

"你以为我怕你啊？"小爆挑了挑眉毛说，"想再被关到电梯里揍一次，我可以满足你。"

那次电梯被打，可以算是江纪言的奇耻大辱。后来他查了好久都没查出来是谁，没想到小爆今天竟然自己承认了。

他凶狠地说："原来是你们干的！"

小爆"呵呵"一笑，说："才知道吗？"

就在这时，江远唐出现在了门口。大概是有人通知了他，便亲自过来了。朱西西怕江纪言在他父亲面前做出什么出格的事，连忙叫了一声“江总，您来了”，以提醒江纪言。

江远唐走进门，先跟总监说了声：“对不起，打扰你们了。”然后对江纪言说：“你跟我来。”

江远唐一直面带微笑，可朱西西看着却心里发凉。他们一路去了江远唐的办公室，朱西西被关在了门外，但父子俩对峙的声音还是传了出来。

江纪远拍着桌子说：“那小子害过我啊！你知不知道！我上次被关在电梯里被人打，就是他们那帮人干的。我的车子被喷，也是他们干的！”

江远唐脸上的微笑，从关上门的那一刻就已经消失不见。他看着江纪言说：“你是想告诉我，你有多窝囊吗？”

“爸，我才是你儿子，那小子就是街上的小混混，你让他进公司，就是害公司！”

“现在谁在害公司，我看得很清楚。威新能有今天，都是凭本事说话。你除了花钱，还有什么本事？”

“你要是放手让我进管理层，我可以证明给你看！”

“想证明要靠自己。我让你进去算什么？”江远唐的脸色越来越难看。他沉声说，“我告诉你，我让你到公司来上班，是让你来学习的。如果你再敢干涉公司的工作，你以后都不要来了。出去吧！”

江纪言憋得满脸通红，却也不敢再和江远唐争执下去，只好怒气冲冲地出去了。朱西西一直等在门外，看见江纪言出来，忙迎上去说：“纪言，你别生气了……”

可她话还没说完，江纪言就一掌推过来说：“让开，烦不烦！”

朱西西没想到他会用这么大的力气，脚下不稳，一下子摔在地上，胳膊撞在桌边发出巨大的声响。江远唐的前台秘书连忙跑过来扶她说：

“没事吧，朱小姐。”

而江纪言却扬长而去，连头都没回。

朱西西感觉被撞的胳膊有种钻心的痛，可她还是挤出一个微笑，摇了摇头。

就在这时，江远唐从办公室走了出来，看见朱西西，伸手扶起她说：“朱小姐，难为你了。”

朱西西连忙摇头说：“没有，没有。”

江远唐说：“你是纪言第一个带回来让我认识的女孩，我以为你会不同，但看来是我想多了。”

说完，江远唐转身就走了。朱西西看着他的背影，感到冰山般的冷漠。

前台秘书帮她理了理裙子说：“朱小姐，我多说一句，想进江家其实一点儿都不难。唐总既不挑家世，也不挑学历，只要能管得住江少爷就行，所以你要加把劲啊。”

朱西西听着有点儿扎耳，她是来给江家当保姆的吗？她扬了扬头，说：“你当我是什么人？”

“是你当自己什么人？”秘书礼貌得体地笑道，“人与人的关系，抛开感情就会特别简单。我和你素不相识，但我是唐总的秘书，我和你说这些不是帮你，而是在帮他分忧。而你呢？你是江少爷的女朋友，只要拦住他做蠢事，江总就会对你另眼相看。不谈感情，人和人多简单。”

朱西西沉默了一会儿，调整了一下情绪，说：“谢谢你，刚才对不起。”

秘书对她点了点头说：“这才是聪明的孩子。”

这天晚上，朱西西在酒吧里找到了江纪远。看着他喝得酩酊大醉，白天秘书的话在她心里起了微妙的变化。她不就是要和他在一起吗？

看住他别做傻事又有多难?

深夜，朱西西一个人把江纪言架回了酒店，几乎用尽了全身的力气。江纪言笨拙地倒在沙发上，睡了过去。

朱西西挪不动他，也不想动他。

她受伤的手臂依然传来阵阵疼痛。

艾周在电话里问：“西西，你还好吧？”

朱西西抿了抿嘴唇，有两行眼泪滑落下来。

她忍了忍说：“自己选的路，跪着也要走完，对吧？”

Episode Twelve

最美的星空

Beautiful sky with stars

你说，你相信天意。
那么，
请把所有的征兆，都解读
成我爱你。

Chapter 1：你肯定是我的人

艾周没想过人山里也可以这么好玩。夏日的山坡有大片的芭蕉，成片的竹林，绵延不息，没有尽头。方至带着一群男孩在校园里打篮球，艾周举着大芭蕉叶子当拉拉队。有些放假在家的孩子知道方至回来了，帮家里干完农活就跑来看他。

下午时分，艾周才体会到方至赞自己背一大包吃的壮举。因为在这里，只有早中饭和晚饭。饥肠辘辘的午后，还好能摸出两包零食。天非常蓝，有几朵云停着，一动不动。方至和艾周并排坐在操场的树下，几个小孩在操场上疯跑，像是总有使不完的精力。

方至说："还习惯吗？"

"还行。没我想的那么苦，除了床。"

"没事，过几天就麻木了。"

方至安慰人还真有一套。

艾周说："我刚才在办公室看到这里有支教项目，你和他们不是一个组织的？"

方至摇了摇头说："我只是喜欢来这里玩。"

艾周觉得，他不止喜欢，肯定还有别的原因。但方至不想说，全世界拿他也没办法。

方至揽过艾周说："明天我带你去玩。"

"去哪儿？山里吗？"

"嗯，到山里去。"

"就我们两个？"

"嗯。"

艾周把头往方至的肩头一倒，扭捏一笑，又开启了幻想模式。两个人进山，这是要干什么呢？

嘿嘿……

晚上，艾周吃过晚饭早早地就上床了。方至说明天要一早出发，让她早点休息。可艾周这个习惯了早不起晚不睡的人，就算躺在床上也睡不着啊，只能在被子里刷朋友圈。还好朱西西在线上，并且心情明显好多了。当然是因为酒醒后江纪言对她道了歉，他还说了些很动听的话，比如他发现这个世界上真心对他好的只有西西什么的。

艾周提醒她，说："西西，这些话你听听就好了，别太认真。我感觉他就是受委屈了，想找个人陪。"

朱西西说："他受委屈找我陪，说明我在他心里还是有位置的，不是吗？倒是你，发展到哪一步了？"

艾周说："方至说明天带我进山，就我们两个。"

西西回答："你做好献身的准备了？"

艾周心里"咯噔"一跳。幻想和实质操作还是有一定差距的，每天想得色兮兮的，可真说得这么具体，心里还是有种隐隐的抗拒。

她说："也不一定呢。"

"你傻啊，一般男生带女生单独出去基本上就是想发生点什么。看不出来他还挺有心机的，跑到山里去，既浪漫又省钱。"

"别这么说方至，他不是一般的男生。"

"他不是一般的，难道是 Gay ？"

"还好你离我十万八千里，自行感受一下我从屏幕里伸出双手掐住你脖子。"

朱西西和艾周嘻嘻哈哈聊了一会儿就下线了。艾周躺在床上，更睡不着了。明天，如果明天他真的要……恐怕自己一定拒绝不了吧。其实从答应陪方至旅行的那天起，她就隐隐知道这次旅行意味着什么。

她觉得包里塞上那些东西，太不符合纯情少女的人设了。可方至要是什么也没准备呢？

女生啊，嘴上无论怎么色，真到临门一脚，心里还是诚惶诚恐的。

第二天，方至很早就来叫艾周。他已经整理好了行装，艾周看到有一顶帐篷。

他这是要在山上过夜吗？！

艾周在心里反复念着这句话，不知道该用问号还是感叹号。

因为心里储存了问题，艾周面对方至突然就无话可说了。而方至本来就喜欢沉默，于是这段旅行就变得安静异常。他们穿过一大片茂密的竹林，在一块空地上停下来。

方至把包放下说："在这里歇会儿吧。"

"嗯。"艾周在方至身边坐下来。

方至打开一瓶水递给她说："今天怎么不说话？"

"嗯？有吗？"艾周假装糊涂的表情又来了。

方至沉默了一会儿，说："放心，你肯定是我的人，但今天不会。"

"嗯？"

艾周感觉自己好蠢啊，每一句的开头都是"嗯"。有时觉得方至真是个可怕的人，不言不语就能洞察别人的心思。

她结结巴巴地说："什、什么你的人啊？什么不会啊？"

"没人告诉你，你一装傻就结巴吗？"

"讨厌！"艾周一下破了功，捶了方至一拳说，"你知道还不说，人家一直都很紧张的好不好！"

方至笑了，是美好的笑容。他说："艾周，我喜欢你，所以会尊重你，我不会乱来的。"

艾周看着他的眼睛，有点儿目眩神迷。她说："我警告你哦，你再这么看我，危险的可就是你了。”

“是吗？”

方至突然揽过她，吻上她的唇。

很轻，但电力十足，双唇一碰，艾周就被电得全身苏麻。她忍不住追上去，狠命地回啃了一口，然后缩在方至怀里，像一只得到花生做礼物的仓鼠，幸福得快要炸开了。

Chapter 2：程暄美

有些尴尬话，一旦说破就烟消云散了。方至还是沉默的方至，但艾周却已变回叽叽喳喳的艾周。艾周从没到过真正的大山，对什么都好奇，一会儿问这是什么，一会儿又问那是干什么的。

然而方至有个万能的答案：“百度去。”

艾周只能表示呵呵。

临近傍晚，他们到达了一个三面环山的山谷，平坦的草地上开满了夏日的野花，一条小溪蜿蜒而过。暮色中，暗金的夕阳，现出一种柔软的平和。人有时会被自然所震慑，就比如此时此刻的艾周。

她站在溪水旁，粼粼的波光映衬着漫天霞光。她突然就说不出话来，只想这样安静地站着，让时间停止在某一个时刻。

方至走到她身边说：“喜欢这里吗？”

“喜欢。”艾周问，“是你发现这里的？”

“不是。”

“那是谁？”

方至没回答，只是伸手指了指前方。艾周一愣，说：“呃？这里还有别人？”

她沿着方至手指的方向走去，在一片花海中看见一座小小的坟墓。坟墓前立着一块墓碑，不大，但是洁白干净。上面写着三个字——程喧美。

艾周看见“美”字，瞬间想起了“小美”。她诧异地说：“那是……”

方至在她身后，黯然地说：“我妈妈。”

艾周感觉自己的身体都僵住了，她说：“你找到你妈妈了？”

然后她感觉自己就像个白痴，竟然问出这样的废话。

方至在墓碑前跪下来，慢慢地说：“对，我找到她了。”

艾周也在他的身旁跪了下来。她说：“那你们有没有见过……”

“没有。”方至摇了摇头说，“你知道吗？我从来没有怪过她。因为她生我的时候，还那么年轻。再说了，像我爸那样的男人，她忍不了很正常。我只是想让她看看我，让她知道自己的孩子已经长大了。可是没想到，我找到的，只有这块墓碑。”

艾周还不太会安慰人，只能轻轻握住方至的手。

方至看着墓碑说：“我妈以前常来这里支教，这片山谷就是她发现的，她很喜欢这里。她说无论外面发生什么，只要在这里躺一会儿，就会都忘了。”

方至的语气很平淡，但平淡里却有种难言的心疼。

他深吸一口气，长长地吐出来，像是要吹散所有的闷压似的。

他伸手搂住艾周的肩头说：“妈，今天来是让你看看我女朋友。”

艾周吐了吐舌头说：“你是不是炫女朋友狂魔啊。”

方至没理她，继续说：“我不知道自己做得对不对，所以才来问你。”

艾周连忙接话说：“阿姨，我叫艾周。我是个好人，我很喜欢你的儿子，你的在天之灵一定要保佑我们在一起，永远不分开。如果……

我做错了什么，你大人有大量，要原谅我哦。”

方至一怔，转头说：“艾周，你真的做错过事情。”

“啊？有吗？”艾周努力回想了一遍刚才的话，说，“是不是我说错什么了？”

方至轻轻地在她的额头上吻了一下，说：“和我妈说句对不起吧。”

“嗻。”艾周的清宫梗不由自主地就来了。她双手合十，对着墓碑拜了拜说：“阿姨，对不起，虽然我不知道为什么。”

方至被她逗笑了。

谷底的阳光收得极快，很快就只剩下天空的蓝紫色。方至从背包里拿出一个小水壶和一条毛巾，去溪边打水回来，把墓碑清洁了一遍。艾周也拿了块抹布，跟着帮忙。擦到最下面的时候，她突然发现了一件无比震惊的事——白色墓碑的左下角，写着立碑人的名字。

她脱口念出来：“夏严生？”

她转头问方至：“是咱们学校的夏教授？”

“当然是他，要不然他为什么要帮我进复华。”

艾周连忙八卦地问：“什么情况？能透露吗？”

方至说：“我妈以前是他的学生，后来两人相爱了，他们只差一步结婚。但是婚礼前，我妈出了意外。”

艾周觉得，这又是一个悲伤的故事，不好再问下去了。

方至擦好墓碑，就准备安营扎寨。他从大背包里拿出帐篷，摊在地上说：“过来帮忙。”

“我不。”艾周跑过去，往地上一坐，手托着下巴说，“我要看我家男人给我搭房子。”

方至明显手一抖。艾周发现自从明确关系以后，她也变得越来越能恶心人了。不过女生恶心人也是要看对手的，有人宠着你、惯着你，恶心人的指数才会直线上升。

晚上，两个人吃了两盒罐头和压缩饼干当晚餐。山谷的星光格外漂亮，艾周从没见过这么美的星空。一条银河横跃在头上，仿佛可以窥见宇宙中的奥秘。远处，白色的墓碑安静地矗立在微冷的蓝光里，并不令人觉得害怕，反而像一位神明，守护着一份宁静。

饭后，艾周贤惠地收拾好垃圾，钻进帐篷，她家男人已经躺好了。艾周羞涩地钻进被子里，说："这算不算咱们俩第一次同床。"

"你能不能不恶心人。"方至伸手关了灯。

昏暗中，艾周向方至的身旁挤了挤说："方至，你说，你妈妈会给你什么提示？"

方至闭着眼睛说："不知道，可能是个大晴天什么的。"

"要是明天下雨了呢？"

"那就是她不喜欢你吧。"

"听你这么一说，我真有点儿担心。山里的天气一会儿一变的，万一真的下雨了可怎么办？"

"不要操心你管不了的事。"

艾周又往他身边凑了凑说："要不现在你就要了我吧。我怕你妈明天不同意，我得留个纪念什么的。"

方至伸手把她搂在怀里，说："乖，再闹你就要贞操不保了。"

艾周心里有点儿小甜，她把头拱在方至的脖子边，说："答应我，无论明天怎样都别放弃我。"

"说不定以后会是你放弃我。"

"不会的。"艾周斩钉截铁地说，"我们会永远在一起，一辈子都不分开。"

"嗯，不分开。"方至的声音越来越小。

可是艾周还好有精神，她又说：“对了，等我们俩死了以后，也埋在这里好不好？”

方至大概已经快睡着了，只含含糊糊地发出一声：“好。”

艾周终于闭嘴了，静静地看着他的脸，平时冷毅的线条，在睡梦中变得轻缓柔和。这是她第一次和男孩睡得这么近，所有的思绪和感触，都在安静中突袭而来。她从没想过，自己在不知不觉中，竟已爱得如此认真，更开始奢望天长地久，生死白头。

这天晚上，艾周做了梦，醒来的时候，已经不记得梦里发生过什么了。她只记得有大片大片的阳光，晒在开满花朵的山坡上。就像第二天的清晨，阳光从山顶散开如雾的金黄色。

她和方至收拾好背包，一起来到白色墓碑前。

不知什么时候，墓碑前竟多了一束白色的雏菊。

艾周一愣，说：“有人来过？我们怎么不知道？”

方至看着那束雏菊，笑了笑说：“就当是个提示吧。”

“好。”艾周高兴地说，“今天又是阳光，又是花朵的，阿姨一定是很喜欢我对不对？”

方至却喃喃地说：“艾周，你不会知道今天我决定放弃什么。”

“嗯？”艾周疑惑地看着他。

方至却不想解释了。他只是拉起艾周的手，迎着阳光，向着山谷外走去。

Chapter 3：专属的默契

艾周从贵州回来时，已经快要开学了。离开的时候，她还真是万分不舍那些可爱又单纯的孩子。但回到上海，她还是先深吸了一口飘着汽车尾气的空气，感觉自己又回到了人间。

晚上，艾周把朱西西叫出来吃！自！助！

对的，就是那家98元一位，不十别的，“啪”地往炉子上贴五花的日式炭烤。艾周吃肉的架势不止吓到了朱西西，还吓到了服务小哥。因为每次传唤他，都是以五盘起跳。

朱西西说：“我靠，你是一个月没吃饭了吗？”

“也差不多了。”艾周满嘴肉渣地说，“每天只吃两顿，一顿还是喝粥。下山买包方便面都吃得我热泪盈眶。”

“吃了这么多苦，你们俩最后谁成功地扑倒谁了？”

“没有。住大宿舍，还和一帮孩子在一起，能拉个小手就不错了，玩亲亲的机会都很少好吗？”

“不是吧，你们两个不是一起进山来着吗？”

“那个……”艾周把嘴里的东西咽下去，压低了声音说，“我和你说个事，你可千万不要说出去啊。”

“什么啊？搞得这么神秘。”

“那天去山里，你猜方至带我去见谁了？”

“谁啊？”

“他妈妈。”

“啊？他妈是小龙女啊，归隐山林？”

“不是，他妈已经去世了，葬在一个山谷里。”

“我去！他可真够变态的，第一次旅行就带你去上坟。”

“西西。”艾周有点儿不高兴了，噘着嘴说，“不管怎么说，方至现在是我男朋友，你能不能别老针对他。”

“好好，我错了，你接着讲。”

“那个山谷老漂亮了，特别美，然后有块小小的墓碑立在那里，好恬静。”

“去掉形容词，说干货。”

“你猜那块墓碑是谁立的？”

“你再卖官子我就把你放在炉子上烤了！”

“夏严生。”

“哈？”朱西西恍然大悟说，“怪不得他能进复华，肯定是夏教授帮他的。”

“你可别到处乱讲啊。”艾周又夹了一块烤肉说，“方至虽然没说，但他的私事还是不要乱说。”

“知道了。对了？你们俩到现在还都是方至、艾周的，就没个昵称吗？”

艾周咬着筷头说：“还真没有哎。”

“你们可真逗，那还叫什么谈恋爱啊。”

“是哎，不行，我得取一个。”

有关起昵称这件事，艾周当天晚上就跑到Befixed去解决了。

这天汪鹿也在，汪少爷去欧洲避了一个月的暑，变得更加白嫩可人了。艾周经过一个月大山的洗礼，黑红黑红的，就像颗糖炒栗子。汪鹿见到她的第一句就是：“你们俩是进山挖矿去了吗？外表都炭化了。”

艾周说：“小鹿先生，以前没发现你嘴巴这么毒啊。”

不过艾周不是来和他斗嘴的，她是来找方至谈正经事的。

方至正在喂方烈吃饭，汪鹿拿着纸巾帮忙擦嘴，桃子在旁边捡漏。

怎么看，他们都像一家四口，尽享天伦。艾周竟然起了嫉妒之心，搬了凳子坐过去说：“方至，想和你说件事。”

“讲。”

“咱们俩是不是已经跨越友情，进入新常态了？”

“嗯。”

“那咱们两个是不是彼此应该换个新称呼？要不然怎么体现新常态呢。”

“比如……”

“至至和艾艾。”

“爱爱？”汪鹿“呵呵”笑出来，说，“你们是不是太露骨了啊。”

艾周也觉得有点儿尴尬，接着说：“周周已经被西西抢注了呀，那你给我想一个。”

“你们有没有定情信物什么的，也可以啊。这样别人就不会和你们一样了。”

艾周脑子里立时跳出了小时候的沙滩，想也不想就说：“他小时候送我一块鲸鱼粪便，我们一人一块。”

方至喂了一口方烈说：“这个好。我叫鲸鱼，你叫粪便。”

方烈“噗”地喷出来，指着艾周边笑边说：“哈哈，你是粪便，哈哈哈，你是粪便。”

艾周就坐在他对面，被喷了一脸大米饭。她愤恨地擦了擦脸，说：“不行，我要换过来。”

方至不急不缓地说：“也行。”

“那你快叫我。”

“鲸鱼。”

一个女生被叫“鲸鱼”，感觉吨位要直逼三百斤了吧。可是艾周管不了那么多了，先答应了再说。她答应了一声“哎”，然后又甜甜地说：“粪便。”

“爸爸？”方至还没答，汪鹿那边已控制不住，哈哈大笑起来。

他说，“你们两个还喜欢玩乱伦吗？”

艾周连飞白眼过去，好好的一个清新少年，跟着方至混了几天就放飞成狗了。真心糟蹋了啊！

艾周气得站起来，说：“不和你们说了，联合起来欺负我。”

方至伸手拉住她的手说：“生什么气。别人都有昵称，咱们叫名字才特别。我从小就叫你艾周，不习惯叫你别的。”

一句“从小叫你”让艾周当场散功。她坐下来，聚集的所有怒气值都缓缓排解了。方至伸手摘掉她头发上的米饭粒说：“再说了，我们还有这个，对不对？”

说完，他就把左手放在了胸口。

艾周当即缴械。方至这个人不会说什么情话，但每一次都会给人会心一击。

汪鹿在一旁问：“这个动作什么意思啊？”

艾周满足地笑了，她要的就是这个。别人听不懂的，看不懂的，专属于她和方至的默契。

Chapter 4：不能孤独

复华是大二军训。

对于这个奇葩的决定，徐颖是这么解释的。

“这是为了保护水灵灵的小学妹啊。” 她一边对着镜子梳头发，一边说，“等我们这些学妹进化成扛造的学姐，再统统拉出去受刑，男生们就不会心疼了。”

说起来，徐颖已经越来越能驾驭她的长发造型了，举手投足间也有了一点儿淑女的味道。

艾周说："徐颖，感觉你越来越有女人味儿了呢。"

"那是。"徐颖把一切都归功于朱西西，接着说，"因为和西西做室友，耳濡目染，自然就进化了。"

陈思敏听了，在床上冷笑出声说："那你可得离周周远点儿。"

"也是。"徐颖看了一眼艾周说，"近朱者赤，近炭者黑，染上哪一样也不好。"

艾周正照镜子，幽幽地叹了一口气说："唉，现在已经是糖炒栗子了，再训半个月，还不晒成宇宙黑洞啊。"

朱西西"扑哧"一笑说："正好和你家修车的糙汉子配一对啊。"

艾周朝她翻白眼说："你还有心情笑我，你家江公子有一万种方法不去的，到时候你想配都配不上。"

艾周一句就说到朱西西的痛点了，江纪言女朋友的一年保质期马上就要到了，可朱西西还要参加半个月的军训。

这十五天，足够让江纪言另觅新欢了。朱西西脸上的笑容陡然就没了。

徐颖说："艾周，你胡说什么呢？我们西西天生丽质，晒一晒更漂亮。你以为是你啊，一晒就和煤球一样。"

艾周马上就发觉自己说错话了，连忙补救说："西西，你也别担心，小别胜新婚。让他孤独两个星期，他就知道没你不行了。"

陈思敏冷冷地补刀，哼了一声，说："就怕江纪言想孤独也孤独不了吧。"

朱西西的脸变得更黑了。

这天午后，艾周、朱西西和徐颖一起出去买防晒用品。徐颖说自己毫无经验，让朱西西教教她。朱西西和艾周也的确没有高强度防晒霜，所以三个人便一起进城了。

方至一直在Befixed里忙，一个月没回来，接下来又要军训，他有好多事要安排。就在他翻账本的时候，店里来了个陌生人，西装革履，与Befixed的画风格格不入。他进门后礼貌地问："请问，方至方先生是在这里吗？"

小浩克正在看店，被"方至方先生"这几个字问得一脸蒙了。他转回头说："至哥，有人找你。"

方至走过来问："什么事？"

陌生人说："你好，我是江远唐先生的助理，他有事想和你聊一聊，请问有时间吗？"

"现在？"

"对，他就在旁边的咖啡馆。"

方至说："好，现在过去吧。"

学校旁边的咖啡馆，总带着小清新的花草味儿。江远唐坐在一堆多肉植物里，有点儿出跳。

方至在他面前坐下来说："你好啊，江先生，找我有什么事？"

江远唐说："我要谢谢你给我推荐了小爆这么好的人才。"

"你不用谢我，我是为了救他。"

江远唐欣赏地看着他说："怪不得小爆那么崇拜你，真是一表人才。"

"江先生今天找我，应该不是为了夸我吧？"

"是，我是想了解一下小爆的身世。我在公安局的笔录上看到你说，小爆的母亲临终前把他托付给了你。"

方至皱起眉头说："江先生为什么要对一个员工的身世这么关心？"

"我现在让他进了核心团队，但我对他一无所知，也是有点儿担心的。”

“好吧。”方至说，“我和他认识有几年了。我带我爸来上海看病，租了他们家的房了。小爆没有父亲，和他妈相依为命。他从小被人欺负，我比较能打，就常帮他们母子出头，所以他妈妈挺信任我的。”

“哦，那他妈妈是因为什么去世的？”

“他妈是病死的，癌症。怕花钱，说什么也不去医院，硬拖了三年就不行了。”

“那她没说过小爆父亲的事吗？”

“没有。但是他妈妈临终前说过一点儿。她说小爆的爸爸是个浑蛋，她叮嘱小爆要有骨气，一辈子也别找他爸爸。”

江远唐两眼失神地望着桌面，也不知道听见还是没听见。

“哦，对了。”方至拿出手机翻了翻，找出一张照片递给江远唐，他说，“这就是小爆的妈妈。”

照片里的小爆还像个孩子，抱着妈妈对着镜头微笑。她的妈妈也在微笑，但深陷的眼里已经悄悄透露出将不久于人世的悲伤。

江远唐接过来，手有点儿抖。他拿着手机看了良久，才说：“这张照片能发给我吗？”

方至拿回手机，摇了摇头说：“不能。你想要，还是去小爆那里要吧，毕竟这是他的私事。”

江远唐点点头，表示理解。他说：“说实话，你和小爆都让我刮目相看。毕业了，你也过来帮我吧。”

方至笑了，说：“我现在知道江先生为什么这么成功了，所有喜欢的，都要收到自己门下。”

江远唐哈哈大笑起来。他说：“小伙子，我真的开始有点儿喜欢你了。”

Episode Thirteen

背叛的味道

Friendship is Over

有时，
誓言存在的意义，
只是为了证明我曾经相信过，
这个世界，只有黑与白。

Chapter 7：吃醋

对于军训，艾周最不能理解的就是写感想。累得都要骂人了，然后还要写八百字点赞。在这一点上，302 难得高度统一。不过最怨毒的还是朱西西。

新一届的学妹还没撩上江纪言，这位许学姐就杀回来了。许靖笙经过几轮面试，以优异的成绩进入威新的公关部。拿到文件的那天，她去酒吧和朋友庆祝了一番。朱西西在刷微博的时候，刷到了江纪言去参加的画面。

艾周说："哼，回去我帮你去骂她，太可恶了。"

朱西西都要气炸了，但她却摇了摇头说："不行的，你不懂。我和江纪言已经岌岌可危了，可我手里没有一点儿筹码。一旦闹开了，结局就是分手。"

"那你这样不是被吃死了，拖久了，他也一样不要你。"

朱西西咬了咬嘴唇说："只要能拖住，我就有机会。"

艾周叹了口气，觉得朱西西为了这段感情实在是太拼了。

军训回来的第二周，汪鹿来找艾周。两个人跑到"山下咖啡"的大阳台去密谋重大事件。事情的前因是这样的，汪鹿了解了方至的身世，特别感动，于是温柔可爱的心思泛滥成灾。

他说："艾周，下个月就是方叔叔的生日，咱们应该帮方至给他办个派对。我听他的兄弟说，以前就是煮个面、喝个酒什么的，从来没好好过过一次生日。"

艾周听得有点儿心不在焉，因为她一直在看汪鹿的脸。风吹日晒半个月，他怎么只黑了一点儿呢。她不由自主地伸手去戳汪鹿的脸，说："你用什么牌子的防晒品？效果这么好。"

汪鹿任她戳，摆出一张微笑脸，说："我在和你说正经事。"

艾周收回手指头说："小哥哥，你对方至的热情已经成功引起我的注意了哦。"

"现在男生和男生之间也不能有纯粹的友情了是吧？"

"我懂的啦。开你玩笑的，别认真。"艾周说，"其实我也有个计划。你知道的，他身边的哥们儿都太糙了，除了喝酒就是疯。这种事，还得是咱们这种又文艺又浪漫的人来操办。"

"什么计划，说来听听。"

艾周把椅子挪过去，刚要开讲，就看见大阳台下有人在盯着自己。

艾周身子一软，差点儿滑到桌子下面去。

阳台下面站着的正是方至，美好少年，玉树临风，就是脸上的表情似笑非笑，让艾周看了心里发毛。

艾周走到阳台边说："方至，你什么时候来的？"

方至也没说话，只是伸手做了一戳一戳的动作。

艾周"嘿嘿"一阵尴尬地笑，说："等着我啊，我马上下来。"

可方至却转身走了，艾周飞一般地向楼下跑去。路过汪鹿的时候，她还不忘说一句："今天让你害死了。"

汪鹿微笑着对她摆了摆手，说："我们的秘密可不要说出去哦！"

艾周连飞白眼的时间都没有了，"噔噔噔"地跑下楼，飞奔着追上方至。她气喘吁吁地说："干吗不等我？"

"如果我不想等，你是追不上的。"方至一边走，一边说，"你和汪鹿在聊什么？"

"没、没什么啊？"艾周的气还没喘匀。

"又结巴。"

艾周只能撒娇："哎呀，秘密，你就别问了。"

“我说过，你肯定是我的人，别忘了。”

“你吃醋了？”艾周贼兮兮地向方至抛媚眼。

真是太不可思议了！每天帅酷屌炸天的方至，也会为她吃醋。

何德何能啊，何德何能啊！

她把脸靠在方至的肩头说：“你再说一遍你肯定是我的人。”

方至甩了甩胳膊，说：“别恶心我。”

“我不。”如果艾周是只猴子，她就能全挂在上面。

“好好走路。”

“我不。”

方至没办法，只能任她挂着。

艾周一路都在嘻嘻地笑，她就喜欢看方至拿自己无可奈何的样子，没办法。

Chapter 2：朋友和陌生人的区别

艾周渐渐开始明白汪鹿办的那个“慢生活体验社”的意义了，因为越长大，“平静”就越是一件难能可贵的事，要不然人总拿“一帆风顺”当祝福呢。因为说不定什么时候，平静中就要闹出个幺蛾子。

十一长假之后，学校的社区上贴出了一篇帖子，后来这篇文又转到了朋友圈里去，一天时间就火了。帖子里讲了一个故事，说许多年前，有个夏姓的教授爱上了参加自考培训的女学生。后来他们恩恩爱爱，双宿双飞，直到结婚前出了意外。据说此女之前育有一子，姓方，目前已入读本校。

故事的指向已经很明显了，两个主角被双双推到了台前。艾周下午一直混在Befixed，还不知道这件事。晚上回到宿舍，徐颖立马拉住她说：“天哪，这么大的料，你竟然瞒着不说。”

“什么料啊？”

徐颖在手机上找出帖子给艾周看，说：“你别说不知道啊。”

到了晚上，帖子已经顶了两百多楼了。最热的回复全是声讨。艾周一看就知道是说什么了，她下意识地瞥了一眼朱西西，对徐颖说：“这帖子全是胡说，根本就是造谣。拿来，我要举报。”

“别装了，一看你的表情就知道是真的了。”徐颖一副看热闹的口吻。

艾周摸了摸自己的脸，不相信自己演技这么差。她说：“这都是人家的私事，真不真实关这帮人什么事。”

“老师搞学生是私事，喜当爹大家也管不着。但夏教授把你男朋友整进来，考进来的同学当然不乐意了。”

“什么喜当爹，说话不要那么难听！”艾周真的有点儿生气了。

平时什么事都不管的陈思敏竟然出来拉架了，她推开徐颖说：“别吵了，吵得这么热闹和你有什么关系？”

陈思敏把艾周拉到桌子前坐下来说：“你也是，想吵也要找对人啊。”

“我找谁啊？谁知道是哪个鬼发的！”

“这还用问吗？”

“你知道？”艾周奇怪地抬起头。

陈思敏挑了挑眉说：“周周，你不觉得只要那个许靖笙一出现在某人身边，方至就有秘密爆出来吗？”

“你想暗示什么！”一直不说话的朱西西从床上跳下来，指着陈思敏说，“你少在这里挑拨离间。”

“啧啧啧。”陈思敏摇着头说，“你还用我挑吗？也就是艾周头脑简单才把你当朋友。”

其实艾周心隐约感觉这事和朱西西有关。再看朱西西的反应，她心里更如明镜一样。

艾周站起来问：“西西，是不是你告诉江纪言的？”

“你不要听她胡说啊，周周。”

艾周一眨不眨地看着西西说：“咱们做了这么久的朋友，说不说谎大家都是知道的对不对？”

朱西西终于不说话了，默默地低下头。

“上次……自行车的事，是不是也是你告诉江纪言的？”

艾周的声音都有点儿发抖，睁大的眼里有泪水簌簌地落下来。她和西西做了这多么年的闺密，从没想过她会一次又一次地出卖自己。她的心里像插进了一把带刺的匕首，刺也痛，拔也疼。

她说：“西西，你想没想过，那次我要是被警察带走，我的人生就毁了。”

“不会的！”朱西西抬起头，竟然也是满面泪水，她说，“纪言答应过不会对你怎么样的，他就是想逼方至就范而已。”

“哼。”陈思敏在一旁冷笑，“江纪言的话能信吗？他还答应过爱你一辈子吧。”

朱西西不理她，拉住艾周的手说：“周周，我们不是说过吗……”

陈思敏立时把话接过去：“就算是朋友，也有为难的时候。朋友和陌生人的区别，就在于做错事可以彼此原谅。看，我说什么来着，这话就在这儿等着你呢。”

朱西西怒不可遏地大骂：“你算什么东西！你这个神经病，在这里废什么话！你给我滚！”

陈思敏反唇相讥：“你算什么东西？让我滚我就滚！学校宿舍是

你家开的吗？”

房门突然“砰”的一响。

是艾周，她一个人走了。

上海的秋天来得很慢，只有夜风才能让人体会到淡凉的秋意。艾周边走边哭，反正天也黑，没人看得到。许多年的友情，突然就这样赤裸裸地破裂了，她接受不了。曾经她和西西坚信男生才是最不可靠的地球生物，没想到最先崩塌的，却是她们的友情。

艾周不知不觉走到了 Befixed。方至正在打烊，看见她说：“怎么又回来了？”

艾周撇了撇嘴，“哇”的一声哭出来。

方至抱住她说：“怎么了？”

“我又害到你了，怎么办？”

方至不太在意地说：“害的是我，你哭什么啊？进屋来说吧。”

艾周跟着他进了屋，抽抽噎噎地把朱西西的事说了一遍。方至递来一包纸巾说：“这有什么好哭的。”

“你最好的朋友背叛你，你不难过吗？”

“第一，反过来想，你今天终于看清了一个伤害你的人，不是应该高兴吗？总比你一直被蒙在鼓里好得多。”

“呃。”艾周被方至这样一说，仿佛打开了一个新空间。没想到方至的思路竟然这么另辟蹊径。

“第二，你要明白，在这个世界上，不是黑就是白。朋友也好，敌人也罢，都不是绝对的。西西不一定是想害你，有时是迫不得已，你没有必要恨她。如果有一天他对江纪言的感情没有了，她会后悔这样伤害过你，你们还会是朋友。”

“真的吗？”

方至才说了两句话，就让艾周的心痛降低了N级。艾周说："西西一直都想害你，你为什么还帮她说话？"

"你傻不傻。"方至伸手拍了拍艾周的头顶说，"我不是帮她，我只是不想看你难过。"

这……也太暖心了吧。艾周从没想过，冷酷的方至竟然这么会安慰人。她撇了撇嘴，又要哭了。

方至连忙说："打住，打住。今天晚上要不睡我这边吧，省得回去麻烦。"

这一次，艾周真不想哭了。她欲迎还拒地说："那……方便吗？"

"别装。"

Chapter 3：朋友OR跟班

就像方至说的，艾周决定把朱西西放在灰色的位置。她不想恨她，但也很难再把她当成朋友。第二天，她回到宿舍，朱西西又和她说道歉的话。艾周说："西西，昨天方至也劝我了，我们给彼此一点时间好不好？"

说完，艾周的眼圈就红了。朱西西的眼睛也隐隐泛着泪光，点点头说："好。有机会，咱们再做朋友。"

那天上课，她们第一次没坐在一起。艾周一个人坐在了最后一排，而徐颖终于如愿以偿地坐到了朱西西的身旁。艾周努力让自己目不斜视，但总是"眼"不由己地看向她们。老师在讲什么，她一个字也听不进去，心里像有尖细的指甲在反反复复地刮出血痕。她突然发觉，所谓成长就是接受曾经笃定的事不过是一种美好的愿望，怪不得人老了就不再相信这个世界。

徐颖的脸上始终有种按捺不住的喜悦。她低声说："西西，以后我做你的跟班，我才不像周周那么矫情呢。"

朱西西回头看了一眼艾周，没说话。

徐颖说："我觉得，咱们应该先教训一下陈思敏。她现在越来越猖狂了，每天说话都阴阳怪气的，看见就让人生气。再说了，要是没有她，你和周周也不会闹翻。"

这次朱西西终于回应徐颖了。因为说起陈思敏，她就恨得牙痒痒。她说："这件事你得帮我。"

徐颖一下来了精神，她说："没问题。"

这天晚上，朱西西和徐颖早早地就回了宿舍。艾周从 Befixed 回来，已经是九点多了。她洗漱完，陈思敏才从图书馆回来。她一进门，徐颖就从床上坐起来问："思敏，最近怎么没看见你男朋友给你写信了呢？"

陈思敏微微停顿了一下，说："要你多事。"

朱西西却在一旁接话道："哎呀，你不说我都忘了，我帮你收起来了。"

说着，朱西西就从身后拿出一沓信来。原来自从看见那张写满"江纪言"的来信，她就悄悄贿赂楼下的"哈哈阿姨"，把所有陈思敏的来信都给了她。

朱西西把那沓信纸"啪"地扔在陈思敏面前，说："我还当是什么情书呢，闹了半天都是你的破日记。怪不得纪言不记得你，原来是初中时你们一起参加过夏令营。你可笑不可笑！初中见了一面，你就记着人家一辈子。"

陈思敏看着那些信纸，脸色都变了。她一边捡一边说："你、你都看过了？你都看到什么了？"

“我都看过了！我什么都看过了！你参加夏令营，喜欢纪言对不对？”

“我不喜欢他！我根本就不喜欢他！我恨他！”陈思敏尖叫起来。

“呵呵，因爱生恨啊。真可怜，你把他恨成这样，人家却连你一根毛都没记住，哈哈！”

陈思敏气得浑身发抖。

朱西西却说：“别气了，别气了，都还给你了，还生什么气？再说了，是你先打我男朋友主意的，要不然谁爱看你的那些破玩意儿啊。”

这天晚上，陈思敏点着小书灯，反反复复看那些拆过的信件，直到深夜一点才迷迷糊糊睡着了。可是她躺了没一会儿，就又坐起来了。

陈思敏一声不响地下了床，从床底下拉出箱子，换上了那套蓝格子连衣裙，然后对着镜子梳了两条麻花辫。

徐颖轻手轻脚地爬上朱西西的床，低低地说：“你太厉害了，说得真准啊。”

朱西西小声地说：“那是啊，我是谁。”

原来朱西西和徐颖都没睡。因为朱西西发现了一个规律，只要陈思敏看过那些日记，她晚上多半就会梦游。今天她一次看了那么多，不梦游才奇怪。

两个人低语间，陈思敏已经打开门出去了，步履轻飘，真像鬼一样。

朱西西一拍徐颖的后背说：“看你的了。”

“好。”徐颖答应一声，也慢慢地溜下了床。她打开房门，探头看了看，陈思敏已经快要走到走廊的尽头了。

徐颖走出门，深吸一口气，突然发出一声刺耳的尖叫，然后大喊：“有鬼啊！有鬼啊！”

这一嗓子的功力真是惊人，把整栋楼的人都惊起来了。其他寝室的门一扇一扇地打开了，胆大的女生都跑出来看发生了什么。只有徐颖飞快地蹿回寝室里，“砰”地把门反锁起来。

艾周也被吓醒了，她慌慌张张地问：“怎么了？出什么事了？”

徐颖幸灾乐祸地说：“闹鬼啊！”

走廊里的“女鬼”这会儿才醒过来，她看了看自己身上的衣服，又看了看全楼或惊恐或嘲讽的目光，恍然明白发生了什么。她疯了似的跑到 302 门前，拼命地敲门，嘴里喊着：“开门啊，让我进去，你们快开门啊！”

徐颖隔着门板喊：“不行，外面闹鬼，我不能开啊。”

“是我啊！”陈思敏完全崩溃了，边哭边叫，“是我啊，你们快开门，让我进去啊！”

艾周在屋子里也急了，跑过去对徐颖说：“你让她进来，你们不要玩得太过了。”

她伸手去拽徐颖，朱西西却一把拉住了她。

朱西西说：“周周，你可以不把我当朋友，但别妨碍我的事。我早就想收拾这个女人了，每天嚣张得跟个二五八万似的。让开！”

艾周愣愣地看着西西，仿佛真的听到友谊之弦最后崩断的声音。

其实她这么美，根本不需要自己这个朋友。她只是需要一个像徐颖这样听话、能干、会奉承的跟班。

Chapter 4：单人病房

有关夏教授的帖子被管理员删掉了，关注的热度很快也就没了。朋友圈里的热点天天刷新，没有持续更新的剧情，很快就会被遗忘。

据说夏教授被院长和校长找去谈了好几次话，但最终什么结果没人知道。这件事对方至的影响倒还好，虽然是夏教授力保进校的人，但著名教授多少都有开绿灯的先例。再者，开除方至就等于自我打脸，变向承认有问题，学校还没那么傻。

陈思敏休学了，她精神上出了点儿问题。朱西西和徐颖没有受到任何处罚，因为徐颖一口咬定自己是被吓到了，所以才死也不敢开门。

陈思敏的妈妈来办理了休学，她看起来是个非常有礼的上海女人，来寝室收拾东西的时候，跟大家道歉说："对不起，给你们添麻烦了。思敏以前得过抑郁症，本来已经好了，谁知她自己停了药。"

艾周心里感到好愧疚，可朱西西却说："阿姨啊，不是我说，有病就得治，药不能停啊。这大晚上的，都快把我们吓死了。"

艾周转过身去，不想听，也不想看到她。

那天，艾周去Befixed的时候，问方至："你说，以前是我不了解西西呢，还是她变了？我知道她任性、跋扈，但绝不会这么无情。"

方至说："她不是无情，只是还没尝过惩罚。有些人要经历惩罚，才会懂得收敛。"

艾周没有出声，那是她最好的朋友，可就这么说闹翻就闹翻了。她不想说，心里有一块暗色的失落挥之不散，弃之不去。

还好这几天艾周还有别的事要忙，分走了难过的精力，而且这件事还不能让方至知道。因为她和汪鹿要帮方烈操办生日会。

他们还是在"山下"见面，不过不再招摇地坐在大阳台上面。汪鹿听闻方烈的年龄，表示相当吃惊。他说："不可能吧，方叔叔还这么年轻？"

艾周说："有什么好惊讶，方阿姨更年轻，生方至的时候才十八岁。"

"我靠。"

“你说什么？”艾周一脸震惊地看着汪鹿。

“怎么了？大家不都这么表达惊讶吗？”汪鹿很正常地说。

“不行，不行，你不行。”艾周表示抗议，“和你的画风完全不符合好不好。”

汪鹿腼腆一笑说：“以后慢慢会符合的。”

“完了，你被方至带坏了。”

汪鹿却反问她：“我以前很好吗？我不觉得啊。我觉得现在活得才好，很开心。”

唉，艾周在心里暗暗感叹，温室里长大的孩子，中二来得都比较晚。

对于生日会的事，艾周有一个主题，叫重返旧时光。去年她去方至老房子的时候，大妈让她带回来的大箱子，原本她是想作为惊喜给方至当生日礼物的。但现在用来给方烈过生日也不错。

艾周的计划是租一间房子，把里面布置成方至老家的样子，说不定方烈看见熟悉的东西还会想起点儿什么。

汪鹿说：“不用租，我有地方。”

汪鹿家在青浦那边有套度假别墅，美式的三层小楼。买的时候，只当是投资，很少过去住，只有汪鹿偶尔会在假期带着朋友去玩两天。

艾周听了汪鹿的推荐，嘴巴惊成了“O”形。

她说：“小哥哥，方至家的老房子都是老破危房，和别墅差距有点儿大啊。”

汪鹿说：“那幢房子是四白到底的MUJI风。三楼只有几件家具，搬走以后就是大空房，比较好布置，楼下大厅我们还可以办派对。”

艾周心动了，她眨了眨眼睛，说：“听起来好像是不错呢。”

于是他们俩约好周末去“勘察地形”。

周六，艾周早早地和方至请了假，然后就和汪鹿开溜了。

汪鹿有辆蓝色MINI，江纪言以前老开他玩笑，说他开了辆玩具车，但汪鹿特别喜欢，据说是因为他小时候买的第一辆遥控汽车就是MINI。他们一路直奔青浦，只是车子没开多久就塞车了。艾周坐在副驾驶座上东张西望，然后就看见一个熟悉的身影。

她的眼睛一瞬间就直了。

是方至，骑着死飞，在车河中钻来钻去，转眼拐进了路边的一家医院。

“我靠。”艾周叫了一声，推开车门就下去了。

汪鹿在后面喊：“喂！你干什么去啊？”

“我看见方至了，你找个地方等我，一会儿再说。”

艾周在大马路上跳过安全岛，又翻过安全栏，招了一堆骂，然后顺利抵达医院。这是一所私立的心理健康医院。艾周一进大门，就看见存好车子的方至往住院楼走去。

他是来探望病人的吗？

艾周没喊他，想偷偷看看他到底来探望谁。

方至在前台问了几句，然后就上了二楼，敲门进了最后一间病房，那是一间VIP单人病房。艾周更加好奇了，轻手轻脚地走过去，从门上的方窗往里面窥视。

病房里有一张病床，病床上坐着一个穿病号服的女孩。艾周看到她的那一刻，差点儿没叫出来，因为那个女孩竟然是陈思敏。

方至坐在床边的凳子上，低低地说着什么。艾周努力听也听不清。陈思敏一直没说话，突然就捂着脸哭了。

艾周吃了一惊，这是什么情况啊！

艾周好想推门进去问个清楚，可又怕方至知道自己跟踪他，对自己发脾气。

就在这时，艾周的手机响了起来。

自然是汪鹿打来的。他停好车子，在医院里乱找。

艾周一边在包里翻电话，一边从病房门口往外逃。她才走到楼梯口，就和汪鹿撞了正着。

汪鹿说："哎呀，原来你跑到这儿来了。"

然后，艾周就听到身后有人说："在这儿等着我！"

是方至，声音冷得让她打了个寒战。说完，方至就又回到病房去了。

艾周长叹一口气，说："唉，真的乱死了！"

汪鹿问她："方至是去看谁的啊？"

"陈思敏。"

"嗯？你们同寝室的那个陈思敏？他们认识？"

"不知道。"艾周也是满心疑惑。

汪鹿提醒她："一会儿你可要理直气壮点儿。"

"什么意思？"

"别一见方至腿就发软了，这件事，你比较有理。"

"是吗？"

虽然汪鹿是个温暾的性格，但眼光却犀利得很，一眼就看出艾周底虚。其实艾周也十分奇怪，不管有理没理，只要方至一板脸，她就气短十二分。她问："那一会儿方至问起来咱们来干什么的，我怎么说？"

汪鹿可爱地摸了摸脸说："就说出来买防晒片喽。"

"啊？"

"再说了，你要先问他，不是告诉你要理直气壮吗？"

"对的，先发制人。"

艾周的"人"字刚出口，身后就传来方至冰冰凉的声音："口供对好了？"

“哈？”艾周腿一软，转过身说，“什么口供？”

汪鹿在她身后捅了一下，艾周立时想起了“先发制人”。她昂起头说：“你来找陈思敏干什么？你和她有什么关系？”

“你不需要知道。”

“那我和汪鹿干什么，你也别想知道。”这话说完，艾周就后悔了。这不是给自己挖坑吗？没什么都成有什么了。

可方至简单明了地回答：“我不想知道。”

“你、你不想知道？”

“你还要逼我知道？”

艾周被他气得已经不知该说什么好了。她语无伦次地说：“你……我……我是你女朋友，我和别的男生偷偷出来，你为什么不想知道原因呢！”

温和的汪鹿都想大叫“你神经病啊”，世界这么大，还没见过这么不遗余力抹黑自己的人。而方至却一把拽过汪鹿，搭在他的肩膀上说：“我信任我的兄弟，我相信他不说自有他不说的理由。你相信你男朋友吗？”

“我……”艾周觉得自己这辈子都赢不了方至了。

方至拍了拍汪鹿说：“我还有事我先走了，照顾好我的女朋友。”他特别重读了“女朋友”三个字，简直要引爆艾周心中的火药。

艾周咬牙切齿地对汪鹿说：“有没有刀？”

“干吗？”

“我要捅死他。”

汪鹿坦白地说：“我只有指甲刀，要不要？”

“呵呵。”艾周微笑着说，“我认识你们俩，一定会减寿的。”

“不信，吃货哪可能会瘦，不长肉就不错了。”

此时，艾周简直想找把刀抹脖子了。

方至走到楼梯的拐角，突然说：“对了，你最好也别去打扰陈思敏。她刚恢复一点儿，不要去刺激她，我是为你好。”

其实艾周真想过去问陈思敏的，但一想起她刚才痛哭流涕的样子，还是算了吧。万一她真发起疯来，自己更受不了。

Episode Fourteen

那一天

The Day

预谋着，
预谋着，把自己交付给你。
等待着，
等待着，你看懂的那一天。
可是，
我却担心你看懂我的预谋而轻视
我的存在。

Chapter 1：所有痛苦都是自寻烦恼

艾周重返旧时光的计划完成得非常顺利，因为有汪鹿帮忙。其实她很感谢汪鹿，在自己和西西闹翻以及和方至产生小小的信任危机之时，一直陪着自己。

那几天，他们常一起逛旧货市场淘宝贝。比如和方至家一样的大沙发，还有显像管的老电视……艾周努力回忆着方至家的样子，尽量还原在汪鹿的别墅里。如今，别墅的三楼已经很有老房子的味道了。

大沙发是艾周挑回来的最后一件家具。送走工人后，她和汪鹿都累倒在沙发上。

艾周说："我们费了这么大的劲儿，也不知道方至会不会领情？"

"为什么这么说？"

"我也说不上来，总觉得他最近对我怪怪的。"

其实自从在医院分开后，艾周就觉得自己和方至之间多了一种古怪的气场。方至依旧保持着冷淡的交往方式，但从前艾周能在冷淡中品出温暖，而现在，她却在冷淡中感受到了距离。

汪鹿说："你有没想过，也许不是方至的原因，而是你自己？"

"我？"

"对啊。"

"我对他可是真爱。"

"可是心里多了片滤镜，看一样的东西就会有不一样的感觉。"

艾周知道他说的那片滤镜是陈思敏，她嘟囔了一句："我只是个普通的女生，嫉妒和怀疑也是正常的。"

汪鹿说："可方至不是个一般的男生，他经历过什么，你应该比我更清楚。他这个人，最需要的就是信任。你既然选择做他的女朋友，就要给他最大的信任。”

“那你的意思是让我做个傻子？”

“如果你够聪明的话，就会做个傻子。因为方至是不屑向别人解释的，他会觉得别人让他解释那是侮辱他。”

“我是说真的，你真应该做他女朋友。”

“别说屁话。”

“天哪！你连说话的口气都越来越像他了。”

“我说这些是真心为了你们好。”

“我知道。”艾周说，“对了，能问你个事吗？”

“什么？”

“当初你对我好，是认真的吗？”

汪鹿笑了。他说：“现在告诉你实情也无所谓了。当初西西和纪言在一起，怕你孤独，所以求我追你。”

无意间说起了朱西西，又戳中了艾周的伤心事，她再次发出一声长长的叹息。

汪鹿安慰她说：“周周，人所有的痛苦，都是自寻烦恼。唐僧历经八十一难也就得到一句话。”

“什么话？”

“看开点儿，反正死了也是一了百了。”

艾周“扑哧”一声笑了出来，心情也就好多了。

就在他们说话的时候，江纪言打来了电话。他说：“今天下午别忘了来我这边。”

汪鹿这才想起来，江纪言昨天和他说过，要他去威新总部。

艾周说：“你去吧。剩下的咱们下周再来，反正还有时间。”

汪鹿开车送艾周回了Befixed，自己去找江纪言。江纪言已经到了，在一间小会议室里等他。朱西西也来了，她的对面坐着许靖笙。会议室还有几个公关部的人，以及复华学生会的干部。汪鹿是学生会宣传部的挂名副部长，所以也被叫了过来。他一进门就看见了小爆，两个人互换了个眼神。

许靖笙站起来说："好，人到齐了，我先来给大家互相介绍一下。"

她把公关部的成员和学生会的几个人分别介绍了一下，唯独没提朱西西。朱西西猜她想要耍这样的小花招，心里默默帮她记下了。

显然不是什么重要会议，公司这边派出来的都是部门新兵，但新兵的态度都十分认真。简单来说，是公司最近推出了一款新的中低价位的无人机产品。许靖笙提出在各所高校举办比赛等一系列活动，提高新产品在年轻人中的知名度。上面同意了这个意见，让许靖笙先来联系高校。

许靖笙第一个想到的，当然是自己的母校，于是把学生会的干部叫来开个碰头会。

小爆代表技术部门，先介绍了一下这款无人机的特性，然后许靖笙说些关于活动的想法。最后她说："这次叫大家来，就是给学弟学妹一个职场锻炼的机会。大家群力群策，把这个项目做好，也为自己未来的简历上添一笔亮眼的成绩。"

"哼。"朱西西冷笑出声，"什么群力群策，说得那么好听！就是自己没有想法，找一帮傻蛋帮你想。到时候功劳都你的，谁还记得他们啊？"

许靖笙还没说话，江纪言就一拍桌子说："朱西西，你跟我出来。"

朱西西瞪了许靖笙一眼，不情愿地跟着江纪言出了会议室。

周末，公司没什么人。江纪言推门进了另一间会议室，转手合上了百叶窗，说："你听着，公司里的事，你不要乱说话。"

朱西西双手抱胸说：“你别假公济私了。如果不是你，许靖笙一个新人，有什么资格操作这个项目。”

“威新不讲资格，是讲能力的。”

“你别忘了，你答应过我的。我帮你整方至，你就不和许靖笙来往了。”

江纪言有些不耐烦，他说：“朱西西，开始我以为你是个不一样的女生，结果也不过如此。”

朱西西看着他有一点儿绝望。她说：“是的，我也以为我会不一样，可我还是爱上你了。我以为我会洒脱，可是我根本做不到。”

朱西西不想哭，可眼泪还是忍不住掉下来。她走过去，拉着江纪言的手臂说：“我求求你，别离开我好不好？我会听你的话，做你想要的女人。”

江纪言抽出手臂，拍了拍她的脸说：“你啊，光整脸是不够的，你还要整整你的心。”

说完，他就推开朱西西走了。

朱西西听见背后传来“砰”的关门声，所有的精神都崩溃了。她就像一根失了水的草叶，缓缓萎靡在地上。现在她有一点儿羡慕许靖笙了，能安然做一个只求名利的女人。其实，人最难乞讨的就是感情，她有些不知道自己费尽心机换来的是什么了。她交付了全部的自己，得到的却只是个零。

Chapter 2：你很好

艾周真心建议汪鹿改修心理学。因为经过他的开导，她心里的那块滤镜没了，面对方至也就没有了不自然。汪鹿说得没错，她爱了一个特别的男生，就该特别对待。她不该怀疑他，她要给他百分百的信任，换取他百分百的爱。这么肉麻的道理，她终于明白了。

这天中午，艾周和方至在二食堂吃饭。艾周要了一块大排、一个鸡腿，以及三菜一汤。方至表示说："最近你好像吃得有点儿多。"

"心情好啊。"

"为什么？"

"因为想通了一件事。"

"一次说完。"

"没了。"

"哦。"方至低头吃饭。

"你怎么不问什么事啊？"

"你不是说没了吗？"

"我说没了，你得问啊。"艾周用一种怪怪的腔调说，"小哥哥，你快问啊。"

方至无奈，说："想通什么事了？"

"不能告诉你。"艾周终于满足了，长吁一口气说，"哎呀妈呀，终于让我说出这句话了，可算憋死我了。"

方至笑了笑，没理她。其实方至也改变了吧，至少会迁就她的小顽皮、小任性，纵容她扰乱他的严肃认真，一丝不苟。

艾周说："方至。"

"嗯？"

"我知道你很爱我，真的，你不说我也是知道的。"

方至费力地把嘴里的饭咽下去，说："艾周，能不能吃饭的时候不这么恶心人啊。"

艾周邪恶地笑出来，说："你完了，你已经暴露弱点了，等着一辈子都被我恶心吧，哈哈。”

突然，她截断笑声，说：“对了，这个月 28 号是方叔叔的生日吧？”

方至头也不抬地说：“你和江鹿准备得差不多了？”

艾周愣了一下，说：“小鹿和你说的？”

“看你们俩鬼鬼祟祟的就知道。”

艾周膨胀的内心瞬间泄了气，她说：“方至，你简直是世界上最讨厌的人，人家本来要给你惊喜的。”

“你可以继续惊，我又不知道你们要干什么？”

“真的？”

“我很忙，没时间做特工。”

艾周的心理总算又平衡了一点儿。她想，怪不得后来他都不吃醋了呢，原来早就猜到了。她只能默默祈祷：神啊，可千万别让方至猜到我的主题。

28 号这一天很快就来了。

下午，大家在 Befixed 集合，一起骑车去青浦。方烈好久没有骑这么长时间了，一路上都显得好兴奋。每次等红灯的时候，他就会“咚咚咚”地用力敲方至的头盔。

他们到达别墅的时候，已经三点多了。七兄弟一看是在别墅参加派对，各种怪叫声此起彼伏。艾周走到方至的身旁，满脸关切地说：“亲，头敲得晕不晕？”然后放声大笑。

方至摆出一副笑脸，说：“快快带路。”

艾周三蹦两跳到大门前说：“方至，一会儿你带着方叔叔先走，我和江鹿给叔叔准备的礼物在三楼。”

说着，艾周就打开了房门，方至拉着方烈走进了别墅。方烈到了陌生环境有点儿胆怯，但楼上传来隐隐的电视声又让他好奇。方至跟着他穿过客厅向楼上走去。楼梯旁边挂着照片，里面都是现在的方至和方烈。

可是当上到二楼的时候，墙上的照片开始有些发黄了，但照片里的方烈却越发年轻起来，双目有了神采，眉宇间有了英气。电视的声音也渐渐清晰可闻，是《马丁的早晨》吧，欢快的女声唱着："马丁马丁马丁，每天早晨你醒来，马丁马丁马丁，有个角色在等待……"

他们好像踏上了一条时光通道，慢慢地登上三楼。

三楼不大，只有一个方厅和一间卧室，格局和方至家的老房子很像。艾周精心挑选的旧家具上摆着她托运来的旧物。所有的一切都沿着时间的线索，逆流奔跑，回到艾周与方至相遇的那个夏天。

方烈站在客厅中央，若有所思地环视着四周。其他人都站在楼梯口，不敢移动。方烈应该是想起了什么，空洞的眼中渐渐有了灵动的光泽。

他慢慢地走进卧室，下意识地向墙边的柜子望过去。艾周知道他在找什么。因为她第一次去方至的家时，在那里看见了方烈和小美的合影。那张照片被方至放在了箱子里，如今，艾周已把它擦得光亮如新。

方烈走到柜子前，拿起照片看了许久，才转回头说："方至，这是哪里啊？"

方至的下唇轻微地抖了抖，说："是咱们家。"

"哦。"方烈转身坐在那张大床上说，"我说怎么看着这么眼熟呢，我们有很久没回来了吧。"

艾周快要哭了，她用手紧紧捂住嘴巴，不让自己发出声音。因为她怕发出任何声响会打断方烈好不容易才连接起的记忆。

但方至却伸手搂住了她，说："爸，这是我女朋友。"

艾周连忙放下手，站直了身体，说："方叔叔好，我是艾周。"

“我认识你。你很好，你和方至在一起很好。”方烈皱起眉，好像在努力回想，然后分别指着方至和艾周说，“我记得……你是鲸鱼，你是粪便。”

艾周“扑哧”一声笑出来，但同时也有眼泪涌出来。

方烈在床上颠了颠，很软，他又颠了颠，觉得很舒服，然后他皱起的眉头渐渐舒展开了。他一边颠一边笑，像是找到蹦床的孩子。艾周知道，某些珍贵的东西终究是要离开了。

艾周轻声说：“方叔叔，生日快乐。”

方至也跟着说：“爸，生日快乐。”

他身后的兄弟们也跟着大声喊起来：“叔，生日快乐。”

方烈怔了一下，高兴地拍起手，跟着一起叫起来：“生日快乐！生日快乐。”

此时，他大概已经不清楚到底是谁在过生日了吧。

方至在欢闹声中抱紧了艾周。艾周知道，他是在感谢自己，虽然他什么都没说。

Chapter 3：哦——

这一天，方烈虽然没能再想起从前，但他变得特别安静。小爆等几个人在一楼K歌，玩游戏，打台球。他一个人在三楼东看看，西看看，不肯下楼去。方至和艾周一直陪着他，心里暗暗期许奇迹再次出现。

入夜，兄弟们闹累了，都睡在了楼下。方烈因为白天太过兴奋，很早就爬上了那张大大的床。

只有方至和艾周坐在客厅的大沙发上，不想睡。他们没开灯，月光从窗外照进来，缓缓洒下一片银霜。

方至问她："你什么时候把那些旧东西带过来的？"

"去年寒假，我去你的老房子，你的邻居让我给你带过来。我本来想给你做生日礼物的，没想到方叔叔先过了。"艾周靠在方至的怀里，轻声说，"我和小鹿准备的惊喜还可以吗？"

"还可以。"方至领导似的点点头。

"只是还可以吗？"

"嗯，是非常可以。"

"不是特别可以吗？"

方至伸手扳起她的下巴，看着她的双眼说："艾周，谢谢你。"

方至突然这么认真地说谢谢，艾周反倒有点儿无措了。她说："其实……也没什么。"

"我是说真的，谢谢你让我有机会告诉他，我恋爱了。"

艾周有点儿脸红，说："你这个炫女朋友狂魔，这事有那么重要吗？"

"所有得不到的东西，都很重要。"

那一刻，艾周才发觉，方至的心里仍然住着个小男孩。无论他怎样成熟地照料着越来越像孩子的父亲，但他的内心依旧渴望得到父亲的认同与祝福。

艾周仰着头，方至的面孔离得极近，呼吸轻轻温热了她的皮肤。她说："讨厌，别这么一本正经的。"

"你怕？"

"不是啊，是你一本正经的时候，最撩人。"

艾周感受到方至圈着自己的手臂越来越紧，平缓的呼吸也变得沉重起来。她知道，某些事情要发生了。她说："方至，咱们俩的姿势不太对。"

"有什么不对？"

方至整个身体都压了过来，她触到他衣服下坚硬滚烫的肌肉，像一团燃烧的火。

艾周说："你知道，我准备这些，是为了扑倒你。"

方至俯视着她，冷毅的面孔在月光下发出淡淡的光。他说："艾周，这是我们的第一次，必须是我扑倒你。"

说完，他不容置疑地吻了她。

艾周感觉整个世界都在天旋地转，身体一点一点地暴露在微凉的空气里，她的每一个细胞都变得极度敏感。她感受得到穿窗而入的风和月光里飞舞的灰尘在轻轻撞击着自己的肌肤。其实她第一次离家出走，就是和眼前这个男孩吧。她和他头碰着头，睡在同样老旧的沙发上。

原来，命运早就注定了今天的缘分。她抱紧他的身体说："方至，告诉我，你是爱我的。"

方至在她耳边说："我说过，你肯定是我的，你也将永远是我的。我爱你。"

艾周感到方至一瞬间刺进自己的身体，疼痛与兴奋一并飞散到秋大的空气里……

第二天清晨，汪鹿和小爆做了早点叫大家起来吃。别墅的后花园里，有一张白色的、长长的野餐桌。大家围坐在一起，像一个家。

小浩克和小爆嘻嘻哈哈地说笑打闹。艾周看着他们疯，特别安静。她说不上来心里的感觉，反正只想静静地听别人说话。桌子上的果汁没有了，她拿起玻璃壶问汪鹿："还有果汁吗？"

汪鹿说："有，厨房的冰箱里有大桶的。"

艾周刚要站起来去倒果汁的，方至就拦住她说："你别动，我去吧。”

小浩克本来正在敲小爆的头，突然就停下来，转身说：“哦——”

小爆也一下反应过来，跟着发出一声：“哦——”

于是兄弟们都明白发生什么了，一个连一个地“哦”了起来。

只有汪鹿一脸莫名其妙，傻傻地问：“怎么了？怎么了？你们都‘哦’什么啊。”

艾周的脸已经红得像红烧猪头了。

方至一拍桌子说：“都起什么哄！”

这句话就像一瓶助燃剂，让大家“哦”得更欢了。

汪鹿看着艾周和方至的表情，终于明白大家在“哦”什么了，然后脱口而出：“哦——我知道了，你们俩是不是那个了？”

唉，单纯的孩子总是这么没心没肺。所有人都在暗示，只他有诚实坦白地讲出来。大家都瞬间爆发出哈哈的笑声，小浩克更是笑得从椅子上翻了过去。

艾周又羞又气，满脸通红地站起来说：“你们男生真讨厌！”

然后她转身进了屋，方至跟着追进来，说：“别生气啊，他们一直是这样的。”

艾周嘟囔着说：“我又没生气，就是有点儿不好意思。”

“有什么不好意思的。”

“你是男生当然不一样了。”艾周说，“我后悔了。”

“后悔什么？”

“在小说里，女生第一次都要狠狠咬男生一口的，要给男生留一个专属记号。结果我只咬到自己的嘴唇了，忘了咬你。”

方至把手臂伸到她面前说：“那补给你。”

艾周也不客气，撸起袖子就要咬。可是她刚要下嘴，就看见方至胳膊上那条长长的伤疤。虽然已经愈合很久了，但依然留着清晰的印迹。

方至说："怎么不咬了？"

"不想咬了。"艾周轻轻抚摸着那条伤疤说，"你已经为我留下专属记号了。你记着，你看到它，就要想起你说过的话。你说，我肯定是你的。我也将永远是你的。"

"有吗？"

"有！"艾周真有点儿急了。

方至把她拥在怀里说："傻瓜，我是不会忘记的。"

Chapter 4：今夜不回

期末的时间总是过得很紧。特别是在扑倒男神，不，被男神扑倒之后，因为有大段的时间都用来胡思乱想了，就连背单词，都能背成花痴脸。你说，rhetorical 这个词和方至有什么关系呢？可是背着背着，艾周就想到了方至，想到他好看的颜，想到他美好的肉体……原来恋爱还可以培养发散性思维呢。

除了上课，艾周大部分都泡在 Befixed 里。第一，她尽量不想和西西碰面。特别是徐颖在旁边一唱一和的，更是不想看。第二，她发现了被男神扑倒之后的福利——可以随时随地揩油。拉小手已经不算事了，袭胸和数巧克力肌才是新常态。她还特别有道理——你把胸肌练得这么大，难道是给自己摸的吗？当然是给我摸了。偶尔，她还会沿着人鱼线向下进发，趁人不备，随手一撩，连方至这座万年冰山都被她惊到。

他说："艾周，你可是让我刮目相看啊。"

"嘿嘿……"艾周一脸坏笑地向着没羞没臊的道路越走越远。

最近，在Befixed里，艾周开始有一种老板娘的架势了。管天管地，什么都操心。货进得对不对啊，账记得对不对啊，每天都有搞不完的事。

小爆说："周周，你再这样下去，会变老的。"

"放屁！"艾周表示不屑，"积极工作的人怎么会老？"

汪鹿纠正她说："小爆这样才叫积极工作，你这种叫为夫操碎烦恼心。女人一走管家婆人设，想不老都难。"

艾周怔了一下，竟然无力反驳。方至正好经过，从身后抱住她说："要不怎么叫老婆呢。"

方至的气息轻轻喷在她的耳朵上，艾周一瞬就酥在他怀里。她说："讨厌，谁是你老婆啊。"

小爆和汪鹿立时遭到一万点儿恶心，捂胸狂呕。

晚上，方烈睡下之后，大家会在门前支张桌子，喝酒闲聊。小爆已经很少有时间参加这样的小聚会了，每天上班加班越来越像一只按部就班的程序"猿"。小爆喝了口啤酒说："好想回来啊。"

"怎么了？"方至问他，"工作很吃力吗？"

"工作还行，就是人际关系太难了。我现在总算知道小鹿哥为什么爱跟我们混了。"

汪鹿拍了拍他的肩膀说："活得开心，活得简单。"

"对对对。"小爆深表同意。

方至问："你一个编程序的还要讲什么人际关系？"

"至哥，你是不知道。就说今天吧，那个许靖笙非要开个碰头会。我们头儿不待见她，一个新人，跩得跟个二五八万似的，所以又把我给派出去了。没想到江纪言也去了，然后他爸约的客人飞机没到，也转进旁听，结果把我给斗进去了。"

艾周问："江纪言不上课，跑公司去干什么啊？"

“他在追许靖笙，全公司都知道。”

的确，这段时间，江纪言的精力全用在了许靖笙身上。他喜欢许靖笙高挑的身材，特别清新文艺。朱西西和她相比就显得要俗气多了。这天的会议，他是去帮许靖笙站台的。公司里的关系他还是懂的，一个新人想成事，还得他这个太子爷去镇场。

会议上，许靖笙的确处处被踩。毕竟刚入行，许多想当然的想法等着老人喷。有一件关于技术上的误解，小爆发了言，当场指出了毛病所在。他觉得很正常，却搞得许靖笙非常尴尬。江纪言也视小爆做出了选择，站好了队。

江纪言说：“小爆，技术名词不用在会上解释，你私下和许小姐沟通就可以。”

小爆最受不了江纪言一脸高级货的样子，发出一声轻笑。

江纪言在公司哪受过这样的蔑视，黑脸质问：“你什么意思？”

小爆扭头不理他，只是把口香糖嚼得吧唧吧唧响。小爆觉得，自己这已经是一种让步的表现了。可在江纪言看来，这就是赤裸裸地挑衅。

他愠怒地说：“我在问你什么意思？”

还好江远唐半路进去了，江纪言才没有继续发作。江远唐说：“这项目就是给你们这些新人一次锻炼的机会，都说现在的年轻人很厉害，我想看看到底有多厉害。”

许靖笙简单地介绍了一下自己的计划。她想做一个全国大学生无人机航拍大赛，配合新产品的上线，突显年轻自由、释放自我的性格。目前，她想先筹拍一部宣传短片，作为广告推广。她有一个简单的概念，拍一群爱骑行的自行车少年，突显速度与青春。

这个创意的背后，明显是要江纪言这个校骑行社社长出演，马屁拍得隐蔽而到位。江纪言挺了挺脊背，就等着许靖笙说：我推荐让纪言的车队来拍。

可是她这句话还没说出口，江远唐就发话了。他说："不错，这个创意很好，符合新产品的定位。"

然后他转头对小爆说："我看你们车队喷纪言车的那段视频拍得就不错。这部短片请你那个车队过来拍吧。"

江纪言气得都要原地爆炸了。

可小爆却无所谓地说："可以啊，但我们Befixed的价格可不便宜哦。"

江远唐朗声笑了，说："好小子，刚入职就学会和我讨价还价了。"

方至听了小爆的转述，鼓励他说："江远唐对你不是挺好的吗？有公司最大的头儿支持你，还给我们Befixed拉生意，给我好好干着。"

小爆点点头说："我懂的，也就是吐吐槽而已。说实话，我们部门的牛人真多。以前我觉得自己可厉害了，去了让人秒得连渣也不剩。"

汪鹿说："你也别这么说，江叔叔看人的眼光还是挺准的。你要是没有才，他绝不会让你进核心团队的。"

夜风清凉，艾周拿着啤酒罐靠在方至身边，听着大家七嘴八舌地聊天，心里竟莫名地陶醉。她发觉Befixed有种特殊的引力，吸引着周围的人不断向它靠拢。而这个引力的中心，就是方至。

她在方至的耳边说："我今天不想回去了。"

方至转头轻声说："你想睡我？"

"讨厌，不许说人家心里话。"

方至微微笑了。

艾周喜欢他这种笑，淡淡的，有种男生与男人间的蛊惑。

真的要命！

她觉得，她今年的期末考试，肯定要挂了。

Episode Fifteen

几乎幸福

Almost Happy

我几乎就要拥有你了，

就像你几乎要拥有了我。

我们几乎就要触摸到了幸福。

但，

只是几乎。

Chapter 7：最普通的词

艾周的第二个寒假，没有回家。一方面，她不想离开方至。分离一天都是折磨，分开一个月，还不得折磨致死啊。另一方面，是Man姐找她。

对，就是那个开时尚买手店的Man姐。Man姐在小鹿的朋友圈里看到别墅三楼的照片，喜欢得不得了，觉得设计得十分有年代感。其实汪鹿自己也很喜欢，所以生日会之后，他就一直保持着原样，没有再挪动。

汪鹿告诉Man姐，设计出自艾周之手。Man姐就想起了当初来店里挑衣服的小姑娘。

Man姐正准备开一家新店，人手不够。她说艾周品位这么好，让汪鹿问她愿不愿意过去帮忙。

艾周当然是一万个愿意，但也是一万个拒绝。因为她原本计划是要和方至在Befixed里双宿双飞一个月的。

艾周跟方至说："怎么办？我好矛盾啊。"

已经是晚上了，店里已经打烊。小爆加班没有回来，方至又在保养他心爱的车子。他一边紧螺丝，一边说："很难选吗？"

艾周坐在旁边，撑着下巴说："嗯，要是你会怎么选？"

"一个期限是一个月，一个期限是一辈子，这有什么难选的。先去玩一个月，再回来享受一辈子。"

艾周没想到自己费了百万脑细胞的问题，被方至一句话就解决了，于是当即切换成撩汉模式。她半蹲着，挪啊挪啊，挪到方至身后，然后把脸靠在他的背上。

方至干活总是只穿一件T恤，薄薄的，能感觉到他的呼吸和体温。

她说：“那我不在的时候，你会不会想我？”

“不是前天才放假的吗？说得你好像天天都在似的。”

艾周两只小手，有点不规矩地钻进方至的衣服，她说：“你还记不记得小爆叫我管家婆那天，你叫我什么来着？”

“什么？”

她的两只小手沿着没有一丝赘肉的身体往上爬。

艾周可爱地说：“你要是再想不起来，我可就要掐你了哦。”

方至的车看来又保养不完了，他把工具一扔，转过身，一个公主抱把艾周抱在怀里。他问：“想听吗？”

艾周搂住他的脖子，说：“想听。”

方至抱着她一路进了房间，关上门说：“想听就要付出代价。”

艾周的心跳密集如鼓，她怀疑方至是不是都能听得到。她问：“什么代价？”

方至的吻贴上来，从唇吻到耳边，说：“老婆。”

这个词，艾周听无数人说过，但当方至吐出的一刻，她瞬间酥麻得失去了所有的力气。

人大都如此吧，某些最普通的词，让特定的人念出来，就会生出奇异的法力，绽开烟火般绚丽的幻象。

方至把艾周轻轻放在床上，压在她身上，轻声说：“其实我不想现在叫你老婆。”

“为什么？”

“去做自己喜欢的事。我想等你看过这个世界，再回来安心做我的老婆。”

“你就不怕我看过世界不回来了？”

方至微微笑了，说：“那就说明你不属于我。”

艾周在方至的笑容里瞬间读取了他的心思。大概是因为他的妈妈吧，看过世界的小美，到死也再没回来看过她曾经爱过的人。

艾周的心突然就疼了，她捧着方至的脸，说："不会的，我是你的。你说过的，我肯定是你的。不管这个世界有多大，多好，多精彩，我也只属于你一个人。"

方至没有说话，只是用力抱紧她，暴雨般吻过她的脸。

Chapter 2：尴尬三秒

Man 姐的新店开在苏州河畔的老房子里，艾周一进门就爱上了。整间店面都充满了怀旧的民国情调。Man 姐说："周周啊，我看好你哦。一个人的衣品可以学，但对美的灵性是学不来的。"

艾周有点儿受宠若惊，说："我有这么厉害吗？"

"小鹿三楼的改装我看过了，非常好。简洁又大气，特别是挑的那几件家具，恰到好处。"

艾周还是第一次被人这么连续不断地夸奖，脸红了一遍又一遍。

Man 姐说："我跟你说实话，我的店生意越来越好，小鹿投资进来，想和我一起做大，所以我得培养几个托底的人。你又是学英语专业的，将来出国语言肯定没有问题。"

"小鹿成天傻傻的，还懂投资吗？"

Man 姐清脆地笑了，她说："小鹿那么了解你，你竟然对他一点儿也不了解。汪公子生在那样的家庭，眼光是天生的。他那个人，只是不爱显山露水而已。"

"也是，龙生龙，凤生凤，老鼠的儿子会打洞嘛。"

Man 姐看着她，说："你的确挺好玩的，怪不得小鹿一个劲儿地夸你。”

因为汪鹿的关系，Man 姐对艾周可谓是倾囊相授。她从全球的十大奢侈品牌讲起，到世界各地的著名时装周。从时尚圈的祖奶奶，讲到当下的女魔头。艾周只上了四天的班，就感觉自己的脑袋被塞满了。她一回到 Befixed 就和汪鹿吐槽：“你这哪是推我进时尚圈啊，你这是推我进火坑啊。我每天背的东西比课业还多。”

汪鹿说：“加油哦，凤凰都是要浴火重生的。”

小爆接话：“什么浴火重生啊，她现在是欲火焚身，一白天见不到至哥，晚上就跟饿虎扑食一样。”

艾周连翻白眼。

事实上，吐槽归吐槽，艾周还是真心喜欢这个行业。或者说，有哪个女生会不喜欢这个行业？每天与一堆大牌为伴，能幸福得死过去。

这天午后，艾周在店里跟着店长学点货。有两位客人走进来，一个趾高气扬地说：“Man 姐在不在？”

艾周听声音就知道是朱西西，她身旁跟着徐颖。徐颖看见艾周说：“你怎么在这里？”

“我在这边实习。”

徐颖上下打量了她一下说：“我们西西在威新做助理才叫实习，你在服装店做店员也好意思叫实习啊，真是笑死人了。”

艾周也在打量她。

时间真的可以改变一个人。谁会想到当初假小子似的徐颖，也可以变成尖酸刻薄的小女人。而她身边的朱西西呢？

艾周走过去问：“你们想挑什么衣服？”

徐颖说：“我们西西啊，要参加威新的年会，当然要选漂亮的礼服了。”

艾周看了看一直不说话的朱西西说："还是选 Simone Rocha 吧，比较适合你。"

"Simone Rocha 是什么东西啊，都没听说过。"徐颖噘着嘴说，"我们要大牌的，懂不懂？"

连朱西西都听不下去了。她说："你闭嘴。"然后对艾周说："带我去看看吧。"

艾周下意识地溜出一句："嗻。"

说完两个人都愣住了。尴尬三秒后，艾周才转身带着朱西西去挑衣服。

那天朱西西到底还是挑了 Simone Rocha。

艾周送她出门时，终于还是忍不住叫住她，说："西西，就算不是朋友，我也想说一句，为了一个渣男不值得，女生要把自己交给尊重自己的人。"

朱西西说："你说错了，女人要把自己交给自己最爱的人。"

"江纪言追许靖笙已经人尽皆知了，你去参加年会不是自取其辱吗？"

朱西西挺了挺脊背说："你是想打击我吗？没用的。"

"我是为你好。"艾周低声说，"怎么说，我们以前也是朋友。"

朱西西苦笑了一下说："为我好，就祝福我吧。"

Chapter 3：B 计划

事实上，方至也接到了威新年会的邀请，当然是以表演嘉宾的身份。Befixed 的兄弟们以小爆为主角，准备了一套动作。

年会开始已经是一月份了，主题是"飞越梦想，年轻无界"。

很明显，江远唐有推动公司年轻化的想法。作为一家站在行业前列的高科技公司，他需要有更多的新鲜血液加入到创新中来。公司把会场设在浦东的会展中心，邀请的嘉宾都是当年最热的娱乐明星。

Befixed 以前参加的基本都是路演，第一次登上这么正式盛大的舞台，几个人又兴奋又紧张。特别是小浩克，因为他最爱的女神是当晚的嘉宾。朱西西也来了，小礼服配桃花妆，像瓶鲜亮的插花。她就坐在江纪言的身边，可江纪言的目光却不在她身上，时不时地飞去许靖笙那里。

组织年会是公关部的工作，所以许靖笙没换什么礼服，只是穿了一套宝蓝的小洋装。长发随意地盘在脑后，露出长长的脖子，又清新又干练。

艾周远远地看着这三个人，心里小小地庆幸自己远离了他们的是是非非，也替西西暗暗叹惜，这一战，她又输了。如果是从前，艾周一定会再去奉献四个鸡腿，但是现在，只能遥祝安康了。

小浩克不知道从哪儿钻出来，见了艾周就晒他和女神的照片。他说："我靠，我女神老亲切了。"

艾周说："你别去丢人好不好？"

小浩克却嬉皮笑脸地说："你还有闲心说我，快看着你男朋友吧。"

艾周顺着小浩克的目光望过去，发现许靖笙竟然也来后台了。她径直走到方至面前说："你们可是老总钦点的队伍，在我们公司第一次亮相，要加油啊。"

方至说："是叫你许学姐好，还是许小姐好？"

艾周微微一怔，这说话的口吻，完全不像平常的方至。到底是"绿茶代言人"，连方至的态度都被感染了。

许靖笙"咯咯"地笑了，说："还是不要叫学姐了，把我都叫老了。"

方至微笑说："许小姐过来，不只是给我们加油的吧。"

许靖笙说："哎呀，这都被你看出来了。我是想和你商量一下拍宣传短片的事，有没有可能，你们Befixed和学校的自由飞翔社一起合作，这样可以双赢啊。"

"不能。"方至直言不讳地说，"自由乱飞的屎，这种名字，我们光听听也忍不了。"

许靖笙没想到方至这样直接，脸上有些挂不住。她说："好吧，不过我想提醒你一件事，总有一天男生是要长大的。社会不是校园，要懂得识实务。"

"谢谢你。"方至不客气地回敬，"我也想提醒你一件事，总有一天女生会明白，公司不是校园，光靠脸是不够的，要懂得选对圈子，站好队。"

许靖笙"呵呵"笑了，说："那你是什么圈子的啊？要我选。"

方至捏了捏手指节，说："话不要说得太早，不过我会给你留个机会的。"

许靖笙没再说话，转身走了。因为她也有些吃不准方至这么针锋相对，到底是虚张声势，还是手握底牌。

艾周凑到方至身边说："你们都在说什么啊？跟老和尚打禅语似的。"

"去。"方至拍了一下艾周的屁股说，"告诉小爆，准备B计划。"

Befixed出场，是在小浩克女神之前。音乐一起，方至就带头跃上了舞台。几辆车子在舞台上交叉做了几个特技，博得全场的欢呼。原本这时小爆应该上场秀Rap了，可是全场的灯"呼啦"一下全灭了，连音响的供电都停掉了。黑暗中，观众有小小的骚动，不知道发生了什么。就在这时，方至的车头突然亮起一道强力的灯光。接着，其他车子也依次亮起来。

小爆在白色的光柱中，穿着黑色的连帽卫衣走上舞台，他的脸上戴着鲜红的食尸鬼口罩。

江纪言看到这身装扮都要拍桌子了。

小爆酷酷地摘掉口罩，拿起一只超大号红色扩音器，直接来了一串三分钟的 B-box。

艾周在台下指导全场点亮手机，制造出一片炫烂的星光。

到底是经常路演的团队，调动现场气氛易如反掌。

小爆最后三十秒的 B-box 高潮迭起，密集的鼓点混杂着模拟电音，直到最后两声水滴音清澈绽开之后，所有人都被引爆了，掌声和欢呼汹涌而来。

这时，电才恢复，灯光重新照亮全场。

方至骑着车子，从舞台上跃下来，一直骑到江纪言面前。

江纪言坐在那里，仰着头，问他："什么事？"

方至俯下身子说："没什么。我就是想告诉你，停电这种臭招太老了，以后不要再拿出来用。"

江纪言微笑着说："停电这种事，谁也不想的。"

"随便吧。"

方至骑着车子，跟着兄弟们退回了后台。江纪言脸上的笑容一点一点收了，听朱西西在身边说："有些人办事真不行。"

江纪言没有说话。

朱西西继续说："纪言，你这么聪明，应该明白的吧。她接近你，为你做事，只是为了在公司占有一席之地。而我为你做事，只是因为我爱你。其实她根本不明白你为什么不喜欢 Befixed，你还是很在意你父亲对你的看法，对不对？骑车是你最骄傲的运动他都不用你，可见你在他心目中的地位。说实话，我不明白江总为什么会对小爆那么感兴趣。我有种直觉，你必须整垮Befixed，把小爆挤出威新。要不然，他将来一定会是你的绊脚石。”

舞台上，女神已经上场了。江纪言面无表情地看着，不知道听见还是没听见。

朱西西说：“纪言，全公司的人都让着你，但只有我是真心为你。”

江纪言依然没说话，但他拉起朱西西的手放在自己掌心。朱西西终于开心地笑了。

其实，对于江纪言来说，朱西西一个实习生又能帮自己什么呢？

他只是第一次觉得这样孤独。

就像西西说的，江远唐已经对他失望了。公司里的人也不过是忌惮他的身份。曾经的好友，现在也是Befixed的人了。至于许靖笙，他心里也自有分寸。

所以，他突然就懂得了朱西西的可贵。

他并不指望她能帮自己什么。

他只是想在最孤独的时候，有一个可以相信的人陪着自己。

他轻轻抚摸着朱西西的手背，心里竟莫名地安定了。

Chapter 4：那年烟花

整整一个假期，艾周都在忙。每天在Man姐那里可以学到许多东西，不像在Befixed，除了花痴就是揩油。艾周的妈妈知道她去做店员，说：“听说西西去威新做实习生，你跑去卖衣服，差距怎么这么大啊？”

艾周说：“哎呀，你不懂。我们这是买手店，将来会很酷的。”

“唉，你长大了，我不懂你，也管不了你了。你自己好好照顾自己就行了。”

艾周听着，心里有一点儿难过，突然觉得妈妈有点儿老了。之前一直讨厌她嘴碎，管东管西，现在却有些想念她神经兮兮的样子了。

Befixed 在威新上的表演，还上了三天的热搜。小爆为此竟有了粉丝，公司从上到下都调笑他不该来威新，而是应该进军娱乐圈。现在他已经不是小透明了，去食堂吃个饭，一群姐姐阿姨叫他小哥哥，喊他来一段。然后酷酷的小爆就会脸红成猴屁股。

有一次，江远唐在走廊遇见他，还特别叫住他说：“小爆，那天的表演真的不错，有机会再来一次。看得我都年轻了十岁。”

这话让小爆完全不知所措。

当然，上热搜也代表着 Befixed 的生意好，最近好多牌子的整车卖断货。于是汪鹿又有了投资开连锁店的想法。

艾周说：“你投完 M Space，又投 Befixed，你家里同意你投这么多钱吗？”

汪鹿说：“反正我压岁钱还有两百多万，投基金和投店都一样。”

小浩克和小爆一同喷出来，小浩克哀号地说：“你这个有钱人，是怎么混到我们中间来的！”

这一年的春节来得特别早。看方烈的生日就知道，方至从来不太在意这些。往年他和小爆就会买点儿熟食，煮点儿速冻水饺。但是今年有了艾周，就不一样了。

艾周虽然厨艺不佳，但是贵在能折腾。她把店里收拾得干干净净，然后把大红对联贴起来，大红灯笼挂起来。半成品买了一冰箱的，大年三十那天又炒了一桌子的菜。电视里放着春晚，窗外是上海不太冷的冬天。

小爆坐在桌子旁边，感动坏了。他说：“周周，自从我妈去世之后，我就没这样过过年了。”

艾周给他倒了杯酒，说：“跟着方至，有速冻饺子吃就可以满足了，要不然给你吃‘就是这个味儿’。”

小爆一脸肯定地说：“还是你了解我至哥。”

零点的时候，大家一起出去放炮。小爆最爱干这事了，点燃巨大的礼花，在夜空中炸开一朵朵的光焰。方烈抱着桃子，一边跳，一边叫。而方至抱着艾周，说：“其实，我也好久没这样过过年了。”

艾周说：“以后有我，咱们都这么过。不，要过得更好。”

方至望着天空中的焰火说：“嗯，我们一定会过得更好。”

艾周抬头，看着方至的眼睛，她第一次在他眼睛里看到了对未来的期许与憧憬。他不再是从前那个冷硬、不知温柔的少年，坚硬的外表下，有了感知温度的柔软。

是因为她吗？

是因为她吧。

艾周在轰隆隆的鞭炮声中，轻声说：“方至，等毕业之后就娶我吧。”

她以为方至不会听到。

但方至却低下头，贴着她的耳边说：“这句话应该由我来说。”

“什么话？”艾周装糊涂。

“毕业了，就嫁给我吧。”

艾周搂住他的脖子，以吻回答了他。

Chapter 5：方至的眼泪

三月开学，经院发下课表的时候，发现夏严生的课没有了，由别的老师代替了。有知道内幕的人说，当时夏严生为了平息那个爆料帖的影响，和学校达成自动辞职的协议。他上完上学期的课，这学期就不来了。

方至打了几次电话都联系不上他。直到一周以后的晚上，夏严生打电话来约他见面，还是在门口的咖啡馆。艾周陪着他去了，夏严生少了讲台上的意气风发，有点儿颓唐。

方至坐下就问："是因为我吗？"

"和你没关系。"夏严生说，"是我自己想走，北京那边有所大学请我过去。"

两个人都沉默了一会儿，不知道说什么好。方至突然说："对不起，因为你和我妈的关系，我一直对你不太客气。其实我应该谢谢你，照顾我妈那么多年。"

夏严生抬头看他，眼神有些不可思议，不过很快又感到欣慰。他说："方至，你真的长大了，像个男人了。其实我今天找你，是有件事想告诉你。我之前一直犹豫要不要说，但我现在不犹豫了，我觉得应该告诉你。"

"什么事？"

夏严生从背包里拿出一沓纸放在桌子上说："其实……你爸爸一直和你妈妈有联系。"

"什么！"方至的声音放大了十倍，"那他为什么不告诉我？"

夏严生拍了拍信纸说："好好读读这些信，你要的答案都在里面。那时候，他们都太年轻了，不懂得如何做父母。但他们真的努力了。你也长大了，试着去理解他们好不好？"

方至拿起那些信，转身就走了。艾周连忙站起来，给夏严生鞠了个躬，说："谢谢，夏教授，我先走了。"

方至回到Befixed，方烈坐在床上和桃子玩。方至走过去，“啪”地把信往方烈面前一甩，说：“你一直知道我妈在哪儿是不是？”

方烈呆愣地看了看方至，又看了看那些信，然后也拿起那些信用力地一甩，说：“是不是？嘿嘿，是不是！”

方至双手抓住方烈的肩膀，用力地摇着说：“我在问你话啊，你回答我！你不要一直傻下去！”

艾周和小爆都冲过去，拦住了方至。小爆慌神地说：“这是怎么了？至哥，怎么发这么大脾气？”

艾周拉住方至说：“你现在问叔叔有什么用啊，夏教授不是说答案都在信里吗。”

方至终于冷静下来，他用手推开艾周和小爆说：“你们走啊，都走啊！”

艾周只好和小爆一起退出了房间。方烈和桃子又玩在一起了，好像刚才什么也没发生一样。方至蹲在地上，把信一张张整理好。

他坐在椅子上，随便拿出来一张，方烈的字迹就像他年轻时一样，张扬而乱七八糟。

他写道：小美，方至挺好的。你不用担心，我肯定饿不死他。如果你不准备和我在一起，就不要回来。我宁可他没有妈妈，也不想他有了希望，又失望。这种苦，我受着就行了。我想你不会知道我收到你的信的时候有多开心，我想你也不会明白，我写这封信的时候有多痛苦。不过我不怪你离开。你说得对，人活着不能只有爱，还得会生活。等我老一点儿，说不定就会了。对了，原谅我把你的信都撕了。

方至换了另一张，上面写着——

小美，我觉得我不是个好爸爸，不会教育孩子，只能放养他长大。可方至却是个好儿子，他现在可好玩了，跟个小管家婆似的，给我做饭，帮我洗衣服。每天还啰唆，教育我。我常想，如果你留在我身边，大概也会是这样吧。小美，谢谢你。你走了，但好心地把他留给了我。我觉得，这么多年过去了，儿子都长大了，可我还没长大，我还爱着你。真的没办法。

方至看不下去了。

他抬起头，看着眼前永远不会长大的方烈，突然无声地哭了。

多少年，他都没有落过眼泪，可这一刻他忍不住了。

他一直觉得，自己是个被父母遗忘的孩子。可原来他们只是以一种不被他发觉的方式爱着他。

Chapter 6：乘风 302

这天晚上，艾周回了学校。方至需要一个人独处，她不想打扰他。

艾周回到寝室的时候，朱西西和徐颖正在试衣服。最近朱西西的心情超级好，因为她终于又回到了江纪言的身边。

艾周爬上床，不想动。回想起方至无声哭泣的样子，她心里就疼得厉害。可是她又不知道怎样去安慰他，有的时候，悲伤只能让自己去治愈。

徐颖伸头看了艾周一眼，说："哟，这是唱的哪一出啊，不是天天都爱得不行吗？"

这就是艾周为什么不想回来的原因了。她闭着眼说："西西，你要是管不好她的嘴，我就帮你撕了她！"

"你……"

徐颖刚张嘴，朱西西就拉住了她，示意她不要再说话，到底还是有多年的情谊。

这天，大家很早就关了灯，三个人各自刷了一会儿手机就睡着了。寝室里极安静，听得见微轻的呼吸声。朱西西翻了个身，呼吸声就变大了。迷蒙中，她依稀觉得呼吸声就在耳边。她费力地睁开眼，却猛地看见一张暗黑的面孔正贴在自己的眼前。

朱西西顿时吓得魂飞魄散，猛地发出一声尖叫，向床里躲去。黑影明显是女生，两条蓬乱的辫子垂在两侧，一定是陈思敏了。

只见陈思敏伸出两只手，紧紧掐住朱西西的脖子，尖叫道："你为什么要逼夏教授走，你还要害多少人！"

朱西西从嗓子眼里挤出几个字说："你这个疯子，你在说什么啊！"

艾周和徐颖也惊醒了，徐颖不明状况地按亮台灯，瞬间被陈思敏的样子吓呆了。

陈思敏又穿着她那条蓝格裙子，头发已经乱得像一棵枯草。她狰狞的脸上被西西抓出一道道的血痕，显得更恐怖无比。

艾周飞快地跳下床，抓住陈思敏的手臂往下扯。朱西西已经快要被掐得窒息了，脸色憋得通红。艾周大叫了一声："徐颖，别傻站着啊！快来帮忙！"

徐颖这才反应过来，惊乱中举起身边的凳子砸在了陈思敏的头上。

陈思敏的双手一下失去了力气，整个人瘫倒在地。

朱西西猛吸了一口气，快要干涸的肺终于舒缓了过来。

三个人看着倒在地上的陈思敏，全都吓得无法移动。还是隔壁的同学听见了，叫来了老师。那天，陈思敏被医院接走了。她的头部没有受到太大的创伤，只是晕了过去。

寝室里的三个人都被叫去保安处问话。

朱西西一直哭，根本停不下来，艾周把事情的经过详细地说了一遍。

宿监老师也在，说："你们寝室到底怎么回事啊？这么多事，当初陈思敏入学的时候还主动要和你们两个住一起。怎么会闹成这样？"

艾周愣了一下问："她主动要和我们住？"

"对啊。"

"可我和西西都不认识她啊。"

"那我就不知道了，你们现在这帮孩子啊，真是不好管。"

朱西西听了，哭得更凶。她说："天哪，原来我们一进校就被这个神经病给盯上了！"

监舍老师和保安也快忍受不了她的哭声了，赶紧做完记录，让她们回去。三个人回到宿舍已经是早晨了，她们各自想着心事，一路无话。直到站在寝室门前，三个人全怔住了。

门上那幅"乘风"今天看起来格外不同，因为海滩上的那个人影变得异常清晰。她穿着蓝色格子裙，躺在海水里，头发散乱地漂浮着，像浓密的水草。

朱西西"砰"地推开门说："这个神经病，竟然把自己画在门上。"

艾周却若有所思地说："西西，陈思敏的日记你是不是看过？"

"对啊。"

"她和江纪言参加夏令营是什么时候？"

朱西西想了想说："初中吧，怎么了？"

艾周慢慢坐下来，轻轻地摇了摇头。她隐约觉得，身边许多事都有些暗暗的联系，但她又抓不住重点，理不出头绪。

陈思敏为什么要和她们住在一起呢？

艾周心里莫名有了一种恐惧。

Episode Sixteen

九死一生
Die or Alive

我活着，
是因为你还活着。
站在遥远的云端，可以听见你的呼吸。
睡在最深的谷底，可以听见你的心跳。
虽然爱情已经离去，
但你活着，我就活着。

Chapter 1：心神不宁

艾周做了个梦，梦里有大片蔚蓝的海。天空晴好，有极白的云。艾周走在白烈如雪的沙子上，心里却有种说不出的恐惧。

她每一步仿佛都是踏进细碎的冰屑，冷得发抖。

她听见有人在身边叫她，但她却看不见人的脸。她焦急又恐惧，飞快地跑。腿却渐渐失去力气，瘫软得不能移动。

她摔倒在沙滩上，海水温柔地拍上来。一层一层的浪花，推来一具纤小的身体，蓝格衣裙已经浸透，皮肤无血苍白，她随着海水漂荡到艾周的身边。那张苍白的面孔突然转了过来，是陈思敏。

艾周吓得惊醒过来。

方至就躺在她的身旁，叫着她的名字。

这几天，艾周都住在Befixed。她不敢回寝室，害怕一个人孤独地躺在床上。

方至说："怎么了？又做噩梦了？"

艾周缩在方至的怀里，点点头，她说："现在几点了？"

"凌晨两点。"

"对不起，吵醒你了。"

"没事，反正也睡不着。"

是的，方至睡不着。因为他每天晚上都在读方烈写给小美的信。一篇一篇，一遍一遍地读。他开始慢慢理解他们，接纳他们是这样一对特别的父母。人总有些事情不能去选择，但人可以选择用怎样的方式去对待。

方至接受这个事实，然后在这个不可更改的事实中，一点一点抽取出温度。他在方烈的信里读到了原本已然缺席的父爱。其实他这种不会说只会做的性格，就遗传自方烈吧。他没想过，方烈对小美说得最多的，就是自己。他一直以为被忽略的成长，都被爸爸看在眼里，转述给了他再也不见到的妈妈。

有一天，方至看完信，突然抬头对艾周说："艾周，我是不是应该先告诉你，其实我很爱你？"

艾周打了一个激灵，说："你干吗这么说？你……你要离开我？"

方至说："我只是不想像我爸那样，失去了才发现没机会和自己心爱的人说些心里话。"

"哦。"艾周拍着胸口说，"你别搞这种突然袭击好不好？很吓人的！"

"这算什么突然袭击。"方至说，"最近你怎么还是心神不宁的？"

艾周的确有些心神不宁，因为她渐渐发现了是什么让自己不安。不止因为疯狂的陈思敏，还因为曾经的某一天，方至去探望过她。艾周觉得，他们之间一定存在着某些不为人知的秘密。

以前艾周有一堆心事的时候，还可以找汪鹿说说心事，可最近汪鹿作为交换生去了英国，黑夜与白天都不在同一条时间轴上，聊天也就成了奢望。艾周一个人憋了几天，决定背着方至去探望陈思敏。

那天是周末，艾周独自坐车去了心理医院。陈思敏已经转到了特殊病区，艾周在小花园里找到了她。陈思敏和平常没什么两样，只有脸上被抓破的血痕记录着那天晚上的暴戾与乖张。

艾周和她并肩坐在长椅上晒着太阳。艾周说："思敏，你认识夏教授？"

"我当然认识了，你不也认识吗？"

"我的意思是，你私下和他很熟？"

"他和你不也很熟吗？"

艾周觉得她大概是不想回答这个问题，只好问下一个，说："思敏，刚入学的时候，你为什么要求和我和西西住一间寝室？"

陈思敏很认真地说："因为上天给了我暗示。"

艾周说："我是认真的。"

"我也是认真的！有罪的人，上天就会给她惩罚。我就是来惩罚你们的。"

"我们？"艾周不解地问。

"对的，你们。你们受了惩罚，灵魂就会得到救赎。"

陈思敏的脸上露出了圣洁的微笑，充满蒙娜丽莎似的神秘感。

艾周觉得和她的对话不能进行下去了，因为她们完全不在一个频道上，她只好悻悻地离开了医院。

最近朱西西也没住在学校，江纪言在酒店开了房间陪着她。他开始慢慢体会到朱西西的好，对自己永远忠诚的女人，让他觉得放松又安心。他们坐在松软的沙发上，一边喝酒，一边看无聊的电影。

朱西西说："公关部那边好像已经联系影视公司筹拍短片了。"

"算了。"江纪言泄气地说，"我爸那边钦定的Befixed，我管不了。"

"其实，我有办法，可以试一试。"

"你？"

朱西西笑嘻嘻地说："你可以激将一下方至，说不定他会就范。"

江纪言的眼里突然就有了光，说："是吗？说来听听。"

朱西西妩媚地眨了下眼睛，说："那……你要先给我奖励吧。"

江纪言放下酒杯，把朱西西拉到怀里说："竟然会谈条件了，那就给你吧。"

他吻了她，吻得朱西西忘了自己。

其实爱有许多种，而她选择了最可怕的一种。她放弃了自己的一切去供养爱情，而爱情不过是一朵不断吸血的蔷薇。它的娇艳，只是她的血色。

朱西西开心地笑了，因为她还不知道这个笑容的背后要付出怎样的代价。

许靖笙的拍摄策划是让骑手从校园出发，然后分散到城市中的角落，田野的公路，最后来到宽广的大海边。无人机一路跟随拍摄，既体现了年轻自由的主题，又展现了新款无人机虽然个子小，但能适应各种环境飞行。

四月初，整座城市现出新鲜润泽的颜色，正是开拍最好的季节。许靖笙请的影视公司很专业，方至和他们沟通毫无障碍。然而就在开拍的前两天，江纪言带着西西在二食堂门口等到了方至。

他看见方至，径直走到他面前说："你好啊，好久不见。"

方至说："什么事？"

江纪言微微一笑说："你得到威新这个代言，我是不服气的。"

方至说："那又怎么样？"

"你敢不敢再和我比一次，谁赢了谁就拿这个代言。"

方至点头说："好，这样也算公平。"

艾周不想让他们比赛，阻止说："喂，这是公司的事，你们能不能别这么孩子气。"

江纪言却说："这不是公司的事，这是男人和男人之间的事。"

他看着方至说："这次场地由我定。"

"可以。"方至自信地说。

江纪言笑了，说："那明天咱们四明山的盘山道见。"

艾周就在方至身旁，她说："不行，死飞不能……"

方至却拦住了她，他嘴角微微一抽，说："好。"

这个微小的表情，江纪言还是捕捉到了。看来朱西西有可能说对了。

而艾周听见方至答应，转头瞪向朱西西。

想当年方烈就是在盘山公路上发生了意外。方至要在盘山路上比赛，必定会有心理阴影。然而眼前知道这件事的人几乎没有几个，除了她和朱西西。

艾周对西西说："你是不是故意的？"

江纪言却接口说："是怕了吗？如果怕，就让我们社团来拍。"

"没什么大不了，比就比。"

方至无所谓地摆了摆手，便拉着艾周走开了。

而艾周的目光始终没有离开朱西西，她就一直看着朱西西，看到朱西西低头，看到朱西西退缩。

Chapter 2：只能等

比赛前的晚上，方至一直都在检查车了，万分仔细。艾周知道他的心思，不敢打扰他。直到方至全部检查完毕，她才过去和方至说话。

方至问她："怎么还不睡？"

"我想陪着你啊。"艾周嘟囔道，"其实你可以不用比的，反正代言的合同都签了。"

"踢馆都踢上门来了，我要是退缩了，兄弟们以后还怎么跟我混。"

艾周说："他们不会有意见的，他们都不想你去。"

方至却沉默了一会儿，说："总有一天，我要面对的。"

艾周知道自己是劝不动他了。其实这次比赛方至根本不是接受江纪言的挑战，而是在挑战自己内心的恐惧。

如果说每个人都有一个噩梦，那方至的噩梦就是那条盘山道。他没见过方烈摔下山路的样子，但那个场景却时常出现在他的梦里。他从不曾和人说起，但是他知道，自己总有一天要过这一道关。

第二天凌晨，Befixed的所有人都跟着方至一起出发去了四明山。四明山离上海有四个小时车程。那里的盘山公路非常漂亮，清晨又没什么车子，很适合竞赛。Befixed和自由飞翔的成员在山上山下封了路。

方至和江纪言刚检查好装备，金红的阳光就从天际线绽放出绚丽的光芒。艾周心里怕极了，但她的脸上却没有露出一丝惶恐。因为她不能让自己的情绪影响到方至的专注。速度的终极比拼，较量的就是专注，稍有分神，就会带来不可预知的后果。

突然间，一辆跑车从山下冲上来，缓缓停在路旁，朱西西从车里风姿绰绰地跨出来。艾周正奇怪她怎么来晚了，就听见她笑吟吟地说："方至，你看我带谁来了？"

说着，她从车里扶出一个人，竟然是方烈！

原来她趁Befixed里只有小店员看店，把方烈偷偷接了出来。方烈站在山间的公路上，一动不动。熟悉的场景，似乎勾起了一丝对往事的记忆，但记忆中又带着模糊的危险，让他恐惧。

艾周真的要爆炸了，她从没有这样愤怒过。她冲了过来，说："西西，你要不要这么过分！为了看方至失败，你连他爸爸都不放过！"

"周周，你这是怎么说话呢。"朱西西走到这一步，已经毫不顾及了。反正该撕的都撕烂了，只剩一副凌厉的面具。她说："方至那么自信，我带他爸爸来看看他出风头有什么不对？"

而方至扔下车子，一把揪住江纪言的领口，把他直摔在地上，说："江纪言，你是不是找死！"

就在这时，小浩克突然喊了一声："方至，快拦着你爸！"

谁也没注意，方烈趁着混乱扶起地上的车子，一路骑了下去。

方至顿时慌了，骑上车子追了过去。

然而方烈的车速太快了，快得就像一支离弦的飞箭。

他太久没有一个人骑车了，运动的本能催使着他不断地向前，向前……

方至在身后拼命地喊："爸，减速！你快减速！太危险了！"

可是方烈根本听不见，或者说，他根本不想听见。

他的耳朵里只有飞掠而过的风声，淡金的阳光，指引着他唯一的前路。

方至远远地看见前面的弯道，角度实在太大了，几近三百六十度。

他要疯了，扯破嗓子大喊："爸，你快停下来，我求求你了！"

可是方烈丝毫没停，在转弯的一瞬，整个人都侧滑了出去，像一块疾速坠落的陨石，轰然撞击在岩石上。

方至赶到的时候，方烈躺在地上一动不动。他扑了过去，抱住他大叫："爸，你快醒醒！你快醒醒啊！"

可是方烈躺在他的怀里，没有一丝反应。

方至越发疯了，声嘶力竭地狂喊："你快点儿把眼睛给我睁开啊！你命很硬的！你赶快给我醒过来！"

艾周随后赶来，她看见失控的方至，飞快地跑过去，抱住他的头说："方至，你要冷静啊，我已经叫救护车了，你要冷静啊。"

那天救护车仿佛等了一个世纪才来。方至就那样一直抱着方烈，不肯放手。艾周一直跪在他身旁，默默地陪着他，心痛到无以复加。

方烈入院后立即做了手术，然后进了重症室。医生说，外伤不严重，只是颅内有积血。如果明天能醒过来，就应该没有问题。

方至拉住他说：“医生，醒过来的概率有多大？”

医生拍了拍他的肩膀说：“小伙子，这事不能问我，只能问老天了。你只能等。”

方至缓缓松开了手。

是的，他只能等，等着死神擦肩而过，等着命运网开一面，等着老天给他一次机会。

他让所有人都回去了，只让艾周留下来。

他们在病房里坐了整整一夜。

凌晨时分，艾周靠着方至睡着了，醒来时，窗外已天色微明。方至依然睁着眼睛，静静地注视着病床上的方烈。

艾周说：“方至，你去休息一下吧。我帮你看一会儿，方叔叔会吉人天相的。”

方至摇头，说：“我不累，我有好多话想跟他说，我要看着他醒过来。”

突然，病床上传来一声深深的吸气声。

方烈竟然醒了。

方至激动地站起来，奔到床边去，说：“爸，你醒了！你怎么样？”

方烈睁开眼，看了一眼方至，说：“方至，你来了。我口渴，有没有水？”

“有。”艾周兴奋地去拿水。

方至却杵在那里，被巨大的恐惧笼罩住。因为方烈的表情和口吻太过清醒，清醒得让他害怕。他不愿深想，可是心底却隐隐浮动着“回光返照”四个字。这是他在世间最后一位亲人了吧，却已踏上了生与死的临界线。

方至害怕极了，怕得手指都在微微颤抖，但他的脸依然平静，平静得像每一天叫方烈起床。

方烈喝完半瓶水说："昨天，我骑得很开心，我满足了。"

方至敏感地抽了一下嘴角，说："满意个屁，你还有好多事要做呢。"

方烈说："我还有什么事要做啊？"

"我妈你找到了吗？"

"那个你去做就行了。"

艾周突然说："哎呀，我是不是该叫医生过来检查一下。"说着，她就跑出病房。

方烈看着她的背影说："那姑娘……是谁来着？"

方至淡淡地说："是我未婚妻，等她毕业了，我就娶她。"

方烈点点头，慢慢躺下说："好，挺好的。我满意了，我真的满意了。我累了，我想再睡一会儿。"

方至在床边坐下来，握住他的手说："爸，你再陪我说说话。"

"我说不动了，你和我说说吧。好久都没听你唠叨了……"

方烈的声音越来越小，方至低低地叹了口气，说："唉，你天天教我骑车要戴好护具，你自己怎么就不戴呢。你是怎么做人家老爸的，说过的话都不记得？你还不让我妈见我，你神不神经啊？有妈总比没有强，你懂不懂啊？不过我想你也不懂，除了车子，你什么都不懂……"

艾周带着值班医生跑回来的时候，方至还坐在那里絮絮地说着，只是床边的心电监护仪已发出单一的没有心脏跳动的声音。

艾周欣喜的表情瞬间凝固了。她颤声说："方叔他……方叔叔……"

方至站起身，理了理方烈蓬乱的头发，然后缓缓俯身用力地吻了他的额头。

艾周无法接受地说："不，不可能，刚才方叔……他。"

她已经说不清话了，眼泪开了闸似的涌出眼眶。方至走到她面前，说：“艾周，我爸就交给你了，帮我办好。”

艾周拉住他说：“你要去哪儿啊？”

方至甩开她的手说：“做好我交给你的事！”

说完，他头也不回地走出门外。

方至从医院出来，小浩克几个人就围了上来。原来他们都没走，一直等在门外。

小爆说：“方叔他……”

方至面无表情地说：“别问。”

“我靠！”小浩克怒吼了一声。

“人呢？”方至的声音冷得可以杀人。

“飞机跟着呢，现在在酒店！”

看来方至早就有过安排。

他说：“走吧，小爆你留下，去医院陪艾周。”

“为什么？”

“你出了这个圈子，就别再进来了。”

“出了这个圈子我也是你兄弟。”说完小爆就跨上了车。

方至拍了拍他的肩膀，骑上车出发了。

江纪言知道自己惹了大祸，没敢回家，而是躲去了酒店。方至一进大堂，飞机就跑过来说：“62楼，跟我来。”

方至让小浩克去保安处把风，其他人跟着飞机上了62楼。飞机“哐当”踹了一脚房门，说：“开门！”

江纪言从猫眼里看了一眼说：“你们快滚！我已经报警了！”

小爆从口袋里拿出一张卡，递给方至，原来他之前已经偷偷复制了一张客房部的万用卡。方至在门锁上一刷，门锁“哗啦”一下就打开了。

江纪言再想堵门已经来不及，方至第一个冲了进去。

那是江纪言第一次感受到方至真正的暴力，绝不是电梯里的游戏般的恐吓。

毕竟是在街头长大的男生，挨过无数拳脚的身体，深知每一个最痛的位置。

江纪无法抵抗，也无力抵抗。

方至每次落下的拳头，都痛得他尖声哀号。朱西西被小爆堵在墙角，吓得没命地哭。她大声哭喊："不要碰我的脸，不要碰我的脸！"

小浩克一直守在保安室的门外，看到一群人跑出去，连忙打电话，说："该走了，保安上去了。"

方至终于停下了手。江纪言鼻青脸肿地躺在地上，仍然嘴硬。他说："你等着，你给我等着，我不会放过你！"

方至蹲下来，拍了拍他的脸说："是你等着，我保证，这只是个开始。"

Chapter 3：方至走了

艾周好怕这样的方至，几乎不说话。每天都傻坐着，脸上没有一丝表情。

他领回方烈的骨灰盒后，就放在房间的柜子上，没有葬礼，没有任何仪式。

艾周不知该怎样劝慰，"人死不能复生"这样的话说了好像还不如不说。

Befixed 的兄弟轮流二十四小时看着他，生怕他会做莫名其妙的傻事。

可是第四天晚上，方至还是一个人带着方烈的骨灰离开了。

他没留下只言片语，但艾周能猜到他去了哪里。

他一定是去那个埋着小美的山谷了吧。

方烈找了那么多年，终于可以和小美团聚在那片漫天星光下。

所以艾周不担心，她只是想念。想念方至冷漠的表情、温暖的双手，想念他敲自己的头，叫她傻瓜、吃货……

她发现，不知不觉间，她与方至增添了那么多的片段，直到在漫长的等待中，才渐渐梳理，拼贴进记忆的墙壁。

算起来，方至离开快有两个月了，不接电话，也不回消息。艾月数着日历度日如年，期盼、失落，期盼、失落……她仿佛一辈子都困守在这段没有尽头的循环里。

她每天都会给方至发短信，问他好不好，问他吃饭了吗？

她也会发“鸡汤”。她说：我知道你不想说话，但我希望你能看见。两个人恋爱，可以分享快乐，也可以分担痛苦。

当然，她也发过气话。她说：你到底是什么意思啊！我是你女朋友！你给我回个信好吗？至少让我知道你还活着。

有时候，她也会发祈求的话。她说：求求你，回答我，我已经不能再等了。

可所有的消息就像发给了空气，没有任何回应。

还好，汪鹿做交流回来了。他没想到自己走了不到半年，竟然发生了这么多事。他回来的那天，Befixed 的兄弟们聚在一起吃了顿饭。可是大家坐在一起，除了喝酒，谁都不说话。沉闷了许久之后，还是汪鹿开了口。他说：“大家给方至一点儿时间吧，他会回来的，因为他最后的亲人都在这里。”

艾周听了，突然就放声大哭起来。

没人劝慰她，因为她是这里唯一的女生。他们默默地陪着，让她替无法痛哭的自己去流泪。

那段时间，朱西西不常回宿舍，因为她要陪着江纪言。江纪言被打之后并没有报警，因为他知道自己理亏，怕事情闹大不好收场。另外，他也怕江远唐知道。他每天都和朱西西厮守在酒店里，竟然体会到了世外桃源的快乐。

江纪言说："真想快点儿从这所鬼学校毕业，我好带着你全世界去玩。"

朱西西腻在他身边说："你爸的公司不争了？"

"有什么好争的，反正早晚都是我的。"

朱西西隐隐觉得，江纪言终究开始学会什么是怕了，说话中少了一点儿从前的飞扬跋扈，肆无忌惮。不过她更喜欢这样的江纪言，对自己有了真正的依恋。

江纪言抱着朱西西，说："其实方至的事还多亏了你，给了他致命一击。现在他已经滚了，就剩下那个小爆让我看着心烦。早晚我也要把他给弄出去。"

说起来，小爆成了威新的"吉祥物"，威新的推广短片还是找Befixed拍的。小爆是绝对的男主角，威新的官微天天拿他做宣传，什么"独自长大的天才少年"，什么"最会写程序的Raper，最会说Rap的程序猿"。再加上威新买了营销号推活动，小爆搭着顺风车就火了。江远唐对这次的宣传非常满意，的确给威新带来了年轻潮流的气息。许靖笙也因此受到了赏识。

六月的时候，许靖笙突然给江纪言打了电话。许靖笙说："纪言，上面把大学赛事的项目让我转给别人了。"

江纪言说："这个项目不一直都是你在做吗？为什么要交出去？"

许靖筌停了一下说："因为公司把年度重点交给我了。"

"啊——炫耀帖。"

"不是……是求合作。我的第一个大项目，求太子爷赏脸加持啊。"

"是吗？你现在还需要我吗？"

"当然啦，之前是江总钦点 Befixed，我也没办法，可这一次不一样了。咱们认真合作一次，也让江总看看你真正的实力。"

"好吧，把策划先传给我看看。"

江纪言放下电话，有点儿动心了。许靖筌这个人，没别的，就是一心向上爬。说白了，她就是看准威新将来会是江纪言的天下，她得想尽办法把自己和他捆在一起。

朱西西在电话旁边都听出许靖筌的心机了，说："你真要和许靖筌合作？她心眼很多的。"

江纪言却微笑着说："你知道吗？最好操控的人，就是为钱为权肯卖命的人。"

Chapter 4：想念的感觉

暑假，艾周把全部精力都用在了 M Sapce 的新店上。她现在对潮牌和奢牌越来越懂了，管理店面的经验也越来越丰富。Man 姐说："小鹿的眼光就是好，帮我挑了这么优秀的姑娘来。"

这是有生以来，第一次有人用"优秀"来形容艾周呢。

她说："我优秀吗？"

"当然了。"Man 姐肯定地说，"我告诉你，在我 Man 姐手底下做事的人，必须自信。你不相信自己是优秀的，又怎么会变得更优秀。"

但艾周并不相信，因为她心底清楚，她这么疯狂地工作，只是为了排解对一个人疯狂的思念。

她不能让自己停下来。

所有静下来的时间，都是无休无止的折磨。比如寂静如水的夜晚，思念会排山倒海般蜂拥而至。她从不知道，原来想念一个人的感觉就是赤裸裸的痛。那种心脏被攥紧，无法弹起的痛。那种心室被挖空，透进冷风的痛。手机里的相册，像是一个装满暗器的盒子，每翻出一张方至的照片，就会射出一枚细长光亮的银针，将艾周死死地钉在无止境的黑夜里。

可她仍会忍不住翻下去，看他淡淡的笑容，看他皱起的眉头，看自己偎依过的肩头和胸口……艾周觉得如果黑夜再长一点儿，她可能就要疯了。

这一天午后，上海下过一场暴雨刚放晴。艾周正指导新人布铺橱窗，突然接到了小爆的短信，上面只有三个字和一堆惊叹号——“快回来！！”

艾周顿时炸了，疯了似的冲出店门，什么时尚、高贵，统统不要了！

不用问她也知道，能让小爆以这种方式发短信的原因只有一个，一定是方至回来了！

艾周冲进 Befixed 的时候，汪鹿、小浩克他们全来了。

艾周一眼就看见了方至。

他瘦了，还留了小胡子，皮肤黑黑的，像被太阳晒过一万年。

艾周飞也似的冲进方至怀里，紧紧地抱住他，眼泪不受控地涌了出来。她哭着说：“你去哪儿了？为什么不回我短信？为什么不理我！你知不知道我想你想得多辛苦！你知不知道！你知不知道！”

方至什么都没回答，只是抚摸着她的头发，任她在怀里哭到昏天黑地。

晚上，大家聚在一起吃饭。艾周自然成了被群嘲的对象，因为白天哭得实在太难看了。但是她毫不介意，被嘲爱一个人爱得如此没脸没皮，也是一种幸福。大家七嘴八舌地和方至讲这段时间发生的事。

方至喝着啤酒，微笑地听着。

艾周觉得，几个月不见，方至还是变了。变得与所有人都有了距离，他更像是一个旁观者，旁观着别人的喜怒哀乐。

突然，方至的电话响了。他接听的时候，轻轻推开了艾周。

艾周隐约听见那头是个女声。

方至说："找到了吗？"

电话里说："找到了。"

方至微微笑了，他说："我说过，我会给你留个机会的。"

艾周心里一颤。

这句话，方至曾经对许靖笙说过吧。

她听见电话里传来一串"咯咯"的娇笑声。

方至收线的时候，艾周问："谁啊？"

方至喝了口啤酒说："朋友。"

Chapter 5：九死一生

艾周有点儿怀疑，回来的方至是不是真的方至，每天他的脸上都挂着淡淡的微笑。那是种没有温度的微笑，冷得让人莫名地感到害怕。他依然不爱说话，但从前的沉默可以提取出真诚和宠爱，而现在的沉默中，只有距离。

有时候艾周会有点儿惧怕和方至单独相处，气氛会寂静得可怕。

有一天，小爆加班不回来了。方至一个躺在床上玩手机，艾周挨着他躺下来说：“你走了这么久，有没有想我啊？”

方至没说话。

艾周像以前一样继续撩骚，她用手指在他胸前画着圈说：“小哥哥，我在问你话呢。”

方至突然扔掉手机说：“艾周，分手吧。”

艾周一瞬呆住了，半晌才问：“你说什么？”

“我们分手吧。”

“为什么？”

“我现在没有任何心情谈恋爱。”

艾周委屈地说：“我明白了，我以后不会缠着你。但我们不分手好吗？我好不容易才把你等回来，我不要和你分手。”

方至牵了牵嘴角，说：“随你的便吧。”

他拿起手机，躺下继续玩游戏。艾周看着他，心一点一点地凉了。

这就是她一直在等的结果吗？

这就是她朝思暮想、费尽心力爱的人吗？

她突然觉得，她爱的那个方至已经死掉了，回来的只是一具空壳。

那天，艾周一个人悄悄地离开了Befixed，看见路边的酒吧，便拐进去要了两杯酒。

是的，两杯。一杯给自己，一杯给正在玩手机的方至。

艾周两口就喝光了杯子里的威士忌，整个身体都开始燃烧起来。酒吧的DJ放着Iggi的《Beg for it》。艾周整个人都High起来，她发现酒精原来真是稀释悲伤的良药。人脑昏昏沉沉的时候，心痛就飘到天顶去。

她开始招呼服务生，不断地加酒，然后跳进舞池疯狂地扭动。后来她感到有人从身后贴过来，拉住她的手向外走。酒吧里灯光昏暗，她醉眼惺忪看不清是谁，但她依稀觉得那个人就是方至。

她挣扎着说：“你不是要和我分手吗？你让我喝，你别管我！”

拉着她的人一直把她带到门外才说：“他不管，我得管。”

艾周这才看清，站在眼前的不是方至，而是小爆。小爆加班回来，和同事去喝酒，没想到正好看见她在发疯。

小爆说：“至哥要和你分手？”

艾周咬了嘴唇，突然捂着脸大哭起来。

小爆说：“艾周，给至哥一点儿时间。我失去过妈妈，我知道那是什么感觉。别逼他，他会好起来的。”

艾周捂着脸，点点头。

其实她一切都懂，可是都懂却不代表不会痛苦。

艾周决定不去打扰方至。她已经等了那么久，不在乎再多等。怎么说他人都已经回来了，说不定哪一天他的魂也会飞回来。

然而打击来得总是猝不及防。这天，M space 客户订的一件衣服到了。因为客户等着急用，当然也因为价格太过辣手，Man 姐让艾周给客户亲自送过去。

客户是安澜酒店的高管，就住在酒店的行政套房。艾周拿到衣服的时候，已经是下午五点了，到达的时候，迟到了十分钟。

她按响门铃，等了一会儿才有人来开门。艾周抬头微怔二秒，因为开门的男人看起来和方至有点儿像，只是眉眼细长，有种冷冽邪气的美。

艾周说：“请问，苏小姐在吗？”

男人接过衣服，签字说：“已经迟到了。”

“对不起，我……”

男人把笔还给她说：“谢谢，解释留给自己听吧，我不需要。”

然后“砰”地关上门。

艾周轻声说：“我靠，要不要这么跩。”

她收好单子，正准备离开，电梯间突然传来两个熟悉的声音。艾周心中一惊，下意识地躲进了旁边的安全通道里。

楼道里没开灯，昏暗一团。她倚着门缝悄悄向外探看，两个人影走到了走廊上。艾周的心，彻底崩溃了。

是方至和许靖笙。

他们走到一扇客房的门前停下来，许靖笙从手包中拿出一张房卡晃了晃说：“方至，你真的要试试吗？”

方至拿过门卡，“哗”地刷开门说：“不试过又怎么知道。”

说完，他就先走进了房间，许靖笙随后跟进去，轻轻地掩上房门。

那轻微的“吧嗒”声，听到艾周的耳朵里，宛若轰隆巨响，炸得她神形俱灭，化为灰烬。她想冲过去砸门大骂，可她的双腿就如同不是自己的一般，迈不动半步。

是因为她心里还仅存一丝希望吧。

也许他们是谈公事呢？也许他们只是聊天呢？也许……

艾周也许不下去了。

她倚着那扇安全通道的门，一点一点地滑下去，像一片脱离了树枝的叶子，轻飘飘的，没有一点分量。

她坐在门后，慢慢地等着，心里像生出绞肉机，每一分每一秒都在疯狂转动，绞得她血肉模糊。

走廊里，有人出，有人进，反反复复，来来回回，可她死守的那扇门，始终没有打开。

艾周觉得自己完了。

整整一夜，她就坐在那里，时间带走了她仅存的希望。

窗外已有曙光照进来，可楼道里依然如死狱般昏暗。突然传来开门声，方至和许靖笙从房间里走出来。

许靖笙说："干吗这么着急走啊，再多睡一会儿嘛。"

方至没说话，许靖笙掩着嘴，"咯咯"地笑。她说："知道吗？你睡着的样子很美，我看了很久。"

艾周"砰"地推开门，愤怒地喊："方至！"

可她的双腿坐了一个晚上，麻木得没有知觉。她像一根失重的木头，直接摔在地上。

艾周不知道是该哭，还是该笑，自己竟然以这么蠢的姿势出现在捉奸现场。

方至走到面前，却没有扶她起来的意思。

他蹲下来说："你跟踪我？"

艾周坐起来说："现在应该是我问你吧？"

方至说："我不会向任何人解释。"

"啪！"艾周扬手打了方至一个巴掌，说，"你别想用这样的话搪塞我，我又不是瞎的！"

"就这样吧，挺好的，当成我们的结局。"

方至再没多说一个字，转身走了。

艾周坐在地上，大喊着："方至！方至！你给我回来！"

可方至却带着许靖笙消失在走廊的尽头。

艾周把头一点一点埋在双膝间，放声哭了。如果说绝望是世界上最苦的果实，此时，她已生生吞了下去。

不知什么时候，她身边多了一个男人。

应该是那个让她把解释留给自己的人吧。

她仰头看他，宛若天神。

艾周边哭边说："对不起，打扰你休息了。"

"没关系，酒店是我的，今天借给你哭。"男人递给她一条手帕，俯身望着她，说，"你记住，人为一件事，只能掉一次眼泪。你今天好好哭吧，明天就不能再为今天的事掉眼泪了！"

男人转身回了房间。

艾周看着他，竟慢慢止住了哭声。

是的，她已经哭过了。从爱到不爱，她已掉过太多眼泪。其实就像方至说的，就当这是个结局吧。从此，天各一方，再无瓜葛。

她麻木的双腿慢慢恢复了知觉，血液在身体里渐渐流动。

艾周扶着墙，艰难地站起来。

她一步一步朝着电梯走去，心里某些东西分化碎裂，消化无形；某些东西干涸凝固，失去了最后的鲜活。

如果爱是两个人撞击出的宇宙，那么此刻便是宇宙膨胀的终极，爆炸，毁灭，缩成一枚寒冷坚硬的核。

艾周踉跄地走出酒店，阳光刺目，晃得她睁不开眼。

她轻轻擦干眼角的最后一滴眼泪，仿佛经历了九死一生。

Episode Seventeen

逆光中的背影

Body with Light

凡是你曾爱过的，
现在都是对我的惩罚。
凡是被你遗忘的，
现在都是我的珍宝。
因为你不在，我还爱。

Chapter 1：我们的惩罚

再开学就是大三了。

上了大三学校就不再要求学生必须住宿了。艾周之前一直想着，大三就搬去和方至一起。但是现在，她只能留在302。她把桃子接出来，送到汪鹿家去寄养。她要断掉与Befixed所有的联系，一丝不留。

汪鹿去Befixed的时间也少了。他说："现在的Befixed，没有了以前的味道。"

艾周明白他的感觉，因为Befixed的灵魂已经不在了。

朱西西在开学那天就迫不及待地搬了出去。她和江纪言的关系突飞猛进，如胶似漆。她搬走的那天，徐颖失落极了，像一只被遗弃的犬科动物，有点儿六神无主，而艾周自己去了图书馆。她们俩是一起搬进来的，不想看她一个人离开。

艾周下午才回宿舍，地上一片狼藉。徐颖去送西西了，还没回来。艾周一个人坐在床上不想收拾，想起她们四个刚搬进来，一起修装"乘风"，一起嘻嘻哈哈夜谈，恍如隔世。

那段时间，Befixed这个单词总是和威新联系在一起。之前的大学生自行车赛办得如火如荼，接下来为添加了自动跟拍的新产品开始预热。听说小爆得到江远唐的厚爱，大受重用，公司有计划送他去国外学习。

偶尔，艾周会从徐颖那里听到一些八卦。寝室里只有她们两个，徐颖憋了一肚子的新闻，不得不找个人倾诉。艾周也不想和她继续僵着，两个人至少可以做个平和的朋友。

这天晚上，熄灯之后。徐颖躺在床上，说："你知道吗？江纪言在家闷够了，又要回公司了，西西可担心了。"

艾周说："她还有什么好担心的，江纪言不是对他死心塌地了吗？"

"呵，有许靖笙在，哪能安心啊。"

艾周不想提许靖笙，没接话。但徐颖仍接着说："许靖笙这次搞了个大活动，要网络直播。好像要小爆和江纪言各带一队，分别从两个地方向威新总部进发，然后让威新的新无人机全程自动跟拍。第一名，江远唐会以那个人的名字投一千万成立一个慈善基金。"

艾周说："她这不是明显挑事吗？"

"对啊，她这个人最会挑事了。现在江纪言为了赢，又和她眉来眼去了。"

艾周不想听这些事，因为她听了会感到好烦。她不懂，像江纪言这样衣来伸手饭来张口的少爷，为什么要去争夺那些所谓的权力。她也不懂，像朱西西这样漂亮的女生为什么要去抢那所谓的爱情。

徐颖在黑暗中躺了一会儿说："周周，我想跟你说声对不起。"

"为什么？"

"当初虐待桃子的人是我，不是思敏。我那时候好嫉妒你，所以……"

"算了，都过去了。"艾周真心不想提。和现在发生的事比起来，那些都不是事了。她说，"怎么现在想起和我说对不起了？"

徐颖说："我觉得，咱们四个里，你是最单纯善良的女孩。"

突然之间，艾周莫名有些感动。有时人是要有过一点儿经历，才会懂得善良与单纯的珍贵。

十一长假之后，许多课来的人变得特别少。可能也是因为大三了，除了专业课，上课的人寥寥无几。这天下午，很意外的，艾周在课堂上竟然看到了朱西西。

这个时间的课，她通常不会来的，真是太阳从西边出来了。上课时间还没到，朱西西拿着书包，走到艾周身边坐下。她说：“还在生我的气吗？”

艾周翻着书，说：“生不生气也无谓了，你伤害的人，现在和我没有任何关系了。”

“不是吧？你们爱得水深火热，死去活来的，怎么说分就分了？”

艾周不想说自己，反问：“明天江纪言不是要参赛夺一千万吗？你怎么不陪他？”

是的，明天就是威新盛大的发布会了。以前西西一定会激动得要死，买衣服，试妆容，现在她竟然来上课了。

朱西西也拿起书胡乱翻着，说：“男人有时需要给他一点儿自由。”

艾周心领神会地说：“不会又是许靖笙吧。”

朱西西“啪”地合上书，说：“少提那个人。”

说实话，艾周有点儿佩服许靖笙了。不愧是学姐，分分钟教学妹做人。只要她想，就没有不被她拿下的男人。

朱西西说：“周周，有时候你会不会觉得特别孤独？”

艾周想说会啊。因为爱情碎裂之后，会极度想念友情。她想念和某人嘻嘻哈哈的过去，想念那些无忧无虑的时光。西西现在能坐过来，心里大概也是一样的吧，可有些裂痕是永远也弥补不了的。每次想到朱西西从车里扶出方烈的样子，艾周的手都会发颤。

这与爱不爱方至无关，而是西西不断刷新的下限让她心惊。她不清楚在西西心里还有什么是不可以打破的。她说：“西西，你来上课，应该给徐颖打个电话的。她都想死你了，肯定不会在寝室里睡觉。”

说完，她就把书装进书包，离开了。

艾周从教学楼出来，不知道可以去哪儿，不知不觉溜回了寝室。

她推门进去，徐颖正在研究一张照片。徐颖对她招手说：“你快来看，我今天扫地的时候，从陈思敏的床缝里掉出一张照片。这是谁啊？原来陈思敏在学她。”

“我看看。”艾周接过来，心一阵狂跳。

那张照片已经有些旧了，夹在床缝里，磨出了许多划痕，上面是一个女人，穿着蓝格子的连衣裙，梳着麻花辫子，对着镜头甜甜地笑着。

艾周一眼就认出了她。那不是别人，而是方至的妈妈——小美。

艾周的脑子里乱成一团，完全理不出头绪。陈思敏为什么会认识方至的妈妈？他们都是什么关系？艾周说：“徐颖，这张照片先给我，我明天去找陈思敏问问。”

这天晚上，艾周做了一夜的梦。梦里方至、方烈、思敏、西西、小美、夏严生……所有人都在飞舞着，说着莫名其妙的对白。

艾周像走进一个巨大的迷宫，拼命地奔跑，却找不到出路。她醒来的时候，天刚亮，她感觉自己像一夜没睡，身心俱疲。

这天医院一开放探视，艾周就进去找陈思敏。此时陈思敏刚吃过早饭，安静地坐在床上。

艾周坐在她旁边，说：“思敏，我能问你点儿事吗？”

“问吧。”陈思敏微笑着说。

艾周从包里拿出张照片，说：“你认识她吗？”

陈思敏看到这张照片，脸色陡然冷了。她问：“你是从哪里找到的？”

“寝室里。”艾周试探地问，“她是谁啊？”

“她是……小美老师。”

“老师？”

陈思敏抬头望着窗外，眼神渐渐放远了。

她说："艾周，我和你们不一样。我爸妈在美国，我从小是外婆带大的。小美老师对我特别好，同学嘲笑我，骂我是孤儿，她就会保护我，鼓励我。她就像是我的妈妈。"

"那……后来呢？"

"后来？"陈思敏停顿一下说，"后来她就死了呀。"

"她是怎么死的？"

"你为什么要问我呢？"陈思敏缓缓转过头，说，"你应该问你自己啊。"

"问我？"艾周不明白陈思敏想要说什么。

"当然是你了，小美老师是被你们害死的。不，是被我们害死的。"

"我、我们？"

"对啊，你以为当初我为什么要和你、西西住在一起？那是因为我要我们在一起，等着小美老师的惩罚。她对我那么好，我却害了她，她不会原谅我的。你知道吗？我写了那么多的江纪言，不是因为我爱他，而是因为我恨他！他早晚要遭到报应！你看着吧，小美老师的儿子已来了，他来替她报仇了。"

艾周颤声说："你是说方至吗？你是说方至……我没有害过人，我没有害过他妈妈！"

陈思敏却安静地看着她说："你撒谎！没有人是无辜的，我们都会受到惩罚！"

艾周大声地说："我没撒谎！我没害过人。"

陈思敏却说："你快走吧。今天是我赎罪的日子，别耽误我的时间。"

护士听到艾周的叫声，从外面进来，把她带出了病房。护士说："我不是让你别刺激她吗？你怎么还叫上了？"

艾周失神地说："我没刺激她，是她刺激我。"

Chapter 2：小美老师

威新的发布会就要开始了，Befixed全员出动。小爆骑着死飞，调试了一下定位手表。他说：“今天至哥不来，不知道能不能骑过江纪言。”

小浩克给了他一拳，说：“Hey，说什么呢！做至哥的兄弟就要敢闯！今天要不拿下第一，有什么脸回去。”

小爆用力点点头说：“嗯。”

而威新的另一个出发点却乱成一锅粥，因为江纪言还没来，“自由飞翔社”只能找副队长领头。江纪言把定位手表带走了，技术团队只好给他配对了一个新的。

总部这边朱西西急得像热锅上的蚂蚁，她原本是来给江纪言庆功的。方至不参加，Befixed根本就没有胜算。再加上昨天，她识趣地给了江纪言一点儿和许靖笙的“自由”，许靖笙多少会给他更有利的条件。按说明着暗着已经是拿到双保险了，可千算万算，却没算到江纪言会不来。

朱西西看见会场上忙碌的许靖笙，走过去叫住她说：“纪言呢？他去哪儿了？”

许靖笙说：“你是她女朋友，怎么问我呢？”

“别装了，昨天你不是和他在一起吗？”

许靖笙收起笑容，说：“公司这么大的活动，你不要把自己的私人感情掺杂进来好吗？这是我在威新的第一个大项目，我比你还要紧张。”

朱西西被堵得无话可说，她吃不准许靖笙究竟是什么态度。

艾周从医院出来，直奔Befixed。因为她心里堆积了太多的疑问，她必须问清楚。

Befixed今天没有营业，店里只有方至。他坐在沙发上，对面墙上的电视里在直播威新的活动。画面一分为二：一边是Befixed，一边是自由飞翔。

这么久不见，艾周以为自己已经心死了。可是直到看见方至的那一刻她才明白，所谓心死，其实都是自欺欺人，心里所有掩埋的想念全部破茧而出。她觉得自己真的很不争气，她本是来质问他的，可她现在最想做的，却是要一个久违的拥抱。

方至头枕着双手说："你猜，谁会赢？"

"你。"

方至微微笑了，说："有什么事？"

艾周走到方至面前说："我想知道所有的事。"

方至好像不想再隐瞒了。站起身，走到他那个装着乱七八糟东西的书桌旁边，说："几年前，我找到了夏严生，他告诉了我妈妈和他在一起的故事。她是她的学生，非常刻苦。拿到文凭之后，进了一所私立学校当生活老师。后来，她出了意外。"

"到底是什么意外？"

"我也想知道那天到底发生了什么。直到有一天，我去山谷祭拜我妈妈。我在她的墓碑前，发现了一束白色的雏菊和一本日记。"

艾周瞬间就知道是谁的日记了。原来那天在山谷里留下雏菊的，就是陈思敏。艾周说："是你把日记一页一页送还给思敏，折磨她？"

方至打开抽屉，从里面拿出日记本翻开，摆在艾周面前，说："你要的答案在这一页。"

艾周拿起日记本，一字一字地读下去。

那是个晴天，阳光温柔地照射着波光粼粼的海面。白色的海鸟盘旋在天空中，发出清脆的鸣叫。

那时陈思敏也才读初二，她有一位家庭教师叫小美。她喜欢小美老师，因为她不止帮自己补习功课，还会在自己情绪最低落的时候鼓励自己，在自己被人嘲笑的时候支持自己。她觉得小美老师比远在美国的妈妈更像妈妈。

那年暑假，小美老师的学校组织去那个拥有亚洲最大海洋馆的城市去参观旅游。小美老师怕陈思敏一个人孤单，所以带上了她。陈思敏在旅行团里认识了一个男生，他又富有又帅气，还有个好听的名字——江纪言。

陈思敏不知道自己怎么了，就是想和江纪言走在一起。她喜欢听江纪言吐槽这次旅行有多 low，吐槽他爸非要他参加集体活动。

一天傍晚，江纪言悄悄离队，从酒店偷跑出来玩，只有陈思敏跟着他。那时候，海洋馆已经闭馆了。沙滩上没有什么人，只有两个女孩在海边玩。她们在海边长大，是最好的朋友。后来，江纪言捡到了一只紫色的海星，一个女孩就过来和他要。女孩说，这只海星是她掉的，要江纪言还给他。江纪言不肯，女孩就上手来抢。就在这时，小美老师来了。她发现陈思敏不在，找到了沙滩上。她跑过来一边拉架，一边说："江纪言，你怎么和女生动手。"

江纪言推开她说："我要你管！"

小美老师退了两步，刚好踩进一个沙坑，没站稳就摔倒了。她的头撞在岩石，昏了过去。

四个孩子看闯了祸，吓得都跑了，没有一个人回来。

后来，上了高中的陈思敏每个假期都会去那个海边，去寻找那两个女孩。她不知道自己找到要怎样，只是想知道她们是谁。后来，她真的找到了，知道了她们的学校，知道了她们的名字。抢海星的女孩名叫朱西西，而陪着她的女孩，叫艾周。

艾周终于明白陈思敏为什么要画那幅画了。

因为那片海滩是她永远也摆脱不了的梦魇，是她抑郁的根源。

方至说："知道我妈妈的死因是什么吗？她是因为涨潮溺死的。你们当中只要有一个人回来，她都不会死。可是没有，你们一个都没有回来。"

方至的声音冰冷冷的，没有一丝温度。他说："我知道，你们那时都还是孩子，你们怕，你们太小了，不懂事。其实对于你们来说，这不过是人生中的一段小插曲。谁还会记得小时候在沙滩上抢过海星，撞倒过一个人。可是对我来说，那却是一生的痛苦。艾周，你能告诉我，我们小时候分别的那天，你去山上干什么吗？"

艾周望着方至，说不出一个字。

方至盯着她的眼睛说："你是去看淹死的人是不是那个摔倒的老师？我现在告诉你，是！她是我妈妈，我从小到大都期盼见到的妈妈！可我永远失去了她。"

艾周"砰"的一声瘫坐在地上，全身没有一点力气。

她觉得自己的每一个细胞都发生了癌变，传出剧烈持久的疼。

电视里，威新的比赛已经开始了。小爆一马当先，冲了出去。威新的自动跟拍的确很好，飞行平稳，拍摄流畅，还可以自动避开障碍物。不过自由飞翔社这边的画面更抢镜。因为从发令枪声响起，无人机就偏离了航道。它穿过楼宇间的缝隙，避开飞鸟，掠过浦江，一路向着岸边的酒店飞去。技术人员都在寻找哪里出了问题，而它竟直接飞进了一间客房的阳台。

阳台的门开着，里面柔软的床上躺着一个赤身裸体的男人。

是江纪言，刚刚从睡梦中醒过来。他发现自己的双手竟被绑在了床上，惊慌地喊着："快放开我！"

然而从门外走进来救他的，却是陈思敏。她穿着自己最爱的裙子，手里拿着一条黑色皮带。她笑吟吟地说："江纪言，你还想不起我是谁吗？"

说完，她狂笑着冲向江纪言，疯了似的抽打他的身体。

直播信号突然就切断了，只剩下小爆这边，带领着Befixed，一路夺冠。

方至收回目光，满意地笑了。

Chapter 3：宽容的代价

威新发布会上，记者竞相八卦，大家争着抢着问江远唐。记者说："江先生，刚才直播出现的画面您怎么看？"

江远唐终是笑不出来了，说："我没什么好说的，我要反省自己教育的失败。我对自己的儿子很失望，但他不是今天的主角。"

朱西西把许靖笙拉到后台说："是不是你把江纪言骗去酒店的！你为什么？你为什么要害他！"

"是他自己不争气，怪我吗？鬼混就算了，还要把定位手表带走。"

朱西西不听她的敷衍，说："你是不是傻了！他可是太子爷啊。你为什么要帮小爆？江远唐即便再喜欢他也不可能把公司给他！"

许靖笙说："算了，看你是学妹，就和你说点儿实话吧。你真以为方至给江总看个自动跟拍的视频，江总就把小爆当人才了？江总哪有那么简单。方至给他的视频里拍到了一张照片，是小爆和她妈妈的合影。你猜，小爆的爸爸是谁？"

“难道是……”

“小爆入职体验的时候，江总私下让医院给他们俩做了亲子鉴定。方至提醒我去找找医院的原始记录一切就都明白了。所以小学妹，不是我傻，是你选错了人，站错了队。其实就凭你们的智商，怎么和方至斗啊。多亏他说愿意给我留一个机会，要不然，今天我可能也要陪着你一起哭了。别在这里废话了，快救你的大少爷去吧。”

许靖笙转身刚要离开，就看见了小爆。

她吐了吐舌头说：“我是不是给方至找麻烦了？”

小爆“哼”了一声，转身就走了。他骑上车子，疯了似的往回赶。他不相信自己是方至的一件工具，Befixed 的几个兄弟则在后面拼命地追他。

小爆回到 Befixed 已经是一个小时之后了。他到了门口，把车子往地上一扔，冲进店门就说：“至哥，我有话……”

可是他话才说了一半就停住了，因为店里的气氛有点儿诡异。艾周仍然坐在地上，一页一页地翻看陈思敏的日记。思敏渐渐扭曲的心理让她心惊，而方至正在收拾自己的东西。

兄弟们也陆续跟了进来，小浩克说：“至哥，你要出去啊？”

方至还没说话，一辆跑车就咆哮着冲过来，直撞在橱窗上，发出巨大的声响，整扇玻璃轰然碎开。江纪言摇摇晃晃地从车里走出来，嘴里喊着：“方至，你在不在！我今天要撞死你！”

方至看见他，一点儿都不意外。他说：“头很晕吧，药效还没过，坐一会儿会好很多。”

朱西西从车子的另一边走下来，刚才撞车的时候，她的右脸颊不慎撞到了车窗，有血细细地流下来。但她完全没有在意，急忙跑到江纪言身边，扶住他说：“你要小心啊。”

江纪言却扬手甩开她，用手指着小爆说：“方至，你行，你从哪里找到的这个野小子！”

方至说：“为了看到你的今天，我可是做足了功课。还好你爸不是什么明星，私生活一点儿也不难查。那时候我刚来上海，夏严生那么想我去他家住，我都没同意，我就是为了租小爆家的房子，和他们母子做朋友。江纪言你夺走了我最珍贵的东西，所以我也要让你失去赖以生存的父亲。我要送给他一个比你好一万倍的儿子，让你永远被鄙视，被无视，被忘记。说起来，还是你亲手把小爆送给你父亲的。你都忘了吗？你带走小爆的时候我就警告过你，千万别后悔。”

“你！”江纪言觉得自己的头更晕了，继续说，“你喷我的车子，就是为了让小爆被我抓？”

“知道吗？你爸能有今天，是因为他做事处处小心，万事谨慎。如果我直接把小爆给他，他肯定会怀疑，会猜忌，会本能地拒绝接受。所以我很有耐心，等着你把小爆送到他面前，让他自己去寻找，去发现。只有他自己找到的东西才是最可信的，而我只是给他一条线索。其实我就是要让他拿你这个人渣儿子做比较，他才会发现小爆的好，小爆的难能可贵。”

江纪言说：“方至，你为什么要处心积虑地害我？我以前根本就不认识你。如果不是你招惹我，我又怎么会害你父亲出了意外。”

“你以为你只害了我爸吗？”

方至转身走到艾周面前，拿过她手中的半本日记对她说：“看到了吗？我说得没错吧。一个人的生死，对于你们来说，都不过是一段小插曲，早就忘了。”

他走到江纪言面前，把日记本放在江纪言的手中，说：“这里面的东西或许会让你想起一点儿什么。走吧，再闹也没有意义了。”

江纪言终是溃败了，他瘫坐在沙发上，闭着眼，不说话。而朱西西拿过他手里的日记慢慢翻看着，寻找着自己想要的答案。

小爆大概听懂了自己在方至的计划里扮演了怎样的角色，心底有一点儿凉。他说：“至哥，我就问你一句，我在你心里究竟是兄弟，还是棋子？”

方至说：“是兄弟，也是一步棋。我觉得不矛盾。”

“不矛盾吗？我妈临死前，让我死也别去找我爸，为什么你还要把我送回去？”

“你以后会明白的，那些都是父母之间的恩怨，和你无关。我爸一直不让我妈见我，以为是为我好，却让我再没有机会和我妈说一句话。”方至拍了拍他的肩膀说，“你长大了，要有自己的主见，自己的判断。认识你爸是你的权利，要不要和他在一起是你的选择。别人怎么说、怎么想都不重要，重要的是，你想怎么样？”

方至拿起他整理好的背包说：“我走了。我回来，只是完成我没办完的事。再见了。”

小浩克说：“至哥，你还会回来的吧？”

方至扶起自己的车子，笑了笑，没回答，一个人走了出去。

艾周看着他的背影，脑子里一片空白。这一天，她的大脑里灌进了太多的信息。

她处理不了，已经处在崩溃的边缘。

朱西西看了她一眼，突然抓起手边的靠垫砸过去，大喊了一声：“周周，方至要走了！他要不回来了！”

刹那间，艾周猛地醒过来，飞快地追出门外，方至已经骑到车上了。她揪住他的胳膊说：“方至，你不要走，你走了我怎么办？”

“我们不是说好分手了吗？”

艾周用力地咬了咬一下嘴唇，说：“如果小爆是一步棋，那我呢？你有没有真的爱过我？”

方至叹了口气，伸手摸了摸她的头发。这么久以来，他的眼神里终于又有了往日的温情。他说：“艾周，其实我有想过放弃的。你在我妈墓前说对不起的时候，我就决定做一个忘记过去的人。好好地和你在一起，经营一家小店，交一帮乐天的朋友。可我的宽容换来的是什么？是害死了我爸。其实我和许靖笙没什么。我们去的那家酒店和威新有协议，我们借用一天，只是试试安眠药的时间。因为江纪言和我的体能、年龄都差不多，我要算好他醒来的时间，配合直播。我不和你解释，是想让你死心。”

“那你又为什么要解释给我听？”

“是要让我死心。”方至说，“我爱的人，必须百分百信任我。如果非要一个解释，就代表她失去了我。”

“我不要听了，我不要听了行不行。”艾周大喊着，“我不要听了，我只要你。”

方至突然俯身吻了她，堵住了她所有的声音，封闭了她整个世界。

空气中的阳光瞬间绽放出盛大的光芒，淹没一切。

她听不见也看不见，她只能感受到他炽烈的唇，烧尽自己的身体。

可是，光芒永远短暂。

方至终是离开了。

艾周闭着眼，不敢睁开。

她感受得到自己的身体脱离了方至的怀抱，沸腾的空气渐渐冷却。她听见耳畔有人说：“艾周，你是我唯一爱过的女孩，我想我这一生，也仅此一次。”

艾周捂着脸，跪倒在地上，任泪水冲出指缝，碎裂在尘土里。

Chapter 4：气味

艾周再也没见过方至，或者说，方至再也没有回来过。

大四那年，艾周在校外租了房子。她去上课的时间越来越少，在 M Space 的时间越来越多。Man 姐很倚重她，寒暑两假会带她去参加世界各地的秀场。渐渐的，艾周也就磨炼出锋锐的气场。

汪鹿说她现在可以接棒 Man 姐，叫她“Man 周”。说起汪鹿，艾周在方至走后，和他走得最近。大家都调侃他们俩是一对，可艾周心里清楚，他们只是朋友。从前她也不信男女之间会有单纯的友谊，但是现在她信了。

她和汪鹿就是。

汪鹿依然貌美养眼，但她对他，没有一丝非分之想。她想，这也许是自己和汪鹿可以一直做朋友的原因。

有一次，他们不经意地说起了方至。

汪鹿说：“对不起，那个时候我躲起来了。因为我最怕麻烦，只想活得简单点儿。”

艾周一直觉得，汪鹿是唯一看穿方至的人，所以他才躲了。她说：“我明白的，我也想活得简单些，只是没有你的条件。”

艾周是从心里羡慕汪鹿的，集天下美好之大成。长得好，多金，聪慧，单纯，只是少了一点儿爱的能力。通常条件太好的人，都不懂得如何去爱。因为他们被爱得太多，太久。只有那些普通的，挣扎在平凡里的人，才急需一份爱的温度。

艾周毕业那年，陈思敏竟然回来复课了。听说她已经全好了，不用吃药，也可以保持平静美好的心情。她还专门打电话过来，约艾周见面吃饭。陈思敏看起来和从前判若两人，没有了敏感的神经质，变得落落大方。起初，她们还小心翼翼地绕开方至，说些不痛不痒的往事，可是喝了点儿酒之后，还是不经意地碰了雷区。

陈思敏说："你知道吗？有一天，方至来医院找我，告诉我他是小美老师的儿子，告诉我是他专门寄信来刺激我，但他说他要放弃报复我了，还和我道歉，我当时就崩溃了。"

艾周记得那一天，她问："为什么？他放弃了，你还会崩溃？"

"可能是因为心里需要一种赎罪吧。直到有一天，他又来找我，让我参加他的计划。虽然我出尽了丑，但我的心病却好了。"

艾周微微笑了，说："他治好了所有人，却治不好我和他。"

陈思敏安慰她说："你们会好起来的，他只是需要时间。"

艾周不想说，"需要时间"这四个字，她听过太多了。

不久，小爆远去美国学习，当然是公派。他和江远唐仍旧保持着心里都清楚，但就是不点破的模式。不过小爆已渐渐开始理解方至当初和自己说过的话，有时父母的恩怨，孩子是管不了的。他做了这么多年的孤儿，突然有了个父亲，也许并不是一件坏事。

小爆在去美国之前，江远唐叫他去家里吃了顿饭。江纪言没有出现，但饭桌上的气氛依然尴尬。后来江远唐喝得有点儿多了，拉着小爆说："我不缺儿子，但我缺个接班人，好好学，好好干。对于你妈妈，我很抱歉，我真的不知道她怀……"

小爆飞快地打断他说："江总，有些话还是不要说出来，我还没有做好接受的准备。"

江远唐用力握了握他的手，然后松开了。

那天，小爆走了之后，江太太冷脸问江远唐："你现在心里是不是没有纪言了？"

江远唐有些醉了，他坐在沙发上说："如果你想纪言这辈子都有资本败家，那你就祈祷小爆这孩子能接住我的班。要不然，等我死了，还不知道公司够他玩几年。"

江太太虽然不高兴听这些，但也知道他说的是实话。她说："你也别这么看不起纪言，他现在好多了。"

如今的江纪言，的确安分了许多。也许就像方至说的，有些人总要吃过教训才会收敛。现在的他已身败名裂，很少再去夜店了。他会读一点儿书，健身或是骑自行车。每天午后，他还会陪朱西西去医院打针按摩。

最近，朱西西感觉不太好。因为她整过容的原因，导致她上次撞伤之后，产生了肌肉萎缩。

朱西西最引以为傲的就是她完美的脸，可是现在，只要有任何的表情，面部就会失去构图的平衡。她哭过，不过时间久了，也就哭不出来了。她每天都会戴着一副口罩，甚至在家里也是江纪言买了一套房子送给她。

他说："放心，我会养你的。"

朱西西想说：我不需要你养我，我只需要你爱我。

但她最终还是没说出口，奢望江纪言爱一个脸残的人，还不如收下他养一辈子的承诺。只是生出这个想法的那一刻，朱西西觉得自己瞬间老了。因为一个人青春不在的标志，就是放弃了对爱情的执念。

有时艾周会去看西西。她会尽量穿得朴实一点儿，但她自内而外的锋芒，总是刺痛朱西西又薄又脆的自尊。后来，艾周就很少去看她了。因为忙，也因为越来越厚重的尴尬。

艾周最常去的，还是 Befixed。

Befixed 依然还在。艾周只要一有时间就会跑回去。方至的兄弟们都有了自己的路，飞机闪电般地结婚了；小浩克和狗嘴攒够了钱，合开了一家健身馆，取名还叫Befixed。姚江、姚海一个有了女朋友，一个还是单身汪。

小爆回来那年，大家聚在一起庆祝。飞机的老婆做得一手好菜，在Befixed请大家吃了顿饭。

姚江的女朋友说："你们这个店开了好久了吧？现在房租这么高，能赚回来吗？"

小浩克说："这个店，赔钱也得开。"

"为什么啊？"

小爆说："因为Befixed是我们的家。这里赚不赚钱不重要，关键是要一直开下去，一直开到至哥回来。"

姚江的女朋友，迷糊地说："至哥是谁啊？"

大家全都陷入了沉默，没人回答。后来，还是小爆打破了沉闷，他踹了姚江一脚说："Hey，你对女朋友培训得不够啊。"

大家这才嘻嘻哈哈地笑起来。

艾周看着小爆踹人的样子，恍如看见了方至。

其实她常常在许多人身上看到方至的影子。

方至走了，但在潜移默化中影响着每一个人。他的动作，他的语言，他的性格，他的态度，总是不知不觉地复刻在他的兄弟中。

也许这才是艾周对Befixed始终依恋的原因吧。

在这座房子里，充满了方至的气味。

无论他离开多久，多远，都不曾离开。

那天艾周喝醉了，躺在那张老旧的沙发上睡着了。睡梦中，她依稀感到有人为自己脱掉鞋子，盖上了毯子。

她突然就抓住了他的手。

那只手，又长又瘦，坚硬的骨节分外清晰。

她的眼泪沿着脸颊缓缓地滑下来，但她不敢睁开眼，就像当年她不敢看那个离去的背影一样。

她听到耳边有人说："睡吧，他总有一天会来的。"

艾周叹了口气，终是松开了手。

她说："小鹿，我快要没有信心了。"

Chapter 5：最后的理由

艾周毕业后的第五年，家里传来海洋馆要拆除的消息。

艾周决定回去看看。

她已经很久没有回去过了，因为窗口的那片海滩是她最不想面对的风景。

汪鹿陪她一起回去。

艾周的妈妈见到汪鹿，高兴得不得了。她说："你呀，终于给我带回来个男朋友。"

艾周也不解释，和汪鹿两个人笑而不语。

第二天，他们一起去了那片沙滩。他们来得有点儿晚，海洋馆已围起围栏开始拆除了，只能远远地看见屋顶那头破旧的鲸鱼，昂着落满灰尘的头。

艾周转头对汪鹿说："帮我拍个照吧。"

然后，她就看见了一个背影。

他穿着黑色的卫衣，也站在沙滩上，看着屋顶的鲸鱼。

艾周僵在那里，身子微微有些颤抖。

因为那个背影太熟悉了，熟悉到她不敢相信就这样轻易地出现在自己眼前。

汪鹿看出她的异样，问她怎么了。艾周却径直走到那个人的身后，轻声说："方至。"

那人怔了一下，转过身来。

艾周全身的血液都沸腾了。她说："方至，真的是你？"

的确是方至。

他几乎没变，身上依然充满少年的冷峻与傲气。

方至说："艾周，好久不见了。"

艾周欣喜地说："你还记得，以前你和我说地球为什么是圆的吗？它是要让分开的人，有机会重新遇在一起对不对？因为它是圆的，分开的距离越远，相聚的距离就会越近。"

方至微微笑了，眼神里仿佛真的看到往昔两个不谙世事的少年。

可是他的声音依然冷毅。

方至说："艾周，无论我们的距离是远还是近，我们都不可能在一起。"

"为什么？你真的不能原谅我吗？"艾周追问，"给我一个理由吧。这么多年，我等你已经等成了习惯。你需要给我一个理由让我死心。"

方至想了想说："好，我给你。"

他带着她，走到他们第一次见面的岩石旁，说："你知道，我妈许多年不回来，为什么突然就回来了？"

艾周摇了摇头。

"我开始也不知道，直到夏严生给了我那些信我才明白。是因为我妈很久没接到我爸的信，她才借着学校旅游回来看我们。而我爸为什么会不写信呢？那是因为他出了意外。那么他为什么会出意外？是因为我。"

“不是！方至，你不要把所有罪名都安在自己头上好不好？你爸出事的那天，我和你在一起。这根本不关你的事。”

方至跪下来，用手不断地挖着沙子。直到他挖到那个他在十一岁时埋下的黑色塑料袋。

那个袋子已经变得极旧，极脆，轻轻一碰就会掉下碎屑。

艾周记得，那里面装的是方至的狗。可方至把袋子撕开的时候，露出来的却是一把锈迹斑斑的死飞曲柄。

“看到了？我小时候很恨我爸骑车不管我，所以藏了他的曲柄，让他别去。结果他临时换了别人的车，才会出事故。是我害了他。”

方至缓缓站起身，说：“这个世界从来就没有意外，我们的过去决定了我们的未来。时间是不能倒流的，做过即是永恒。我们爱过，就是永远爱过。但我们伤害过，就是永远伤害过，没有人可以改变。艾周，我不是不能原谅你，而是不能原谅我自己。我没有资格拥有你，因为我不配得到幸福。”

艾周摇着头说：“方至，你不要折磨你自己了。你爸爸妈妈在天上也不想看到你这样痛苦。”

“傻瓜，我只有得到幸福才会更痛苦。那样我只会更加憎恨自己！”

方至的神情渐渐变得坚决，眼神也渐渐退散了温度。他说：“放手吧，艾周，这个理由足够了。”

方至转身走了。

他戴上卫衣的帽子，遮住迎面而来的阳光。

艾周在逆光里，有点儿看不清他的样子了。世界无比绚丽，把方至淹没成淡淡的黑。

汪鹿一直远远地看着艾周，没有走过来。

他想，时间终是教会了她隐忍与克制。

也许，这就是所谓的成熟吧。

当爱情最后的希望被撕成碎片，艾周的眼睛里却再没有一滴泪水。

其实，谁不想少年时浓情，迟暮时相守，可命运偏偏如此吝啬，不肯多给予一丝眷顾。

海洋馆顶的鲸鱼，终于在有节律的敲击声中轰然倒下。

无数灰尘像涨潮的海浪，四处飞散，吞噬了时间与记忆的边界。

（全文完）

后记

《逆光》的名字

欢迎又来到Q&A环节。作为爱花絮超过看正片的人，每部小说的最后，我都喜欢留一点儿时间和笔墨，和我的读者分享一些创作时的感受与趣事。有关《逆光》，我们还是先从名字说起吧。这部小说最初的名字叫《至死飞行》，我的责编爱丽丝和主编罗俭一致表示，这名字哪像一部青春有爱的校园言情？于是我憋了一个星期，想出了“逆光飞行”“我的逆光，你的飞行”“如果逆光是种颜色”“在逆光里飞行”，以及“有鲸在逆光里飞行”。我和爱丽丝挑中了最后一个，而主编最终将它改成了今天的《逆光里飞行的鲸》。

其实当读者拿到小说的时候，很少会想到它背后要经历多少折腾。看起来只是一个名字，许多编辑却为它掉了一半头发（听说编辑们都爱无硅油洗发水）。

方至的爱与惩罚

方至到底爱不爱艾周呢？一定是爱的。有些男生的爱，是藏在行动中的。只有了解他的人，才读得懂那是爱情。不过这样的男生对另一半契合度的要求非常高，所以他们的幸福大部分存在于小说里，而现实生活中，他会极度孤独。

艾周对于方至来说，就是他所逆的光源，是寒冷黑暗中唯一的方向，所以他最终离开了她。因为他把失去当成对自己的惩罚。

艾周的爱与坚持

有些女生在成长中对爱情左右不定。因为所谓成长，就是不断认识新的世界，不断认识新的自己，所以我们常会有那些不堪回首的中二黑历史。我们以为很酷的，后来都成了犯傻的代名词。那么你曾喜欢过的人呢？

但艾周不一样。她很清楚地知道，花痴与爱是完全不同的两件事。所以面对方全，让她矛盾的不是爱与不爱，而是敢与不敢承认自己爱上了一个非我族类的男孩。她的成长就在这里了。因为坦诚地面对自己真实的感情也并不容易。

友情到底有多脆弱

在故事的最初就曾说过，两个人能成为朋友的基础，就是身处同一个层次，同一个范畴。任何一方或跌或升，都会把友情扯出裂缝。友情崩坏的结局，只是时间长短的问题。我不是友情的悲观主义者，我只是在说事实。这也是为什么学生时代的友情，一放逐到社会就散了的原因。因为学校本身就是一个前提，一个基础，一个范畴，最大限度地模糊了每个人的不同与差异。这里产生的一切，都经不起晒在社会之下。

友情到底有多坚强

在故事的结尾，Befixed的每一个人还都在等待着方至。因为当人见识过这个世界的残酷与冷漠，才会更加珍视没有功利的情感。所以我们常常努力维系着曾经的某种联系，比如一个人，或是一件事，只要他还存在于心里，我们就相信自己还没有改变。

朱西西的女神进化之路

每个人都会在心里给自己一个定位，然后让自己安全地应对这个世界。朱西西只用一个暑假的时间就进化成了女神，但她在心里无法找准自己的位置。她费尽心力让自己由内而外地配得起升级换代的颜值，却始终不能了解，真正的美女是不太在意自己有多美的。因为当美是一种与生俱来，就不会成为生活所关注的第一要事。

所以说，朱西西进化得不太完全，也不太成功。

朱西西的爱情

有时我们总是高估了自己对感情的控制力。我们以为自己可以只放进一点儿爱进去，却不知道玩火自焚通常都是从一根火柴开始的。世界上就没有一点点的、淡淡的爱情，那些只是对相爱方式的形容。事实上，如果爱没有足够浓，足够深，又怎么可能做到淡淡的，一点一点地守候着一个人。所以珍爱自己的方式之一，就是别玩感情的火。

江纪言的渣

M就不用介绍是谁了吧。他看完小说的第一个问题，竟然是按着套路，江纪言不应该是浪子回头、改过自新的人设吗？可我觉得，就像美是女神与生俱来的，有些渣男的渣也是与生俱来的。他也许会吃过教训，开始对人生有了敬意。但对待感情，收敛三个月，就算对得起自己了。请原谅我这么刻薄，因为如果我把他写好了，我怕会误导我的读者，不谢。

汪鹿的……

我要怎么说汪鹿呢？聪明最无情。传说中的什么都懂，就是不说。当男人跨进2字头，还依然那么萌，不是真蠢，就是假傻。你觉得他是哪一种呢？有人私信我，很喜欢他。其实我也是喜欢他的。所以在方至与艾周最揪心的时刻，我让他撤了。这么美好的男孩子，我不想他遭受煎熬。对他的解读，我有保留。因为我希望有机会能写一个有关他的，独立的故事。

不过你们懂的。这只是个想法，离成事还有一大段距离要走。

表白花花

写每一部小说，都会听一首或几首歌来奠定感情基调。比如写《蓝桉》的时候，会一直听李健的《贝加尔湖畔》。而写《逆光》的时候，一直在听华晨宇的歌。虽然他的外表不太像方至，但他的歌里却都是方至的印记。比如《To be free》，比如《我管你》，比如《横冲直撞》。有时我会觉得，他也是一头在海洋中不断寻找温暖与光的鲸鱼。不过现在他有了他的ET，也算是找到了自己的鲸群吧。

有关死飞

死飞起源于上世纪70年代，在纽约的曼哈顿地区，一群自行车邮差改装了场地自行车，让其更适应于城市的路况，从此渐渐成为风靡全球的一项极限运动。方至出场，身份就是快递员，是向这项运动致敬。

P.S. 如果爱死飞，就要像方至一样，认真对待安全问题。小说的主角可以失去任何东西，包括最重要的人，最珍爱的生命，而你失去一样都承受不起。

《逆光》的缘起

放到最后来写这个故事的缘起，是因为这个话题稍微有些沉重。很长一段时间，我都在关注校园欺凌与未成年人保护的利弊。总有些人以“年少无知”犯错轻罚，因此，必然有些灵魂因为受伤无偿而难以解脱。《逆光》不只是一个爱情故事，它也是一则警示。提醒我们，不要以年少当无知的借口。人总有一天会为自己的行为埋单。

P. S. 就在小说临近结尾的时候，看到一则新闻：一个孩子不慎坠井，几个同伴因为担心被父母骂，没有一个人讲出来。结果第二天，井里的孩子溺亡了。

新闻没有全读完我就关了网页，隔了许久才又开始动笔。心里的难过是无法言说的，特别是在写《逆光》时。

我希望，所有读者读到这里的时候，不止记住几段动心的爱情，也能得到一点儿爱情之外的思考与感悟。

岑桑

于上海 2017 年 2 月 9 日 16 点 08 分